LETTRES

GRECQUES,

PAR LE RHÉTEUR ALCIPHRON.

TOME PREMIER.

LES COURTISANNES.

LETTRES

GRECQUES,

PAR LE RHÉTEUR ALCIPHRON;

O U

ANECDOTES

SUR LES MŒURS ET LES USAGES DE LA GRÈCE,

Traduites pour la premiere fois en françois,

Avec des Notes hiſtoriques & critiques.

TOME PREMIER,

LES COURTISANNES.

A AMSTERDAM,

Et ſe trouve A PARIS,

Chez N y o n l'aîné, Libraire, rue du Jardinet, quartier S. André-des-Arcs.

M. DCC. LXXXV.

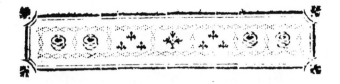

PRÉFACE.

IL me paroît difficile d'affigner
le tems auquel Alciphron a vécu.
Sa perfonne & le lieu de fa naiffance
font également inconnus. On eft
fondé par fes Lettres à préfumer
qu'il fut un rhéteur diftingué dans
fon art. Bergler, fon dernier éditeur, qui a fait quelques recherches à ce fujet, prétend qu'il a
exifté dans les tems qui ont fuivi
immédiatement le regne d'Alexandre-le-Grand. Je m'en tiens à cette
idée, & je le crois antérieur à Lucien. Quelques-unes des Lettres
d'Alciphron, entr'autres la pre-

miere de la feconde Partie, & la
vingt-unieme de la troifieme Partie, paroiffent avoir fervi de modeles à Lucien pour fes Dialogues
intitulés *les Lapithes* ou *le Banquet des Philofophes*, & *le Coq* ou
le Songe. J'ai expofé dans mes remarques fur ces Lettres, les raifons qui me déterminent à penfer
qu'Alciphron a exifté long-tems
avant Lucien. Je laiffe aux fcru-
tateurs des antiquités grecques à
vérifier fi Alciphron le méandrien,
dont Athenée fait mention (*liv. I*)
& que Suidas dit avoir été un philofophe de Magnéfie fur le Méan-
dre, a quelque rapport avec notre
Alciphron. Je ne vois rien qui me
porte à le conjecturer.

Mais je ne crois pas que l'on puiſſe dire avec Bergler, qu'Alciphron ſoit le même que le rhéteur Alcime, dont parle Diogène-Laërce dans la vie de Stilpon (*liv. 2, ſegm. 114*). Pourquoi ce changement de nom ? Comment recounoître Alciphron dans cet Alcime qui tenöit le premier rang parmi tous les rhéteurs grecs ? Il n'y a qu'un éditeur épris du mérite de l'auteur qu'il fait reparoître en public, qui ait pu trouver la même perſonne déſignée ſous deux noms ſi différens.

Il eſt vrai que la beauté du ſtyle d'Alciphron a pu déterminer Bergler à adopter cette conjecture. Son expreſſion conſtamment pure,

faine, précife, toujours propor-
tionnée à la nature du fujet qu'il
traite, eft vraiment attique. Lucien eft beaucoup plus enflé, plus
diffus ; fa diction eft plus afiatique
que grecque. Alciphron fait parler
les courtifannes, les parafites, les
pêcheurs, les gens de la campagne,
les efclaves même avec une naïve-
té & une fimplicité toujours élégan-
tes, mais bien dans le caractere des
perfonnes qu'il met en avant. Ce
ftyle ne conviendroit pas à la majefté de l'hiftoire, à la gravité de
la morale ; il n'étoit propre qu'à
des lettres du genre de celles d'Alciphron , que l'on peut regarder
comme autant d'héroïdes, d'éclo-
gues, d'idylles, d'élégies & d'épî-

tres en prose poëtique, dont il ne sera pas difficile aux versificateurs de notre tems de tirer des sujets de compositions nouvelles. Plusieurs Lettres de la premiere Partie en offrent des modeles que l'on peut regarder comme neufs.

La *Bibliotheque grecque* de Fabricius (*tome I, ch. 10, pag. 425*) ne fait mention que de quarante-quatre lettres d'Alciphron, comprises dans l'ample recueil qu'Alde Manuce fit paroître à Rome en 1499, sous le titre *Epistolæ diversorum philosophorum, in-4°*. Ce même recueil fut réimprimé à Genève en 1606, *in-fol.* avec une traduction latine de toutes les lettres.

Lambécius, bibliothécaire de

l'empereur (*livre 6 du Catalogue raisonné de la bibliotheque de Vienne*) avertit qu'il y existoit en manuscrit plusieurs lettres d'Alciphron qui n'avoient pas été connues d'Alde Manuce. On savoit qu'il y en avoit d'autres au Vatican. C'est sur ces indications que Bergler entreprit d'en donner une nouvelle édition qu'il croyoit complette. Il en rassembla soixante-douze qu'il joignit aux quarante-quatre que l'on connoissoit déja.

Cependant, il peut se faire que dans les manuscrits de la bibliotheque du Roi, cotés 1696, 2720, 3021, & 3050, il y en ait quelques-unes qui ne soient pas comprises dans l'édition de Bergler :

mais comme elles font indiquées
fous le titre général de pêcheurs, de parafites & de gens de
la campagne, je ne préfume pas
qu'elles foient différentes de celles
que Bergler a recouvrées. Je fuis
obligé de m'en tenir à cette con-
jeсture, parce que je ne fuis pas
à portée de confulter ces manuf-
crits.

Si j'avois eu le deffein de donner
une nouvelle édition du texte original, je n'aurois pu me difpenfer
de les voir ; mais celle que Bergler
en a donnée, paffant pour être cor-
recte, je m'en fuis contenté pour
faire ma traduction françoife.

On verra néanmoins dans plufieurs de mes remarques, que j'ai

étudié le texte avec affez de foin,
pour changer quelques termes qui
ne m'ont pas femblé conformes à
la compofition originale, & leur
donner en conféquence une autre
fignification que celle que préfente
l'édition de Bergler; en quoi j'ai
certainement eu plus à cœur de
rendre ma traduction exacte, que de
faire parade d'une vaine érudition
qui n'eft plus du goût de notre fiecle.

Le docte Barthius (*Adverf. l. 3,
cap. 17*) parle d'Alciphron comme
d'un écrivain ingénieux & agréable, mais trop recherché dans fon
atticifme; ce qui diminue le plaifir
que l'on trouve à le lire. Il dit
qu'il a befoin d'un bon interprête.
On ne connoiffoit de fon tems que

la version latine jointe au texte grec
de l'édition de Genève. Bergler n'a
travaillé que long-tems après sur
Alciphron : mais si Barthius avoit
été son contemporain, peut-être
n'eût-il pas trouvé sa version latine
préférable à l'ancienne. Elle est
d'une dureté tout-à-fait déplaisante.
Si on la compare au texte, on sera
étonné qu'un homme qui l'avoit
étudié avec tant d'attention, l'ait
rendu si maussadement. Cela n'a
pas empêché que l'on n'en ait beaucoup vanté l'exactitude. Les *Actes*
des savans de Léipsick (Mai 1715,
art. VII), la *Bibliotheque ancienne*
& moderne de le Clerc (*tome 3,*
part. 2, art. IV) en parlerent avec
éloge.

Le *Journal de Trévoux* (*Janvier 1716, art. VII*) en annonçant cette nouvelle édition, dit : « Ceux qui
» ne cherchent qu'un ſtyle étudié,
» élégant & concis, en demeure-
» ront ſatisfaits. Mais du reſte, c'eſt
» ce qui s'appelle de pures baga-
» telles, dans celles qui ſe peuvent
» lire ; dans les autres, c'eſt des
» obſcénités. On n'y voit ni traits
» d'hiſtoire, ni ſentimens moraux,
» ni rien qui puiſſe contribuer à
» perfectionner l'eſprit & le cœur.
» Alciphron n'a pas écrit ces lettres
» en ſon nom ; il emprunte divers
» perſonnages de pêcheurs, de la-
» boureurs, de paraſites lâches &
» effrontés, auxquels il donne des
» noms qui ont rapport à leur genre

» de vie. Mais il introduit auffi des
» courtifannes fans pudeur. Une de
» leurs lettres a été affez, pour fe
» croire obligé de paffer toutes les
» autres. Ce n'eft guère l'ufage par-
» mi ces fortes de gens d'écrire
» des lettres. Théocrite, Virgile,
» Sannazar, les font entretenir
» enfemble, ce qui leur convient
» mieux ».

A la fuite de ce jugement févere, & tout-à-fait dans le caractere & les mœurs des journaliftes
qui le portent, ils ajoutent : « Il
» n'y a guère de choix à faire dans
» les lettres d'Alciphron, & on n'en
» a vu aucune qui mérite beaucoup
» de préférence ». Enfin ils en
citent deux qui dans l'ordre où je

les préfente, font la premiere de
la troifieme Partie, & la huitieme
de la feconde.

Je ne dirai rien fur cette partie
de leur décifion : on a les Lettres,
& on jugera s'il n'y a aucun choix
à faire entr'elles. Je fuis plus furpris qu'ils aient avancé que l'on
n'y trouve ni traits d'hiftoire , ni
fentimens moraux, ni rien qui
puiffe contribuer à perfectionner
l'efprit & le cœur. Je les ai confidé-
rées fous un tout autre afpect: j'y ai
trouvé quantité de traits d'hiftoire
indiqués, ainfi qu'ils doivent l'être
dans une lettre. Il en eft de même
des fentimens moraux ; la plus
grande partie de ces lettres en con-
tiennent de très-frappans. On en

trouve même dans celles des courtifannes & des parafites. Il y a donc
des traits qui peuvent contribuer
à la perfection de l'efprit & du
cœur.

La décifion des journaliftes de
Trévoux ne doit donc être confidérée que comme le fentiment
particulier de quelque littérateur
jéfuite, pieux, & d'une confcience
timorée. Il fut chargé de parler
de ce livre que tant d'autres journaux littéraires avoient annoncé
avec éloge ; mais fcandalifé du ton
qu'y prennent les courtifannes,
indigné de l'effronterie & de la
baffeffe des parafites, il prit de la
totalité du recueil l'idée la plus
défavantageufe ; il ne fongea qu'à

prévenir le public contre la lecture d'un livre qu'il regardoit comme auſſi inutile que dangereuſe.

Après l'avoir bien examiné, je n'en ai pas jugé de même. J'ai penſé qu'une traduction en notre langue des lettres d'Alciphron, enrichiroit la littérature françoiſe d'une production peut-être unique dans ſon genre, ou du moins aſſez ſinguliere pour être piquante. J'y ai retrouvé la plus grande partie non-ſeulement des uſages civils & religieux de l'ancienne Grèce, mais de plus les coutumes ordinaires des peuples, celles qui ſervent le plus à caractériſer une nation, à en faire connoître les mœurs & les ſentimens. J'y ai reconnu le but

moral d'Alciphron ; & ces Lettres,
qui n'ont paru au journaliſte de
Trévoux que de pures bagatelles ,
ſont devenues pour moi une ſource utile d'inſtructions ſur tous les
points principaux de l'antiquité
grecque. Les remarques dont j'ai
accompagné ces Lettres en ſeront
la preuve ; elles naiſſent immédiatement du texte qu'il falloit déve-
lopper , pour faire connoître l'intention qu'a eu l'auteur en les com-
poſant.

J'eſpere même que l'on me ſaura
quelque gré de la maniere dont
j'ai traité tout ce qui regarde les
mœurs. Les lettres des courtiſannes ont une utilité réelle , en ce
qu'elles expoſent le danger qu'il

y a toujours eu à avoir des liaifons avec elles. Dans tous les tems elles ont été ce qu'elles font encore de nos jours. S'il y a quelques exceptions à faire, elles ne tournent certainement pas à l'avantage de l'honnêteté publique.

Il n'y a plus de parafites de profeffion, ainfi qu'il y en a eu à Athènes; mais combien de vils adulateurs, de bas complaifans, d'intrigans fubalternes les ont remplacés, & pourront fe reconnoître dans ce qu'Alciphron dit des parafites grecs! La troifieme partie de ces Lettres a pour objet la vie des gens de la campagne, leurs travaux, leurs fentimens, leurs mœurs. C'eft en quelque forte l'hiftoire du peuple de la Grèce ; non celle du moment, mais celle de la nation & de fes ufages , de fon état indépendant des révolutions publiques. Chaque lettre préfente un tableau différent , dont l'enfemble forme celui de la maniere de vivre de toute la nation. Je n'en dirai pas davantage ici , m'étant expliqué plus au long dans les Difcours qui font à la tête de chaque Partie de ces Lettres.

Il me refte à parler de l'ordre que je leur ai donné. Je crois avoir fuivi celui qui fera le plus au goût du public, en raffemblant dans la premiere Partie toutes les lettres des courtifannes & celles qui font du genre érotique ; dans la feconde, les lettres des parafites ; dans la troifieme, celles des pê- cheurs, des habitans de la cam- pagne, & d'autres gens de cette claffe. Dans les éditions précé- dentes auxquelles Bergler s'eft con- formé, elles étoient toutes mêlées enfemble. Cette confufion eft peut- être une des caufes qui ont em- pêché que l'on n'ait fait jufqu'à pré- fent quelque attention à ce monu- ment de l'antiquité grecque.

Au titre fimple fous lequel les Lettres d'Alciphron ont été mifes au jour, j'ai ajouté la qualification d'*Anecdotes fur les mœurs & ufages de la Grèce.* Je fais que le terme *Anecdotes* défigne des faits qui n'ont pas encore été publiés, de

forte qu'un auteur qui annonce
fon ouvrage fous le titre d'anecdotes, s'engage à apprendre à fon
lecteur des chofes qui ont été igno-
rées jufqu'alors. Ce n'eft pas ma
prétention. Cependant, les faits
particuliers, les remarques fur la
conduite & les mœurs privées des
Grecs, que j'ai tirés d'une multitude d'écrivains où ils font comme
enfevelis fous l'importance des
récits où ils fe trouvent difperfés,
ne me donnent-ils pas le droit d'annoncer mon travail fous le titre
d'*anecdotes* ? N'eft-ce pas leur donner une nouvelle exiftence, que
de les préfenter à la fuite de ces
lettres, dont ils font le développement & l'explication.

Je n'ofe pas me flatter d'avoir rempli les vœux du favant Barthius, qui eſtimoit aſſez les Lettres d'Alciphron, pour fouhaiter qu'elles trouvaffent un traducteur plus élégant & plus fidele que ceux qu'elles avoient eus jufqu'à fon tems. Bergler les a traduites au commencement de ce fiecle ; fa traduction eſt eſtimée pour la fidélité ; mais elle fe reſſent de l'afpérité de fon caractere, & de la mauvaife fortune contre laquelle il eut à lutter toute fa vie (a). Il rend la

_____

(a) Etienne Bergler, né à Hermanſtad en Tranſilvanie, favoit parfaitement le grec ; mais il étoit d'un caractere infociable. Son humeur difficile, & fes manieres brufques & groffieres, lui ayant aliéné parens, amis & con

penfée

penſée de ſon auteur, mais avec
une dureté qui lui enleve toutes

---

noiſſances, il quitta ſon pays pour chercher
fortune ailleurs ; il vint à Léipſick, & ſe mit
aux gages du libraire Fritſch, en qualité de cor-
recteur d'imprimerie. Il paſſa enſuite à Amſter-
dam, où il donna ſes ſoins à l'édition d'Homere, publiée en deux volumes par les Weſteins
en 1707. Peu après il alla à Hambourg, où
il aida Fabricius dans la compoſition de ſa Bibliotheque grecque. Il retourna chez Fritſch, &
fit imprimer ſon Alciphron en 1715. Il s'attacha
enſuite à Jean-Nicolas Mauro-Cordato, prince de
Valachie, dans la bibliotheque duquel il trouva
les cinq premiers chapitres de la Démonſtration
évangélique d'Euſebe, qu'il envoya à Fabricius,
qui les fit imprimer en 1725. La mort de ce
prince ayant laiſſé Bergler ſans patron & ſans
reſſource, ſon humeur inquiette & chagrine le fit
paſſer à Conſtantinople, où l'on dit qu'il mourut
muſulman ; triſte fin de la vie errante & miſérable
qu'il avoit preſque toujours menée. Ces particu-
larités ſur Bergler ſont tirées de la préface de

Tome I. b

ſes graces; & c'étoit ce qu'il falloit conſerver à Alciphron; c'eſt par-là qu'il intéreſſe le plus.

Je me ſuis donc attaché principalement à ſaiſir ſa maniere, à la rendre autant qu'il étoit poſſible en françois. Pour cela, dès que j'ai cru avoir bien ſaiſi le ſens & l'expreſſion originale d'une lettre, je l'ai promptement traduite : je l'ai revue enſuite avec ſoin, conſervant le deſſin & toutes les nuances du tableau original. Je n'ai corrigé que les négligences inſé-

l'Ariſtophane publié par Pierre Burman en 1760, avec la traduction latine de Bergler : Burman dit qu'il en acheta le manuſcrit après ſa mort, & que l'ayant trouvé très-exact, il auroit cru faire tort au Public, s'il n'en eût pas fait l'édition.

parables du premier trait, & quelques répétitions des mêmes termes que l'on ne pardonne point
dans une piece auffi peu étendue
qu'une lettre, fouvent fort courte.
J'ai penfé que trop de refontes &
de corrections n'étoient propres
qu'à faire difparoître les beautés
de l'original que l'on faifit aux
premieres idées, & qui s'anéantif-
fent quand on repaffe trop fouvent
le pinceau fur le même trait. Ce
tâtonnement indique le travail fer-
vile du copifte, & autorife la critique à dire que l'on étouffe un
auteur en voulant lui donner une
perfection qui lui eft étrangere, &
qui n'exifte que dans l'imagination
froide de celui qui veut le revêtir

de ſes couleurs foibles & obſcures.

Je ne dois pas prévenir le Lecteur ſur mes remarques; il jugera
de leur utilité & de leur agrément : elles ſont ſi variées, que
j'eſpere qu'elles ne donneront pas
une nouvelle exiſtence à *l'ennui*
qui *naquit un jour de l'uniformité.*

Nota. On a exigé quelques retranchemens
qui tombent ſur des endroits d'autant plus in-
téreſſans, qu'ils caractériſent mieux les mœurs
des Grecs & leur goût pour le plaiſir ; mais
on a cru qu'ils bleſſeroient la décence par la
liberté des tableaux qu'ils préſentent. Ce que
l'on a conſervé de la IXᵉ Lettre de la premiere
Partie, peut en donner une idée ; on l'auroit
même entierement retranchée, ſi elle n'eût rap-
pellé l'origine d'un des plus beaux monumens
antiques de la Vénus aux belles feſſes, ſi connue
des amateurs des beaux arts, tant de fois imitée
par les artiſtes modernes, que l'on voyoit autrefois à Rome au petit Farnèſe, & qui depuis
a été tranſportée à Naples.

LETTRES

LETTRES

D U

RHÉTEUR ALCIPHRON.

PREMIERE PARTIE;
LES COURTISANNES.

DISCOURS
PRÉLIMINAIRE.

L'Ouvrage publié par Athenée, grammairien grec, qui vivoit dans le second siecle de notre ère, eſt de tous les livres anciens le plus propre à nous

Tome I. A

faire connoître les usages & les mœurs
des Grecs. Ce recueil, qui a pour titre
les Deipnosophistes, ou les Sophistes à
table, prouve que son auteur avoit une
érudition immense, & qu'il avoit lu une
multitude prodigieuse de livres de tous
genres, dont la plus grande partie nous
seroient absolument inconnus sans les
fragmens qu'il en cite, & qui sont en
partie le sujet des conversations qu'il
suppose entre les différens personnages
qu'il fait parler.

Ce n'est que dans cet ouvrage que
l'on trouve une multitude d'anecdotes
curieuses & intéressantes sur la vie privée
des Grecs; & lorsqu'il y est question des
affaires publiques, on voit que le but
de l'auteur est toujours de donner une
idée du caractere, des mœurs & des
sentimens du personnage qui y jouoit
le principal rôle.

Les meilleurs critiques, à la tête desquels on peut mettre Bayle, prétendent qu'Athenée a été très-maltraité par les copistes. Le premier & le second livre, une partie du troisiéme & du quinziéme, sont perdus, & ont été remplacés par ce que l'on a tiré d'un abrégé de tout l'ouvrage fait il y a sept ou huit cens ans par un Grec du bas-Empire. Les autres sont regardés comme entiers, & tels à-peu-près qu'ils sont sortis de la plume d'Athenée.

Il a employé la plus grande partie du treiziéme livre à parler des courtisannes grecques. C'est de-là que j'ai tiré presque tout ce que je vais en dire, & qui me paroît nécessaire à l'intelligence de la premiere partie des lettres d'Alciphron.

On peut regarder ce treiziéme livre comme une partie de la chronique scan-

daleufe de la Grece ; il s'y trouve même
des traits trop obfcènes pour être traduits
dans notre langue : mais on en peut citer
encore affez pour fe former une jufte
idée des courtifannes, du rang qu'elles
tenoient dans les villes principales, de
l'efpece de confidération dont elles jouiffoient, de leur luxe, de leurs qualités,
de leurs vices, & du goût effréné des
Grecs pour la volupté la plus licentieufe.

Je laiffe à mes lecteurs le foin de
faire la comparaifon des célébres courtifannes de notre tems avec celles des
beaux fiecles d'Athènes. Ils jugeront fi
les mêmes goûts & les mêmes excès
n'établiffent pas une reffemblance fenfible entre les mœurs & les ufages des
tems les plus éloignés les uns des autres, fur-tout parmi des peuples policés,
chez lefquels les fciences, les arts &

le luxe ont été portés au plus haut
degré.

C'eſt environ à l'an 600 avant l'ère
chrétienne que l'on doit fixer l'établiſ-
ſement des courtiſannes ou femmes
publiques à Athènes ; lorſque Solon
abrogea les loix auſteres de Dracon, &
qu'il en publia de plus douces ; faiſant
plus, par cette réforme , pour le bien
public, que le philoſophe qui avoit donné les premieres (*a*).

Philémon, poëte comique , contemporain de (*b*) Ménandre , dit que le
nouveau légiſlateur acheta des jeunes
filles qu'il plaça dans des lieux publics
de proſtitution , & qu'il les offrit comme

_____

(*a*) Voyez Ariſt. liv. 4 , polit. cap. 1.

(*b*) Athenée , liv. 13 , toutes les citations des
anciens poëtes grecs ſont tirées de ce livre ,
ainſi que j'en ai averti plus haut.

un soulagement nécessaire aux desirs ar-
dens & impétueux de la jeunesse Athénienne, & comme un moyen sûr de
mettre l'honneur des femmes mariées
en sûreté (*a*).

(*a*) Il y a un peu plus d'un siecle, qu'à Venise le conseil des Dix bannit toutes les courtisannes de la capitale & même des terres de
la république. Mais il ne tarda pas à recon-
noitre que sa sévérité ne convenoit plus à l'état
actuel des mœurs. Les jeunes nobles, les cita-
dins, le peuple même se porterent pendant leur
absence aux plus grands excès : ils forcerent les
maisons, les couvens mêmes : les femmes & les
filles honnêtes n'étoient plus en sûreté chez elles.
Le gouvernement ne vit d'autre moyen d'arrêter
le désordre, que de faire revenir au plutôt les
courtisannes, de leur assigner des maisons & un
certain revenu pour vivre, en attendant qu'elles
pussent y pourvoir par leur industrie. Leur état
y est à peu-près le même qu'il étoit à Athènes;
elles sont sous la protection des magistrats qui ne

O Solon ! s'écrie le poëte, vous de-
vîntes le bienfaiteur de la nation; j'en
atteste le grand Jupiter : vous ne vîtes
dans cet établissement que le salut &
la tranquillité du peuple. Il devenoit
d'une nécessité absolue dans une ville
où il étoit difficile qu'une nombreuse
& bouillante jeuneße n'obéît pas aux
loix les plus impérieuses de la nature.
Vous prévîntes de très grands inconvéniens, & des désordres inévitables, en
plaçant dans des maisons marquées à

---

souffrent pas qu'on les insulte, ou que l'on marque aux conventions que l'on a faites avec elles ;
comme il assure chez elles la sûreté & la tranquillité que l'on doit espérer en semblable lieu. Voyez
l'*Histoire du gouvernement de Venise*, par
Amelot de la Houssaie, *in*-8, 1676, pag. 50.
Mal nécessaire, mais inévitable.... Il y aura,
dit Tacite, hist. 4, des vices de cette espece
tant qu'il y aura des hommes.

cet effet, les femmes que vous aviez
achetées pour être celles de tout le public, & qui par leur état ne pouvoient
refuser leurs faveurs à quiconque vouloit les acheter.

Nicandre, grammairien grec, cité
par Athenée, dit que Solon fit bâtir un
temple à Vénus-populaire, & conf-
truire des lieux publics où les courtifannes fe proftituoient à prix d'argent,
& la fomme étoit modique. On n'ef-
fuyoit de leur part ni délais, ni dédains
affedés, ni refus. Le commerce qu'on
avoit avec elles n'entraînoit ni jaloufies,
ni rivalités, ni vengeances. La femme
d'autrui étoit à l'abri de toute pourfuite.

Cet établiffement une fois fait, les
courtifannes les plus diftinguées par
leur beauté, l'art de la faire valoir, &
d'autres talens naturels, ne tarderent

pas d'acquérir de la célébrité, & de jouir de la confidération que pouvoit accorder à cette forte de mérite un peuple très-voluptueux.

Telle fut la fameufe Afpafie, que Socrate ne jugea pas indigne de fes attentions. De fon tems, les courtifannes étoient déja très-multipliées dans l'Attique & le Péloponnèfe. Afpafie en avoit établi à Athènes plufieurs qu'elle avoit formées ; & peu après elles devinrent la caufe d'une guerre opiniâtre qui défola la Grèce pendant vingt-fept ans. C'eft ce que dit expreffément Ariftophane : « De jeunes Athéniens ivres, à
» la fuite d'un grand feftin, allerent tu-
» multuairement à Mégare, & y enle-
» verent la courtifanne Simethe : les
» Mégariens outrés de l'infulte, s'en ven-
» gerent en enlevant à leur tour deux
» filles qui appartenoient à Afpafie ;

A v

»Périclès, excité par fa favorite, fit dé-
» clarer la guerre aux Mégariens. Ainfi
» une étincelle allumée par ce puiffant
» foufflet, excita un incendie général,
» & une guerre qui intéreffa toute la
» Grèce ».

Ce fait eft cité par un des interlocuteurs d'Athenée, comme une preuve
du danger qu'il y a de s'attacher aux
courtifannes qui fe mettent au plus haut
prix… «Il y en a tant d'autres, dit Iphi-
crates dans la piece intitulée l'Anti-
Laïs, » que l'on peut voir à moindres
» frais, & dont les talens pour la mu-
» fique & la danfe font propres à faire
» paffer le tems agréablement ». Il cite
pour exemple Laïs, fans doute celle
de Corinthe, dans les différentes circonftances de fa vie.

« Confidérez-la, dit-il, actuellement,
» elle paffe tout fon tems à boire ou

» dans l'oisiveté, car une de ses prin-
» cipales occupations est de se repaître
» du spectacle de ceux qui sont à table.
» On peut la comparer aux aigles dans
» les différens périodes de leur vie.
» Jeunes, hardis & forts, on les voit
» saisir sur les montagnes les moutons
» & les lièvres, & les enlever à une très-
» grande hauteur, pour les dévorer en-
» suite tranquillement dans leurs aires.
» Sont-ils vieux, ils deviennent lâches &
» timides, ils se perchent sur le sommet
» des bâtimens inhabités, attendant que
» le hasard leur présente quelques vils
» animaux dont ils fassent leur proye.
» La faim les tourmente sans cesse. Nous
» connoissons ces vicissitudes, elles ne
» nous étonnent pas. Laïs doit-elle nous
» surprendre davantage ? Au printems de
» son âge, lorsque sa beauté étoit dans
» tout son éclat, l'or qu'on lui prodiguoit

» à pleines mains, la rendoit intraitable.
» On eût plus aifément abordé le fatrape
» Pharnabafe, le plus fier de tous les
» mortels. A préfent que fa carriere eft
» fort avancée, que fes attraits ufés dé-
» périffent chaque jour ; rien n'eft plus
» facile que de la voir & d'en jouir : elle
» va par-tout où on l'invite à boire &
» à manger. Elle dédaignoit l'or; aujour-
» d'hui elle fe contente de la plus pe-
» tite monnoie. Jeunes ou vieux, elle
» ne refufe perfonne : elle eft adoucie
» à un point que la moindre attention,
» le plus petit préfent, quelques pieces
» d'argent, font reçus avec reconnoif-
» fance ».

Tel étoit en général le fort des courtifannes grecques, même de celles qui
dans leurs beaux jours avoient fait les
délices des rois fucceffeurs d'Alexandre
& des grands de leurs cours : c'eft

l'idée qu'en donnent les anciens poëtes comiques dans les fragmens qu'ils en citent à leur fujet, & où il paroît que leur but étoit de ramener les Grecs à la fimplicité & à l'honnêteté des mœurs antiques.

Cela n'empêchoit pas qu'elles ne tinffent un rang diftingué dans la fociété, & même dans le culte public : il paroît qu'elles formoient entr'elles corps & communauté, & qu'à ce titre elles offroient des facrifices au nom du peuple en certaines occafions. On en verra la preuve dans plufieurs des lettres écrites fous leur nom, & dans les notes qui fe trouvent à la fuite.

Par-tout, dit le poëte Philetère dans la Chafferefle, on trouve des temples de Vénus-populaire ou courtifanne (*a*),

***

(*a*) E'ταίρα, *Amica, meretrix, focia.*

tandis que dans toute la Grèce il n'en
exifle pas un feul de Vénus-époufe.

Il y a eu des occafions où les peuples
lui ont érigé, par une jufte reconnoiffance, des temples fous cette dénomination ; tel étoit celui d'Abide en Mifie.
Les efclaves s'étoient emparés de la ville,
& en avoient chaffé leurs maîtres. Ceux
qui avoient la garde de la place fe
croyant en fûreté, firent un grand feftin
auquel ils inviterent plufieurs courtifannes ; ils poufferent la débauche fort
avant dans la nuit. Une d'entr'elles les
voyant ivres & endormis, enleva les
clefs des portes, les ouvrit, courut avertir les Abidéniens, qui ayant auffi-tôt
pris les armes, entrerent en foule, &
maffacrerent les foldats de la garnifon.
Pour témoigner leur reconnoiffance à
la femme qui les avoit fi bien fervis,
ils éleverent un temple à Vénus-cour-

tifanne, dont elle fut la prêtreffe principale.

Alexis de Samos, au livre fecond
de l'hiftoire de fon pays, dit que les
courtifannes qui accompagnerent Périclès au fiége de la capitale de cette
ifle, bâtirent un temple de Vénus-
proftituée, d'une partie des gains im-
menfes qu'elles firent par le commerce
de leurs charmes.

Une des plus anciennes loix de Corinthe ordonnoit que dans les occafions
où la confervation de la ville & le falut
des citoyens couroient des rifques im-
minens, on fit venir une affemblée nombreufe & folemnelle de courtifannes,
pour adreffer des fupplications publiques à Vénus, protectrice de la ville;
après qu'elles étoient finies, & que le
peuple s'étoit retiré „elles avoient le pri-

vilége de refter feules dans le temple de la déeffe.

Lorfque le roi de Perfe fit cette inva-fion qui fembloit devoir anéantir toute la race des Grecs, les courtifannes de Co-rinthe fe rendirent au temple de Vénus, & y firent des prieres & des facrifices pu-blics pour le falut de toute la Grèce. Ce fut à leur zele & à leur ferveur, autant qu'à la protection de la déeffe, que l'on attribua la confervation du boulevard de la Grèce. C'eft ainfi que l'on qua-lifioit la ville & la citadelle de Corinthe, que Philippe de Macédoine appelloit les clefs de la Grèce.

Les Corinthiens, pour conferver la mémoire de ce grand événement, con-facrerent dans le temple de la déeffe un tableau où l'on voyoit les portraits des courtifannes qui avoient rendu Vénus propice aux vœux des citoyens,

& qui, après avoir fait les fupplications publiques, étoient reftées dans le
temple.

Cet ufage, autorifé par les loix, devint bientôt la regle de la conduite des
particuliers. Dans quantité d'occafions
intéreffantes pour eux, ils promettoient
folemnellement à la déeffe de lui préfenter des courtifannes s'ils obtenoient
l'effet de leurs vœux. C'eft ainfi que
Xénophon, citoyen de Corinthe, allant
combattre aux jeux olympiques, pro-
mit à Vénus une nouvelle courtifanne
s'il revenoit vainqueur.

La treiziéme des Olympiques de
Pindare nous apprend qu'il remporta
le prix de la courfe du ftade & des
cinq jeux publics, le pugilat, le jet du
difque, la courfe, le faut, & la lutte.
Cette ode fut compofée à l'honneur de
Xénophon.

Ce poëte célèbre fit une nouvelle piece de vers encore à la louange du même vainqueur, qui fut chantée lorfqu'à fon retour à Corinthe il immola des victimes. Il parle d'abord des courtifannes qui accompagnerent Xénophon à fon retour, lui firent cortége lorfqu'il vint faire fes remercîmens à la déeffe Vénus, & facrifierent avec lui.

O reine de Chypre, dit-il, il s'eft fait accompagner dans ce bois qui vous eft confacré, par vingt-cinq filles charmantes, pour remplir fon vœu avec plus de fatisfaction & d'allégreffe.

Et vous, jeunes étrangeres, miniftres des facrifices de l'opulente Corinthe, que l'on voit chaque jour offrir l'encens fur vos mains délicates; vous qui traitez le citoyen & le voyageur avec tant d'affabilité; combien de fois vous nous avez rendu propice la mere des amours!

Vos prieres ferventes & finceres s'éle-
vent jufqu'au trône de la divinité, &
nous en attirent les fecours & les faveurs.

Jeuneffe fortunée, qu'il vous eft doux,
lorfque la nature vous y convie, de
jouir à votre aife, dans des retraites
voluptueufes, des charmes de ces aimables prêtreffes !

Mais, ajoute le poëte, que penfe-
ront de moi mes maitres, de m'entendre chanter fur ce ton, de con-
facrer mes vers à l'éloge des femmes
publiques?.... Craignoit-il que les citoyens de Corinthe ne défapprouvaffent
cette liberté? Les courtifannes elles-
mêmes, fuivant Athenée, lui avoient
donné quelques inquiétudes..... Il fe
raffure bientôt, il ne prévoit rien que
d'heureux de tout ce que fon génie lui
infpire à ce fujet, il ne s'attend qu'à

des applaudiſſemens unanimes ; il reprend & dit avec aſſurance : N'ai-je pas chanté ſur ma lyre combien l'or eſt précieux ? C'eſt la pierre de touche de la beauté & de ſes prérogatives.

Le goût dominant de la volupté , le commerce aſſidu des courtiſannes qui ſembloient tenir le premier rang, & donner le ton par-tout , avoit acquis une ſorte de célébrité à la ville de Corinthe au-deſſus de toutes celles de la Grèce. Il paroît même que les mœurs y étoient aſſez dépravées, pour qu'elle ſe fît une gloire de l'emporter ſur Athènes, au moins dans ce genre. Auſſi les Corinthiens ſe vantoient-ils que Vénus, ſortant des ondes, avoit ſalué leur citadelle. Mais leurs prétentions ne les mettoient pas à l'abri de la ſatyre des poëtes comiques. Eubule, dans une de ſes pieces qui a pour titre les Intéreſſes

(*Cercopes*), fait dire affez plaifamment à un de fes acteurs : « Je fuis venu à » Corinthe, je comptois m'y régaler » de quelques-unes des productions du » pays, de l'Ocimon (*a*) ou de quel- » qu'autre légume, mais tandis que je » m'amufois à la bagatelle, j'ai perdu » ma cafaque ».

Ce goût pour la volupté paroît avoir toujours été le même à Corinthe, tant qu'elle a été habitée par les Grecs : dès les tems les plus reculés, dans l'embar- ras des plus grandes affaires, il prenoit le deffus.

Cypfelus (*b*) qui s'empara du gou-

(*a*) Ocimon étoit une courtifanne de Co- rinthe, très-fameufe. Le comique a joué fur le mot ; Ocimon, nom de la courtifanne, fignifioit auffi bafilic, plante très-connue.

(*b*) Paufanias, Voyage hiftorique, liv. 2.

vernement de cette ville, plus de fept
fiecles avant l'ère chrétienne, puifqu'il
fut pere de Périandre, l'un des fept fages
de la Grèce, qui regnoit à Corinthe en
qualité de tyran, forcé de quitter la ville
dans les premieres tentatives qu'il fit
pour l'affujettir à fa domination, fe retira avec fes partifans fur le bord de
l'Alfée, fleuve affez confidérable du Péloponnèfe, connu aujourd'hui fous le
nom de *l'Orféa*. Cette ville qu'Athenée
ne nomme point, & où Cypfélus commença par établir des jeux ou combats
de la beauté entre les femmes, fut peuplée en partie par les Parrhafiens, habitans de l'Arcadie. Ceux-ci, fideles aux
inflitutions de leur fondateur, confa-
crerent dans la nouvelle ville un bois
& un autel à Cérès d'Eleufis, & annon-
cerent qu'à fa folemnité il y auroit un
combat de la beauté entre les femmes:

la premiere qui y triompha se nommoit Hérodice. Cet usage, dit Athenée, s'est conservé jusqu'à nos jours.
Les femmes qui se présentent à cette
lice sont qualifiées de Chryfophores,
ou Port'or.

C'est, sans doute, par ces artifices
que les législateurs des Grecs adoucif-
foient les mœurs trop agrestes des premiers habitans du pays; la civilisation
dut son origine à la volupté, & toujours
elle en conserva l'empreinte.

On craignoit à Corinthe que les courtifannes n'y manquassent ; on faisoit
acheter dans les pays voisins, sur-tout
dans les isles de l'Archipel, & jusqu'en
Sicile, de jeunes filles que l'on élevoit
pour les prostituer lorsqu'elles auroient
atteint un âge convenable pour répondre
aux desirs du public. On les voyoit croî-
tre, on jugeoit par leurs traits naissans

de la réputation qu'elles devoient se faire un jour.

Le peintre Apelles ayant rencontré Laïs toute jeune encore, & vierge, qui venoit de puiser de l'eau à la fontaine de Pyrène, surpris de sa beauté, il l'amena à un festin que lui donnoient ses amis ; Tu te moques de nous, lui dirent-ils, de nous amener cet enfant au lieu d'une courtisanne. Patientez, répondit le peintre, avant qu'il soit trois ans, vous la verrez en état de vous donner tout le plaisir que vous pouvez attendre des graces & de la beauté. Elle devint si belle que les peintres venoient sans cesse dessiner sa poitrine & sa gorge. Jalouse de la réputation de Phryné, elle mit tout en œuvre pour la surpasser s'il étoit possible. Elle eut une foule d'amans qu'elle traita tous également bien. Le philosophe Aristippe passoit tous les ans avec

elle

elle les fêtes de Neptune à Egine, &
la payoit très-généreusement. Un de ses
esclaves lui représentoit qu'il faisoit trop
de dépense pour une femme qui se pros-
tituoit gratuitement à Diogène : Je lui
donne beaucoup, dit le philosophe,
pour avoir le plaisir d'en jouir, sans prétendre pour cela en priver les autres.
Le cynique qui n'échappoit aucune occasion de mordre, prétendoit qu'Aristippe devoit ou ne pas rechercher Laïs,
ou prendre comme lui la besace & le
manteau de sa secte. Te paroit-il étrange,
répondit Aristippe, d'habiter une maison qui l'a déja été par d'autres, ou de
monter sur un vaisseau qui a servi à
quantité d'autres passagers? Non, dit
Diogène. Et pourquoi t'étonnes-tu donc
que je voie une femme qui en a déja
tant vu d'autres. Cette prostitution publique ne diminuoit rien de l'empresse-

Tome I.   B

ment que l'on avoit pour ces fortes de
courtifannes ; elle ne fervoit qu'à rendre
leur réputation plus éclatante.

Laïs, née à Hiccare, petite ville de
Sicile, & amenée dans fon enfance à
Corinthe où elle fut élevée, avoit rendu
le lieu de fa naiffance célébre, au point
qu'on le mettoit au rang de ce qui étoit
de plus curieux dans cette ifle, fans autre
raifon que d'avoir vu naître Laïs.

C'étoit une forte de mérite que de
démêler dans les traits d'une fille encore
enfant le germe de la beauté qui devoit la rendre fameufe. On citoit comme
une preuve de la fagacité de Socrate,
d'avoir prédit peu après la naiffance de
l'Athénienne Théodote, qu'elle feroit
d'une beauté éclatante. Quand elle y fut
arrivée : Allons, difoit le fage, voir cette
courtifanne, c'eft le plus beau fpectacle
de la nature, dont on ne peut fe faire

une idée, fi on ne l'a pas confidérée à fon aife.

Un peuple auffi voluptueux que l'é-toient les Grecs, devoit regarder la fo-ciété des courtifannes comme une partie effentielle du bonheur de la vie. Nous en trouvons la preuve dans une des haran-gues de Démofthène. Nous avons, dit-il, pour notre plaifir des concubines avec lefquelles nous vivons dans un com-merce habituel de galanterie: nos épou-fes font pour nous donner des enfans légitimes, & pour veiller au foin de nos affaires domeftiques (*a*).

On verra dans les lettres d'Alciphron que les femmes honnêtes évitoient avec

---

(*a*) Difcours contre Néæra. Apollodore cité par Athenée, l'attribue à cet orateur, quoique les critiques en doutaffent dès ce tems.

foin la compagnie des courtifannes, &
jouifloient de la confidération & des
refpects, tant de leurs maris que des
chefs de la république. C'étoit même
un crime capital aux courtifannes de
troubler la paix des ménages. Les
tribunaux ufoient en pareil cas de la
plus grande févérité contr'elles.

Mais les dames Athéniennes n'avoient
rien à efpérer des éloges du public. Leurs
vertus & leurs qualités ne devoient point
faire d'éclat hors de l'enceinte de leurs
maifons. Il femble cependant que la
raifon & les intérêts des bonnes mœurs
euffent exigé davantage.

Théophrafte, dans fes Paradoxes, dit
que chez quelques Barbares, il y avoit
des tribunaux établis exprès pour juger
de la tempérance des femmes & de leur
prudence dans l'adminiftration des affaires domeftiques, leur en décerner le

prix, en même-tems que celui de la
beauté, qu'ils refpectoient comme un
don précieux de la nature, quoique
des mœurs bien réglées & une conduite
fage & modefte leur paruffent bien pré-
férables. Ces nations, que les Grecs orgueilleux traitoient de Barbares, avoient
certainement pris le meilleur moyen
pour rendre les femmes refpectables,
& les attacher aux devoirs de leur
état (*a*).

(*a*) Les anciennes traditions fur l'honnêteté
des mœurs & les vérités religieufes que l'on peut
regarder comme naturelles, s'étoient mieux confervées parmi les Barbares que chez les Grecs.
Ce n'eft pas que ceux-ci ne les euffent connues
auffi-tôt que les autres ; mais leurs connoiffances
multipliées, le luxe, la volupté, & plus que tout
encore, les difputes des philofophes entr'eux,
avoient tellement obfcurci les vérités primitives,
la lumiere qui luit dans tous les cœurs, que per-

Dans une ville où le luxe étoit porté au plus haut point, les dames mêmes les plus vertueuses ne pouvoient paroître en public que sous l'extérieur de la propreté & de la décence convenables à leur état. Si l'on en rencontroit quelques-unes dans les rues en habit malpropre ou négligé, elles étoient condamnées à une amende de mille drachmes, par les magistrats nommés *Ginécomi*, qui faisoient attacher à un platane du Céramique, un écriteau où on lisoit le nom de la dame

---

sonne n'y faisoit plus d'attention. Il suffisoit qu'une secte de philosophes eût proposé un sentiment, & pris quelque mesure pour l'accréditer, pour qu'une autre cherchât à le détruire. La vanité seule conduisoit tous ces prétendus philosophes, tandis que les Barbares, qui négligeoient les sciences & les arts de la Grèce, se conduisoient d'une maniere plus conforme aux loix de la nature & de la raison.

& la fentence qui l'avoit condamnée. La fomme étoit confidérable, fi la drachme attique doit être évaluée à fix livres douze fols de notre monnoie. Quelques progrès que la philofophie eût faits à Athènes, elle étoit loin de la perfection où l'on effaye de la porter de nos jours ; puifqu'on s'imagine avoir fait de grands progrès dans la connoiffance de la vérité, dès que l'on ofe affurer que la nature n'exige ni n'autorife point toute cette modeftie extérieure que d'anciens préjugés demandent dans les difcours, les habillemens & les actions des femmes.

J'ai trouvé l'anecdote du platane dans la Relation d'Athènes ancienne & moderne, par Guillet. Paufanias qui ne s'eft occupé qu'à donner la defcription des monumens de la Grèce, & l'hiftoire antique du pays, qui fervoit à les ex-

pliquer, n'en parle pas: comme ce trait
avoit plus de rapport aux mœurs dont
il ne dit rien, qu'aux arts, il n'est pas
étonnant qu'il l'ait omis. Il est si peu
parlé des dames Athéniennes dans tout
ce qui nous reste sur les antiquités de
ce pays, que l'on me pardonnera cette
petite digreffion. Je reviens aux courtifannes, qui même dans l'état politique
ont joué un rôle beaucoup plus éclatant.

Les loix défendoient que les enfans
qu'elles mettoient au monde fuffent mis
au rang des citoyens, quoique reconnus
par des peres d'un nom illuftre. Coryf-
thius, cité par Athenée, rapporte au
livre troifiéme de fes Commentaires hif-
toriques, que l'orateur Ariftophon publia, fous la préture d'Euclcide, une loi
qui portoit que tout enfant qui ne feroit
pas né d'une mere citoyenne, feroit
réputé batard. Le poëte comique Cal-

lias ne laiſſa pas échapper l'occaſion de reprocher au légiſlateur qu'il avoit eu de la courtiſanne Choris des enfans qui ſans doute ne ſeroient pas ſoumis à la ſévérité de cette loi, à laquelle dans tous les tems on fit des exceptions.

Thémiſtocles, fils de Néocles, eut pour mere une courtiſanne de Thrace. Timothée, illuſtre capitaine athénien, étoit fils du célébre Conon & d'une courtiſanne thracienne fort réglée dans ſes mœurs, au ſujet de laquelle on remarque que les femmes de cet état qui ambitionnoient la réputation d'être honnêtes, l'étoient plus conſtamment & plus réellement qu'aucune autre. On reprochoit un jour à Timothée d'être iſſu d'une telle mere: Je lui dois tout, dit-il, ſans elle je ne ſerois pas fils de Conon.

Il n'eſt pas de mon ſujet de parler

des étrangers d'un rang illuftre qui époufferent des courtifannes, & en firent des femmes légitimes. Je citerai feulement Hiéronyme, tyran de Syracufe, qui époufa la courtifanne Peitho qu'il affocia publiquement aux honneurs du trône, & Philetere, roi de Pergame, fils d'une courtifanne paphlagonienne nommée Boa, célébre joueufe de flûte.

Mais je remarquerai que la plupart des fouverains qui régnoient dans les contrées limitrophes de la Grèce, tirerent d'Athènes les courtifannes dont ils firent leurs favorites.

Cyrus le jeune, qui prit les armes contre Artaxerxe fon frere, & fit foulever l'Ionie en fa faveur, menoit avec lui dans fes expéditions, la célébre courtifanne Afpafie, qui d'abord eut le nom de Milto. Il en avoit encore une autre née à Milet, mais formée à

Athènes. Après la bataille de Cunaxa, où il perdit la vie, Afpafie tomba entre les mains d'Artaxerxe-Mnémon, qui n'eut pas moins de paffion pour elle que Cyrus.

Philippe de Macédoine enrichit la danfeufe Phylinna, dont il eut Aridée, qui fuccéda à la couronne après la mort d'Alexandre-le-Grand.

L'Athénienne Thaïs fit les délices d'Alexandre; elle l'engagea, à la fuite d'une partie de débauche, à mettre le feu au palais de Perfépolis. On prétend qu'après la mort du conquérant de l'Afie, elle époufa Ptolémée, l'un de fes généraux, qui fut le premier roi de l'Egypte, & qu'elle en eut trois enfans, deux princes, Léontifcus & Lagus, & la princeffe Irène, qui fut mariée à Solon, dit le fortuné, roi de Chypre.

Ptolémée - Philadelphe, autre roi

B vj

d'Egypte, eut plusieurs favorites grecques. On vante la beauté de Dydime, qui fut l'une d'elles ; les graces & l'esprit de Stratonice, à la mémoire de laquelle il fit ériger un monument remarquable sur le bord de la mer, dans le voisinage d'Eleusis. Ce prince voluptueux fit des dépenses extravagantes pour ses maitresses. On voyoit par-tout les statues de Cleiné, qui lui avoit servi d'échanson ; elle étoit représentée couverte d'une tunique très-légere, tenant à la main la coupe royale (*a*).

Il fit élever des palais superbes aux courtisannes Myrthéis, Mnéside & Pothéines, quoiqu'il les eût tirées de l'état de musiciennes ou joueuses de flûtes,

---

(*a*) Cette coupe , appellée *Rython* , étoit faite en corne d'abondance ; elle tenoit deux conges ou six pintes mesure de Paris.

& que Myrthéis, qui sembloit tenir le premier rang parmi elles, eût été livrée au public avant que d'appartenir à ce prince.

Ptolémée-Philopator fut l'esclave plutôt que l'amant de la courtisanne Agathoclée, qui bouleversa tout son Royaume.

Lamia, fille de l'Athénien Cléanor, celle qui fit bâtir un magnifique portique à Sicione, d'abord courtisanne publique, devint ensuite maitresse de Démétrius-Poliocerte, qui lui associa la courtisanne Leæna. La premiere des lettres d'Alciphron, dans le nouvel ordre que je leur donne, mettra au fait du crédit que cette femme avoit sur Démétrius, & de ses sentimens pour lui.

Les officiers principaux de ces princes, à l'exemple de leurs souverains, voulurent aussi avoir pour maitresses des

courtifannes grecques. Je ne parlerai
que du Macédonien Harpalus, inten-
dant de l'armée d'Alexandre. Après s'être
enrichi par fes concuffions, il fe retira
chez les Athéniens, & y devint amoureux de la courtifanne Pithionice. Il
prodigua pour elle l'or qu'il avoit ac-
cumulé, & après fa mort il lui confacra
le plus magnifique monument. Il lui fit
des funérailles pompeufes, auxquelles
affifterent en grand nombre les muficiens
& les chanteurs les plus fameux, qui
conduifirent le corps à fon tombeau.

Ce monument, dit Dicéarque dans
le livre qu'il a écrit fur la defcente à
l'antre de Trophonius, fait l'étonnement
de ceux qui arrivent à Athènes par la
voie facrée qui conduit d'Eleufis à la
ville. Etant placés au point d'où l'on a
en perfpective les temples, la citadelle,
ils voient à côté du chemin un monu-

ment qui l'emporte en grandeur & en
beauté fur tous les autres. Ils imaginent
d'abord que ce ne peut être que le tombeau de Miltiade, de Périclès, de Cimon, de quelque général fameux, d'un
grand homme qui après avoir rendu les
fervices les plus fignalés à la république, en aura reçu par reconnoiffance
ce fuperbe monument érigé aux frais du
public. S'ils veulent favoir précifément
pour qui il a été conftruit, & qu'on
leur réponde que c'eft pour la courtifanne Pithionice; quelle idée prendront-
ils des Athéniens qui l'ont fouffert?

Théopompe, dans fa lettre à Alexandre, où il dévoile à ce prince la conduite indécente & les mœurs corrom-
pues d'Harpalus : « Voyez vous-même,
» dit-il, la vérité de ce que j'avance,
» interrogez les habitans de Babylone
» fur le fafte avec lequel il a fait mettre

» au tombeau la courtifanne Pithionice.
» Ce n'étoit cependant qu'une efclave
» de Bacchis la flûteufe, qui auparavant
» avoit été aux gages de la Thracienne
» Synope, & l'avoit fuivie lorfqu'elle
» tranfporta fon manoir d'Egine à Athè-
» nes. Voyez par quels degrés de prof-
» titution elle eft arrivée à ces honneurs !
» Les deux monumens qu'il a fait élever
» à fa mémoire, lui ont coûté plus de
» deux cens talens, au grand fcandale
» de tout l'univers, tandis que tous
» ceux qui font morts en Cilicie à votre
» fervice, ou qui ont facrifié leur vie
» pour la défenfe de la patrie, n'ont
» reçu après leur mort aucun hon-
» neur funébre, pas plus d'Harpalus
» que de vos autres officiers princi-
» paux ; & l'on voit deux fuperbes
» monumens, l'un à Athènes, l'autre à
» Babylone, confacrés à la courtifanne

» Pithionice que l'on a vu fe proflituer
» à tout venant pour une très-modique
» rétribution. Cet Harpalus qui ofoit
» faire trophée de votre amitié, éleve
» un temple, dédie un bois facré &
» un autel à Vénus-Pithionice, bravant
» la vengeance des dieux dont il avilit
» le culte par l'ufage indigne qu'il fait
» des cérémonies religieufes ; négligeant
» même de vous rendre les honneurs
» qui font légitimement dûs à votre va-
» leur & à vos héroïques entreprifes ».

Je n'ai pas entrepris de faire la chronique fcandaleufe des maitreſſes des
rois, tirées du nombre des courtifannes. Ce que j'en ai rapporté n'eſt que
pour prouver quel cas les princes voluptueux faifoient de celles qui avoient
été élevées à Athènes, & qui joignoient
aux charmes de la figure, aux talens pour
la danfe & la mufique, les agrémens de

l'efprit, la vivacité des faillies propres
à prefque toutes les femmes grecques,
fur-tout à celles qui vivant dans la plus
grande liberté, ne fe gênoient fur rien,
& donnoient en toute occafion carriere
libre aux réparties les plus vives, quelqu'indécentes qu'elles fuffent. Je n'en
citerai aucune de cette efpece; j'en laiffe
les détails dans la compilation d'Athenée, qui les a tranfmifes à la poftérité.
Les auteurs dont il nous a confervé
les fragmens, en ont parlé, les uns pour
les blâmer, les autres pour plaire à un
peuple qui tirant vanité de tout, vouloit
même dans les circonftances les moins
intéreffantes, avoir la gloire de l'emporter fur les autres nations; il voyoit
avec fatisfaction que des femmes mé-
prifables par état, parce qu'elles avoient
été élevées à Athènes, où leurs talens
naturels s'étoient perfectionnés, étoient

recherchées par les plus grands perfonnages de leur fiecle qui les admettoient à une familiarité intime, & leur accordoient fouvent un crédit fans bornes. Au refte, on a vu dans tous les tems, même parmi des peuples auffi policés & auffi inftruits que l'étoient les Grecs, ces exemples fe renouveller, & toujours à la honte de ceux qui les ont donnés au public.

L'hiftorien Théopompe, célèbre orateur & hiftorien grec, dont nous avons rapporté une lettre adreffée à Alexandre-le-Grand, dont il étoit contemporain (*a*), dit au livre 13 des Philippiques, que les plus illuftres d'entre les Athéniens fouvent fe dégoûtoient de vivre au milieu d'un peuple qui avoit porté la dépravation des mœurs, le fafte

---

(*a*) Il eft cité par Athenée, livre 12.

& le luxe à l'excès; qui toujours divisé
en factions, ne s'accordoit que pour
traiter les riches citoyens, les hommes
illustres, & les généraux célébres comme
des criminels d'état : ce qui détermina
plusieurs d'entr'eux à préférer un exil
volontaire au séjour d'une ville si ora-
geuse. Ainsi Iphicrate se réfugia en Thrace ; Conon dans l'isle de Chypre ; Timothée à Lesbos ; Charès à Sigée dans
la Troade ; Chabrias en Egypte. Tous
n'avoient pas cependant le même mérite ; on en jugera par le portrait que
Théopompe fait de Charès. Il fut, dit-il,
lent dans ses opérations & d'une assez
grande nonchalance; il auroit pu ajouter
qu'il étoit vain & présomptueux, ainsi
qu'il le prouva dans la guerre des alliés,
358 ans avant notre ère. Mais il fut fameux par sa vie voluptueuse, même à
la tête des armées : il traînoit à sa suite

une foule de courtifannes & de muficiennes ; il employoit à leur entretien
une partie de l'argent deftiné au paie-
ment des troupes. Pendant ce tems , il
ne touchoit point à fes revenus : ils lui
fervoient à gagner les orateurs, les chefs
de factions , les juges mêmes qui auroient pu s'élever contre lui : auffi l'em-
porta-t-il fur fes collègues. Quel que fût
leur mérite, il vint à bout de les éloigner
du commandement, même de les faire
condamner à des amendes ; quoiqu'il
eût par-tout du défavantage , & que l'on
fût qu'il s'étoit laiffé gagner par l'or des
fatrapes du roi de Perfe , il ne ceffa
de jouir de la faveur du peuple. Cela
devoit être ainfi, car tel étoit alors le
goût général des Athéniens pour la volupté la plus licentieufe , que toute la
jeuneffe ne faifoit pas d'autre emploi de
fon tems qu'avec les courtifannes & les

muficiennes : ceux qui étoient plus âgés
le paffoient au jeu & à d'autres exercices auffi pernicieux & auffi blâmables;
de forte que les revenus de la république fe diffipoient plus à des feftins
publics, à des diftributions de viandes
au peuple, qu'à fa confervation, fa défenfe & fa gloire.

Plutarque nous a confervé un bon
mot de Timothée fur ce Charès dont
nous venons de parler, qui nous apprend
quelle étoit fon efpece de mérite. Lorfque le peuple, charmé de fa bonne
mine, de fa haute taille, de fa force,
& fans doute gagné par fes libéralités, le
propofa pour général : il fera très-bon,
dit Timothée, pour porter le bagage de
l'armée, mais non pour en être le chef, qui
doit avoir des yeux devant & derriere, &
l'efprit affez pénétrant pour juger tout de
fuite du parti qu'il convient de prendre.

Timothée avoit raifon, mais il n'en fut pas plus écouté du peuple, dont Charès étoit l'idole, parce qu'il employoit toute fa fortune, tout ce qu'il pouvoit enlever fur les ennemis, à donner des fêtes & des repas publics. Il dépenfa dans un jour foixante talens qui lui avoient été accordés pour fa part du butin fait dans le temple d'Apollon à Delphes, à un feftin fplendide qu'il donna au peuple dans la grande place, & à des facrifices dont les offrandes tournoient également au profit de la populace.

Ce ne fut pas le feul des chefs de la république qui fe conduifit ainfi. Hyppias & Hypparque, fils de Pififtrate, établirent en faveur du peuple, plutôt pour le corrompre que pour le perfectionner, des feftins publics à certains jours de fêtes, & des débauches que la religion fembloit autorifer. Les cour-

tifannes y étoient admifes : le nombre
en étoit fi grand, que leur affemblée
fe comparoit aux flots de la mer. Perfonne ne fut plus voluptueux que Périclès ; il méprifa les bienféances au point
de mettre hors de fa maifon fa femme
légitime pour habiter avec la courtifanne Afpafie de Mégare. Je n'entrerai
pas dans le détail du luxe & des débauches de tout genre d'Alcibiade ; je
dirai feulement qu'à fon retour d'Olym-
pie, il ne craignit pas d'expofer en public deux tableaux, dans l'un defquels
il étoit repréfenté recevant la couronne
aux jeux olympiques ; dans l'autre, il
étoit affis fur les genoux de la courtifanne Néméa , & peint fi avantageufe-
ment, que fa beauté avoit un air de volupté dont une femme même auroit dû
rougir. On peut juger que dans un état
populaire , conduit par de tels chefs,

les

les mœurs publiques répondoient à celles des particuliers qui gouvernoient.

Démétrius fils d'Antigone qui rétablit à Athènes la démocratie que Lisandre de Lacédémone avoit détruite, fut lui-même l'exemple le plus frappant de cette licence voluptueuse : il en sera parlé plus au long dans les notes à la suite de la lettre que lui écrit la courtisanne Lamia.

Il n'est pas de mon sujet de rapporter ce qui se passoit de semblable dans les autres états de la Grèce, je me contente de parler ici d'Athènes, où les arts de luxe furent portés au plus haut point, & nous ont laissé les modeles les plus parfaits. Ce peuple étoit doué d'un goût naturel & d'une sensibilité pour le plaisir, qui lui faisoit regarder les artistes distingués comme la portion la plus essentielle du bien & du bonheur public:

Tome I.   C

il leur accordoit la plus grande confidération, & dans l'enthoufiafme dont il
étoit pénétré pour les talens, il mettoit
au même rang un poëte comique célèbre, une courtifanne fameufe, un ftatuaire, un peintre, un muficien, & leur
donnoit la préférence fur des perfonnages dont les qualités euffent été de
la plus grande utilité à la république.

Le nombre des courtifannes renom-
mées, établies & connues à Athènes, étoit
confidérable. Athenée nous apprend
qu'Ariftophane de Bifance, grammairien, qui vivoit plus de deux fiecles avant
notre ère, faifoit mention de cent trente-
cinq de ces femmes : mais il remarque en
même-temps qu'il en avoit oublié plufieurs qu'il auroit dû citer. Sans doute
qu'il n'avoit parlé que de celles qui faifoient le plus d'éclat dans la fociété, &

le nombre en étoit confidérable pour une ville dont la population n'étoit pas fort nombreufe.

Il eft vrai que les étrangers contribuoient à l'entretien de quelques unes d'entr'elles; mais en général les citoyens opulens & voluptueux en faifoient les frais, & plufieurs s'y ruinoient entiérement, ainfi qu'on l'apprend de quelquesunes des lettres d'Alciphron.

Ces femmes étoient d'autant plus attrayantes, qu'aux charmes de la figure, aux attraits d'une coquetterie rafinée, à une parure élégante, à une propreté recherchée, elles joignoient tous les agrémens de l'efprit, la vivacité, la fineffe, la fubtilité des réparties; elles affaifonnoient les plaifirs de leur fociété par tout ce que le fel attique avoit de plus ingénieux & de plus piquant.

Plufieurs d'entr'elles donnoient un

certain tems à l'étude des belles-lettres
& à celle des mathématiques. Leur converfation en devenoit plus intéreffante,
mais elles faifoient payer bien cher à
leurs amans les foins qu'elles prenoient
à fe rendre plus aimables. Elles exerçoient fur eux un empire abfolu, leurs
complaifances n'étoient jamais qu'en
proportion avec la libéralité & les
moyens de ceux qui les entretenoient.
Dès qu'ils n'avoient plus de quoi fournir
à leur goût pour la dépenfe, ils étoient
éconduits.

Quelques courtifannes, celles qui
paffoient pour les plus honnêtes, admettoient à leurs tables ceux de leurs
amans qu'elles avoient ruinés, quand
ils avoient les fentimens affez bas pour
fe contenter d'un pareil traitement: peut-
être fe trouvoient-ils heureux de jouir
de cette reffource. On n'en doutera mê-

me pas, si l'on se rappelle que de tous
les hommes, les Grecs étoient les moins
délicats sur les moyens de satisfaire leur
goût pour la bonne chere.

Comme dans les professions même les
plus honteuses, il se rencontre des ames
auxquelles on ne peut refuser une certaine honnêteté, il s'en trouvoit quelques-unes de cette espece parmi les courtisannes. Bacchis étoit regardée parmi
elles comme un phénomene de cons-
tance, de désintéressement, de douceur;
on verra dans les lettres qui suivent,
qu'elles ne lui épargnoient pas les plaisanteries, les sarcasmes, qu'elles répandoient
à pleine gorge le ridicule sur ses qualités
estimables. Tant il est vrai que les mœurs,
le caractere & l'esprit des courtisannes
ont été les mêmes dans tous les tems,
& qu'elles n'ont dû la réputation dont
elles ont joui, qu'à un goût effréné pour

la volupté & les plaisirs faciles que l'on
a toujours payés trop cher.

Les courtisannes qui avoient une certaine célébrité, que leurs talens & leurs
charmes élevoient à la faveur des rois
& des satrapes, devenoient utiles à la
nation. Il ne leur étoit pas permis de
sortir d'Athènes pour passer à une cour
étrangere sans l'agrément des chefs de
la république, qui se laissoient gagner
ou par l'espérance d'une protection utile,
ou par de grandes libéralités. On verra
que la courtisanne Lamia, favorite
de Démétrius-Poliocerte, obtint de ce
prince des graces pour la ville & ses
citoyens; il est vrai qu'elles ne furent
pas gratuites.

Lorsqu'Harpalus de Pergame voulut
s'approprier la courtisanne Glycere, il envoya aux Athéniens dix mille mesures de
froment; présent très-considérable pour

un pays auſſi peu fertile que l'étoit l'Attique. Il eſt douteux que cette quantité
de grains eut été fidélement diſtribuée au
peuple. Un poëte de ce tems, dans une
piece ſatyrique intitulée l'*Agénis*, du
nom de la meſure de ce grain, fait dire
à un de ſes acteurs : « Apprenez quelle
» eſt la proſpérité des habitans de l'Atti-
» que, dans quelle aiſance ils vivent ;
» tout leur tourne à ſouhait.... On lui
répond : « Il eſt vrai qu'autrefois les den-
» rées y abondoient ; chacun avoit ſans
» peine de quoi couvrir ſa table ; à pré-
» ſent ils ſont réduits aux légumes, au
» fenouil ; rarement ils mangent du pain :
» quoique j'apprenne qu'Harpalus leur
» a envoyé dix mille meſures de fro-
» ment de la grandeur de l'agénis. Par
» reconnoiſſance il a été mis au rang
» des citoyens. Il eſt vrai que ce grain
» a été le prix de Glycere : il eſt à crain-

C iv

» dre que ce préfent ne devienne un
» jour la caufe de leur perte : on ne le
» regardera peut-être pas alors comme
» la valeur de la courtifanne ».

Il y en a eu quelques-unes qui ont
donné des preuves d'une grandeur
d'ame & d'une fermeté vraiment héroïques. La courtifanne Leæna, amie
d'Harmodius, qui immola le tyran
Hipparque, ayant été arrêtée par ordre
d'Hippias, pour en tirer les détails de
la confpiration, elle expira dans les tour-
mens plutôt que de rien déclarer de
ce qu'elle favoit.

Danaë, fille de Leontium l'Epicu-
rienne, à l'exemple de fa mere, fit dès
fa premiere jeuneffe le métier de courtifanne, & devint la favorite de Sophron, gouverneur d'Ephefe; les leçons
qu'elle avoit prifes dans les jardins d'Epicure, où elle avoit été élevée, lui avoient

donné des principes d'honnêteté & de bonne-foi qui la mettoient au-dessus de ce que sa profession avoit de méprisable. Quoique concubine de Sophron, Laodice, son épouse, avoit en elle la plus grande confiance, & lui témoignoit un attachement entier. Danaë s'apperçut que Laodice avoit formé le projet de faire assassiner son époux. Elle en avertit Sophron, qui sur certaines propositions que lui faisoit sa femme, & qui devoient le faire tomber dans les embûches qu'elle lui tendoit, demanda deux jours pour en délibérer, dont il profita pour s'enfuir à Corinthe. Laodice ne doutant point que Danaë n'eût révélé ses projets odieux à Sophron, se trouvant maitresse à Ephèse par sa retraite, ordonna que Danaë fût jettée dans un précipice. Celle-ci s'appercevant que sa fin étoit prochaine, ne daigna pas répondre un

C v

met à toutes les questions qui lui furent
faites par Laodice. Comme on la conduisoit au supplice, spectacle dont sa
rivale paroissoit satisfaite, elle lui dit
en passant : « Il est rare que les dieux
» ne tirent pas vengeance de ceux qui
» les offensent : j'ai sauvé mon mari, &
» ils permettent que je sois ainsi traitée ;
» & Laodice, qui a voulu faire assassiner
» son époux, est au faîte des honneurs
» & de la puissance » (a).

C'est encore dans le Recueil d'Athenée que l'on prendra quelqu'idée de l'esprit, des talens, des connoissances de
quelques-unes des plus célèbres courti-

___

(a) On voit par la différence des qualités &
des termes ἀνηρ, *vir*, & γαμετη, *conjux*, *ma-
ritus*, qu'une concubine se regardoit comme
unie légitimement à l'homme avec lequel elle
vivoit. Voyez *Athenée*, *liv.* 13.

fannes d'Athènes ; je ne m'arrêterai pas à celles dont les lettres d'Alciphron portent le nom, elles les feront connoître, & les notes dont je les ai accompagnées, mettront le lecteur au fait de leurs intrigues, de leur caractere & de leur goût.

Machon, ancien poëte cité par Athenée, qui a recueilli quantité d'anecdotes fur les courtifannes fameufes de fon tems, nous parle d'une certaine Mania qui étoit fort à la mode.

Il dit d'abord qu'il paroîtra étrange que l'on ait donné à une courtifanne née au centre de la Grèce, le nom barbare d'une femme phrygienne ; car le mot *Mania* ne peut être rendu que par celui de *folie*, qui devint le nom fous lequel cette courtifanne fut fameufe à Athènes, & parmi les étrangers.

Dans fa premiere jeuneffe, elle fut

appellée Mélitte ou l'Abeille. Elle étoit d'une très-petite taille, mais le son de sa voix étoit séduisant, son esprit enchantoit, & sa beauté étoit d'un éclat auquel on ne résistoit pas. Etrangers & citoyens qui l'avoient vue une fois en rafoloient. Si on parloit des courtisannes d'Athènes, il n'y avoit qu'une voix, un sentiment sur son compte, on l'aimoit à la folie.

Mais ses faveurs étoient au plus haut prix, & lorsqu'elle éconduisoit ceux dont les offres étoient au-dessous de ses prétentions, son mot étoit, *c'est folie*. Si elle se moquoit de quelqu'un de ses amans, ou si elle les louoit, le refrain de tous ses propos étoit: *c'est une folie*. Ce mot lui fut si bien appliqué, qu'elle n'étoit plus connue & que l'on ne parloit d'elle que sous le nom de Mania ou Folie, on avoit oublié celui de Mélitte.

Machon cite quelques-unes de ses réparties, qui sans doute passoient pour vives & spirituelles parmi les Athéniens, mais qui parmi nous ne seroient que trop libres & indécentes. Qui pourroit supporter les termes bas dans lesquels elle & ses semblables reprochoient à leurs rivales les infirmités naturelles auxquelles elles étoient sujettes. Il est à présumer que, puisque les anciens ont fait passer ces propos à la postérité, les graces de la langue grecque leur donnoient quelqu'agrément, & qu'ils n'étoient pas alors aussi indécens qu'ils nous le paroissent. Au reste, on dit que les courtisannes de notre tems ne sont pas plus honnêtes entr'elles, que l'étoient celles d'Athènes.

J'en reviens aux saillies de Mania. Un transfuge de l'armée ennemie étant venu à Athènes, envoya chercher la courtifanne, marchanda fes faveurs qu'il paya au prix qu'elle y fixa : il invita à un feſtin qu'il lui donna, pluſieurs des plus agréables débauchés de la ville, de ces gens qui ſont dans l'habitude de plaiſanter de tout. Voulant lui-même ſe donner un air d'eſprit, faire parade de gentilleſſe ainſi que de ſon opulence, & rendre à Mania le change de tous les brocards qu'elle lui adreſſoit, s'appercevant qu'elle ſe levoit ſouvent de table : Quelle eſt, lui demanda-t-il, la bête fauve qui court le plus vîte ſur les montagnes? Mon brave, repartit-elle, c'eſt un tranſfuge. Folie ſortit, & rentra dans l'inſtant ; elle entreprit de nouveau le déſerteur, lui fit entendre que l'on ſavoit que dans une irruption imprévue de l'ennemi, il avoit prudemment abandonné ſon bouclier qui l'auroit embarraſſé dans ſa retraite. Le galant parut piqué du propos, fit la mine, tourna le dos: Mon tendre ami, dit la courtifanne, que ce que je viens de vous rappeller ne vous fâche pas, vous n'y êtes prefque pour rien; j'en prends à témoin Vénus ma protectrice : ce n'est pas votre bouclier que vous avez jetté pour fuir, c'est celui qu'on vous avoit prêté.

Ce n'est pas de Mania feule que Machon rapporte les réparties ingénieufes & vives: il en cite de Gnathène, autre courtifanne fameufe d'Athènes, qui ont leur prix.

Diphile, poëte comique, venoit d'ordinaire fouper & faire la débauche chez Gnathène, pendant les fêtes de Vénus. C'étoit de tous fes amans celui qu'elle ménageoit le plus, dans la crainte que dans fes comédies, il ne lançât contre elle quelque trait fatyrique, fe conduifant néanmoins de façon que le poëte

ne pût pas s'en prévaloir. Il vint, & se
fit accompagner de deux flacons de vin
de Chio, de quatre de Thasso, de parfums, de fleurs, de confitures, d'autres
provisions, d'un cuisinier, & même d'une
joueuse de flûte.

Un Syrien de ses amans, qui passoit
par Athènes, venoit de lui envoyer de
la neige & un panier de poissons choisis. Le présent l'embarrassoit, elle trem-
bloit que Diphile n'en fît quelque chose.
Elle fit disparoître la marée, mais elle
fit mêler la neige dans le vin, sans que
l'on s'en apperçût, ordonnant à ses do-
mestiques d'en mettre deux parties sur
dix de vin : cela fait, elle présenta la
coupe à Diphile, qui la but avec le plus
grand plaisir ; De par tous les dieux,
dit-il, vous avez, Gnathène, un puits
glacé ! Que cela ne vous étonne pas,
répondit-elle, j'ai soin d'y jetter, quand

il le faut, les prologues de vos comédies.

Le même Diphile ayant fait représenter une piece nouvelle dans des jeux publics, fut hué de toute l'assemblée. Au sortir de cette triste aventure, il vint en perdre le souvenir dans les bras de Gnathène. En entrant, il ordonna qu'on lui lavât les pieds : A quoi bon prendre ce soin, dit-elle, ne vous portoit-on pas sur les épaules, tout-à-l'heure, quand vous êtes venu ?

Soupant un jour chez la courtisanne Dexithée, & s'appercevant qu'elle mettoit à part pour sa mere tout ce que l'on servoit de meilleur : Si j'avois prévu vos intentions, dit-elle, j'aurois été souper chez votre mere, & non chez vous.

Un autre compilateur nommé Lyncée, dit que comme on présentoit à

Gnathène dans un petit verre, du vin de seize ans : Qu'il est petit pour son âge, dit elle!

De jeunes gens, à la suite d'une débauche qui s'étoit faite chez elle, se battoient à coups de poings pour la préférence : Console-toi, dit-elle, à celui qui avoit été vaincu, tu ne remporteras point de couronne de ce combat, mais au moins tu as ton argent de reste.

Le danseur Pausanias, surnommé le Puits, étant tombé dans un tonneau, sans y prendre garde : Cela est singulier, dit Gnathène, comment le puits a-t-il pu entrer dans un tonneau?

Cette Gnathène se fit une réputation assez brillante par son goût, ses graces, son urbanité vraiment attique , & sa gaieté soutenue. Elle avoit monté sa maison à la maniere d'une espece d'école philosophique qui avoit ses loix & ses

maximes, tant pour la table que pour
les plaifirs que l'on pouvoit prendre
avec elle ou avec fa niece. Ces loix
étoient énoncées en trois cens vingt vers
fur le ton fententieux des philofophes
du Portique ou du Licée. Ses amans
juroient de les obferver. La parodie étoit
affez plaifante. C'eft dommage qu'Athenée ne nous ait pas tranfmis ce code
voluptueux, & qu'il fe contente de nous
dire que Callimaque l'a tranfcrit dans
la troifieme table de fes loix.

Gnathénion, niece de Gnathène, eft
encore citée comme une fille à bons
mots.

Un Satrape étranger déja vieux & fi
caffé, qu'à fa mine on lui auroit donné
quatre-vingt-dix ans, ayant rencontré
pendant les Saturnales Gnathénion qui
fortoit du temple de Venus avec fa tan-

Tome I.

te ; charmé de fa beauté & de l'élégance
de fa taille, lui demanda quel prix elle
mettoit à fes faveurs. La Courtifanne, à
la vue de fon fafte & de fa fuite, qui
annonçoit la plus grande opulence, lui
demanda mille drachmes. Le Satrape
feignant fa furprife : quoi ! dit-il, la
belle, parce que tu me vois fuivi d'une
troupe de gens armés, tu crois me tenir
prifonnier, & tu fais monter fi haut ma
rançon ? Je te donnerai cinq mines, ne
fais pas la difficile, dans peu tu me re-
verras. Gnathémion admirant l'efprit &
la vivacité du vieillard, lui répondit ; il
en fera ce que vous jugerez à propos,
mais je parie que vous ferez fi content
de faire ma connoiffance, que vous ne
regarderez pas au prix.....

Elle defcendoit un jour d'Athènes
au Pyrée, dans le tems de l'affemblée
folemnelle des Grecs, qui s'y tenoit tous

les cinq ans ; elle alloit joindre un mar-
chand étranger qui l'aimoit beaucoup.
Son équipage n'étoit pas fastueux ; elle
étoit montée sur une petite mule, trois de
ses servantes l'étoient sur des ânes, une
nourrice ou gouvernante encore jeune,
& un valet formoient toute sa suite. Elle
rencontra dans un chemin serré, un de
ces lutteurs vulgaires, que l'on voit
courir avec empressement aux jeux
publics, & qui jamais ne s'y sont pré-
sentés que pour être vaincus. Ne pou-
vant passer aussi vîte qu'il l'auroit voulu :
Coquin de palfrenier, cria-t-il deux ou
trois fois, débarrasse le chemin, ou je
vais culbuter la bête de somme, les ânes
& les filles ; Tout beau, puissant athléte,
dit Gnathénion, c'est ce qui ne vous
est jamais arrivé.

Elle étoit peu attachée aux libertés
de sa profession, & l'habitude de ré-

pondre à tout venant, lui déplaisoit fort;
aussi avoit-elle pris le parti de vivre en
ménage avec l'histrion Andronique, à
la charge, sans doute, qu'il l'entretien-
droit. Il n'étoit souvent pas aussi libéral
qu'elle l'auroit souhaité, & un jour
qu'elle refusoit de répondre à ses empressemens, il s'en plaignit à la vieille
Gnathène, qui se courrouça contre sa
niéce: A merveille, ma mere, dit-elle,
cet homme ne fournira rien à la maison,
& il jouira seul de l'unique bien que
nous puissions faire valoir; après cela
commandez que je lui prodigue mes
caresses.

La vieille n'étoit pas toujours d'aussi
bonne composition. Un galant, pour
avoir une fois donné une mine à Gnathénion, se croyoit en droit de venir
la voir autant qu'il le voudroit sans rien
fournir au-delà. Jeune homme, lui dit-

elle, penſes-tu qu'il ſuffiſe ici d'avoir payé une fois, comme chez Hyppama-chus, le maître d'exercice?

Le philoſophe Stilpon, ſoupant un jour avec Glycère, lui reprochoit qu'elle & ſes ſemblables gâtoient la jeuneſſe. Ne peut-on pas, lui dit la Courtiſanne, te faire le même reproche, & à tous les philoſophes? Ne corromps-tu pas l'eſ-prit & le cœur de ceux qui fréquentent ton école, par tes queſtions inutiles, tes demandes captieuſes, tes paradoxes har-dis, tes réponſes ambigues? Qu'importe que la jeuneſſe qui doit être gâtée, le ſoit dans la maiſon d'une courtiſanne ou dans l'école d'un philoſophe? Tout l'avantage, s'il y en a, eſt de mon côté; car, comme le dit Agathon, une femme dont le genre de vie affoiblit les forces, ſemble gagner du côté de l'intelligence & de l'eſprit, ce qu'elle perd du côté

Tome I.   *

du corps. Or c'eſt ce qui arrive à la jeuneſſe qui nous fréquente.

Phriné avoit un amant vieux & avare, qui lui diſoit : Vous êtes la Vénus de Praxitele : — Et vous, dit-elle, l'Amour de Phidias.

Je rapporterai dans la ſuite d'autres anecdotes qui ont un rapport immédiat aux courtiſannes dont il eſt parlé dans les lettres d'Alciphron. Ce que j'en ai dit dans ce diſcours, preſqu'entiérement tiré du recueil d'Athenée, ſuffit pour donner une idée générale des femmes de cet état.

Je dirai encore, d'après le même écrivain, que l'on eſt ſurpris de voir que les légiſlateurs & les chefs de la république aient ſans ceſſe parlé des courtiſannes, & cela dans les occaſions les plus importantes, dans les diſcours où ſont traités les plus grands intérêts. On

eſt

est étonné de les·y voir paroître, tantôt pour blâmer leurs artifices séducteurs, & le danger de leur commerce, tantôt pour les défendre des imputations dont on les chargeoit, & justifier leur vie licentieuse par l'utilité de leur profession & sa nécessité.

C'est dans des auteurs graves pour la plûpart, que l'on est instruit des surnoms des courtisannes grecques, & de leurs défauts. Hypéride, dans sa harangue contre Aristagoras, dit qu'il étoit assez commun de donner le nom de Merlan aux courtisannes. C'est ainsi que l'on appelloit Stagonium & Anthides, sœurs, parce qu'elles étoient petites, minces, blanches, qu'elles avoient de grands yeux, & que sans doute elles n'étoient pas d'une composition difficile : le merlan, dit-on, n'a besoin que de voir le feu pour être frit.

Tome I.   D

Lyſias, dans le diſcours contre Phi-
lonide, parle de la courtiſanne Naïs,
ſurnommée Antycire, ſoit parce qu'elle
paſſoit pour donner de l'ellébore aux
amans en délire; ſoit parce qu'ayant été
long-tems attachée au médecin Nicoſ-
trate, il ne lui laiſſa rien en mourant
qu'une grande quantité de cette drogue.

Nicone fut appellée la Chevre, parce
qu'elle avoit entiérement dépouillé le
négociant Thallos, & ce ſobriquet lui
fut donné, parce que les chevres ſe
plaiſent à brouter les ſommités des jeunes branches des arbuſtes que l'on appelle en grec *tallos*, θαλλος.

Antiphanès dit que la courtiſanne
Nannio eut le ſurnom d'Avant - ſcène
(*Proſcenium*); elle étoit d'une figure
impoſante, toujours magnifiquement
parée; mais rien n'étoit plus rebutant
qu'elle, lorſqu'elle étoit en négligé. Les

libertins de fon tems appelloient fa fille Coroné, la nourrice. Ce n'étoit pas faire l'éloge de fes attraits ni de fa taille.

Je ne finirois pas fi je voulois fuivre Athenée dans tout ce qu'il rapporte des anciens poëtes, fur-tout des comiques, au fujet des courtifannes : ils leur lâchoient de tems en tems des traits piquans ; ils les défignoient par les noms fous lefquels elles étoient connues dans le monde, ainfi que par leurs fobriquets. Théophile, dans la piéce intitulée, l'*Amateur des Flûtes*, l'avertit de prendre garde de fe mettre à la difcrétion de Laïs, de Méconide, de Syfimbrion, de l'Abifme, de Thallufe, ou de quelques-autres de ces courtifannes qui favent prendre fi adroitement dans leurs filets ceux qui font fenfibles à leurs charmes, ainfi que le pratiquent Nannio & Malthale.....
La plûpart de ces noms n'étoient que

des fobriquets : Syfimbrion fignifie fer-
pollet ; Thallufe, fleurie ; Barathron ou
l'Abifme étoit un furnom que la courtifanne devoit à la fatyre.

· Je terminerai ce difcours par l'idée
générale que donne des courtifannes le
poëte Anaxilas dans la comédie intitulée *la Néotide*, ou *la Jeune Fille* (*a*).

« Un homme qui a vécu avec les
» courtifannes, eft feul en état de nous
» inftruire de toutes les infamies dont
» elles font capables. Le ferpent en hor-
» reur à l'humanité, la chimere qui ref-
» pire le feu, les gouffres de Charybde
» & de Scilla, les monftres de la mer,
» le fphinx, l'hydre, la lionne, la vi-
» pere, les harpies font moins redou-
» tables, moins cruelles que cette ef-
» pece atroce de femmes. Il ne faut que

_____

(*a*) Dans Athenée, livre 13.

» réfléchir fur leur caractere pour en être
» perfuadé. Plangon, telle que la chi-
» mere, confumoit de fon feu dévorant
» tous les barbares qui s'approchoient
» d'elle, un feul cavalier l'a anéantie (*a*);
» il a enlevé tout ce qu'elle poffédoit,
» & a difparu avec fon butin. Avoir
» affaire à Sinope, n'eft-ce pas s'unir
» à l'hydre ? Elle vieillit & devient
» moins dangereufe. Mais fa voifine Gna-
» thène la remplace, plus on lui donne,
» plus on l'irrite. Quelle différence met-
» tre entre Nanno & le gouffre de Scil-
» la ? Elle a étouffé deux de fes amans ;
» elle étoit à la pourfuite d'un troifiéme
» qu'elle vouloit ruiner encore ; il s'eft
» échappé à force de rames. Phryné eft-
» elle moins à redouter que Charybde ?

(*a*) Allufion à la fable de Bellerophon ,
vainqueur de la Chimere.

» Ne vient-elle pas d'engloutir un pilote
» avec sa barque? Théano n'est qu'une
» syrène épilée: elle a la voix & la phy-
» sionomie d'une jolie femme, ses cuisses
» & ses jambes sont séches & noires
» comme celles d'un merle. En un mot,
» on peut regarder toutes les courti-
» sannes comme autant de sphynx de
» Thébes : tous leurs discours sont à
» double sens : elles vous disent qu'elles
» vous aiment, qu'elles vous chérissent,
» qu'elles ont pour vous la tendresse la
» plus vive; puis elles vous parlent d'une
» servante à deux pieds, d'un lit ou
» d'une chaise à quatre, d'un trépied
» d'airain qui leur manque (a). Celui qui

(a) Le poëte fait ici allusion aux réponses
obscures & énigmatiques du sphinx à l'énigme
si connue de l'homme, quel est l'animal qui
marche à quatre pieds en naissant, &c.

» reconnoît où elles en veulent venir, qui
» s'en éloigne comme s'il ne les eût pas
» même apperçues, se tire habilement
» du péril. Mais ceux qui se croyent
» aimés, qui dans le délire d'une vaine
» félicité se placent au rang des dieux,
» il n'y a rien à leur dire ; tôt ou tard ils
» reconnoîtront que de toutes les bêtes
» féroces, la plus dangereuse est la cour-
» tisanne ».

Telles étoient ces femmes dont les
noms ont passé à la postérité à côté de
ceux des hommes célèbres qui les asso-
cioient à leurs plaisirs. On ne peut rien
ajouter à la peinture qu'en vient de faire
le poëte Anaxilas.

Quelles étoient donc les mœurs publiques à Athènes ! Il n'y en avoit point.
Le goût effréné des Grecs pour la volupté, leur en tenoit lieu : la corruption
étoit si générale, qu'aucun d'eux n'en

D iv

rougiſſoit. Tous étoient livrés à un li-
bertinage extrême. Socrate lui-même,
le ſage Socrate, que M. Dacier, dans
un mouvement d'enthouſiaſme, auroit
placé au rang des ſaints, s'il l'eut oſé,
n'eſt pas exempt de tout ſoupçon. Mais
le divin Platon, le docte Ariſtote, Périclès, Thémiſtocle, Miltiade, Cimon,
Epaminondas, tous les plus célèbres des
Grecs ſuivirent le torrent. Le juſte Ariſ-
tide eſt peut-être le ſeul dont on n'ait
rien dit. Démoſthène, cet orateur vé-
hément, dont la mâle éloquence & les
maximes ſéveres annoncent une régu-
larité de caractere à laquelle on croiroit
que ſes mœurs ont répondu, donna dans
tous les excès de la table, des jeunes
gens & des femmes. Un poëte contemporain, cité par Athenée (*livre 13*), dit
de lui : « Que doit-on penſer de Dé-
» moſthène ? les projets qui lui ont coûté

» une année entiere à concevoir, à for-
» mer, une femmelette peut, dans une
» nuit, y mettre la confuſion & les
» bouleverſer. Il aimoit à la folie le
» jeune Ariſtarque, il s'apperçut que Ni-
» codeme vouloit le lui enlever; & dans
» un mouvement de fureur, il arracha
» les yeux à ſon mignon, afin que leur
» beauté ne tentât plus perſonne. Il prit
» enſuite le jeune Cnoſion; il ne rougit
» pas de le loger dans ſa maiſon, ce
» qui déplut à ſa femme au point qu'elle
» n'imagina pas d'autre moyen de s'en
» venger, que de ſe proſtituer à ce même
» Cnoſion ».

C'eſt ainſi que la corruption devint
générale, il n'y eut plus de réforme à
eſpérer quand ces excès ſe furent ré-
pandus parmi le peuple, les artiſans,
les gens de la campagne. On voit dans
les lettres d'Alciphron, par quels de-

grès l'exemple des chefs féduifit infenfiblement toute la nation. Ceux qui con-
ferverent des mœurs, ne les durent qu'à
l'indigence ou à l'habitude d'un travail
continuel & néceffaire, qui les tenoit
éloignés de la contagion de la ville.

Nous admirons encore les productions admirables de l'efprit des Grecs,
leurs chef-d'œuvres dans tous les arts,
font d'une perfection à laquelle il paroît impoffible d'atteindre. Mais que
devons-nous penfer de leur police, de
leurs loix, de leur culte religieux, puifque tous ces grands moyens ne mettoient aucun frein à leurs défordres?

LETTRES

DES

COURTISANNES.

LETTRE PREMIERE.

Lamia à Démétrius (1).

JE vous dois, feigneur, la liberté que je prends ; vous êtes roi , & vous m'accordez la permiffion de vous écrire. Me poffédant toute entiere , vous ne regardez point comme au-deffous de votre grandeur de recevoir mes lettres.

Je vous l'avoue , feigneur , quand je vous entends , quand je vous vois paroître en public , au milieu de vos gardes , avec cette efcorte nombreufe de troupes , environné de vos officiers & de vos miniftres , dans toute la pompe de la majefté royale (2);

Tome I.   * D vj

j'en attefte Vénus, je fuis faifie d'un tremblement refpectueux ; la crainte & le trouble
s'emparent de mes fens ; je n'ofe vous regarder, je crains que l'éclat qui vous en-
vironne, comme un foleil trop ardent, ne
me brûle les yeux (3).

C'eft alors que je vois le grand Démétrius-Poliocerte dans toute fa fplendeur.
Quelle eft dans ces inftans la fierté de vos
regards ! ils n'ont rien que de formidable
& de guerrier (4).

Tout ce qui s'eft paffé entre nous, ne
me femble plus qu'une illufion. J'ai beau
me dire : c'eft ce prince qui vient partager
ton lit, qui paffe la nuit à t'entendre jouer
de la flûte ; c'eft lui qui t'a honorée aujour-
d'hui de fes lettres, qui t'a donné une préférence marquée fur la courtifanne Gnathène (5), je ne m'en crois pas moi-même ;
tous mes vœux, tous mes defirs font de
vous voir de nouveau chez moi, pour
m'affurer de la vérité de mes idées.

Lorfque je vous prodigue mes careffes,

je me demande à moi-même : eft-ce là
ce conquérant, ce grand général qui fait
trembler la Macédoine, la Grèce, la
Thrace? O Vénus! fois-moi favorable;
je vais lui livrer d'autres combats avec mes
flûtes (6), je verrai s'il peut réfifter à mes
affauts.

De grace, feigneur, reftez à Athènes
encore trois jours, & vous me ferez l'honneur de venir manger chez moi. Après-
demain eft un jour folemnel, que tous les
ans je confacre à Vénus; & je n'épargne
rien pour que chaque fête l'emporte fur
la précédente par la fomptuofité de l'appareil.

Vous ferez reçu agréablement, & de la
maniere la plus convenable à une prêtreffe
de Vénus, qui veut lui faire un facrifice
pompeux.

Vous m'en fournirez les moyens (7). Je
vous le demande, feigneur, avec d'autant
plus de confiance, que je n'ai rien fait
d'indigne de vos bontés, depuis cette nuit

fainte & mémorable, où je vous reçus la premiere fois dans mes bras (8).

Quoique vous m'euffiez laiffé la liberté entiere de mon corps & de mes actions, je n'en ai point abufé; je me fuis comportée d'une maniere digne de vos faveurs; j'ai fermé ma porte à tout autre amant.

Croyez-en, feigneur, l'affurance que je vous en donne : je rougirois de mentir comme une courtifanne vulgaire. J'en attefte la chafte Diane. Si depuis ce tems la jeuneffe d'Athènes n'a plus ofé élever fes defirs juf-qu'à moi, je n'ai pas été moins infenfible à tout ce qu'elle a d'attrayant. Elle a ref-pecté une place dont vous vous êtes em-paré, & je vous l'ai confervée fidélement.

L'amour, grand roi, eft prompt & lé-ger, & lorfqu'il vient & lorfqu'il fe retire : l'efpérance lui donne des aîles; eft-elle fatisfaite, fes plumes tombent, il difpa-roît. Auffi le grand art des courtifannes eft de retarder le moment des jouiffances qu'elles femblent toujours prêtes à accorder,

& de conferver leurs amans par l'efpérance.

Mais avec les rois, il ne nous eft pas
permis d'ufer du moindre délai, tant nous
craignons de perdre l'inftant favorable, de
leur infpirer quelque dégoût pour nos perfonnes, ou de nous attirer leurs dédains.

Nous avons mille prétextes à donner aux
autres hommes, tantôt des devoirs de religion, tantôt des dérangemens de fanté:
les foins indifpenfables de la maifon que
l'on tient, fervent quelquefois d'excufe. Un
fâcheux fe préfente à propos : on recule le
tems de la jouiffance, que tant de raifons
rendent bientôt infipide ; on le retarde, mais
on agace, on promet, on careffe, on s'em-
pare des efprits & des cœurs; on les fub-
jugue, & ils craignent d'autant plus que de
nouveaux obftacles ne s'oppofent au bonheur auquel ils afpirent, que l'on a mis plus
d'art à exciter leurs defirs, & à foutenir
leurs paffions (9).

Peut-être pourrois-je encore tenir cette

conduite artificieufe avec nos Athéniens ;
mais avec vous , feigneur, je déguiferois
mes fentimens, mes defirs, ma reconnoiffance ; que les mufes m'en préfervent ! Avec
vous, qui me traitez avec tant de bonté,
qui m'honorez d'une préférence marquée,
qui me vantez comme me trouvant fort
au-deffus de toutes les autres courtifannes,
qui femblez vous faire gloire de votre goût
pour moi ! Non, je n'ai pas affez peu de
fens, pour ne pas me montrer à vous telle
que je fuis (10).

Oui, feigneur, quand je facrifierois tout
ce que je poffede, jufqu'à ma vie même pour
vous, je croirois avoir peu fait : ma reconnoiffance feroit encore au-deffous de vos
bienfaits.

Je fais que cette fête de Vénus, dont je
fais les apprêts, que vous honorerez de
votre préfence, non-feulement fera célébre
dans la maifon d'Hyppéride, où elle fe
prépare, mais encore que le bruit s'en ré-
pandra dans toute la ville d'Athènes, &

de-là dans le reste de la Grèce (11).

Les tristes Lacédémoniens, ces lions de la Grèce, devenus renards à Éphèse, chercheront à rétablir leur réputation, & à se montrer dignes de leurs austeres ayeux, en blâmant sur le mont Taigète, dans leurs retraites sauvages, la magnificence de nos repas. Ils opposeront les séveres instituts de Lycurgue, leur économie sordide, à votre bienfaisance royale, à vos sentimens humains : à la bonne heure, s'ils s'en trouvent bien (12).

Je vous supplie de nouveau, seigneur, de ne pas oublier le jour du festin. L'heure qu'il vous plaira d'indiquer, sera la plus favorable pour moi. Adieu.

N O T E S.

(1) DÉMÉTRIUS-POLIOCERTE, ou le Preneur de villes, fils d'Antigone, l'un des généraux & successeurs d'Alexandre-le-Grand, qui établit un royaume puissant en Asie, d'une partie des conquêtes d'Alexandre,

s'empara d'Athènes, en chaſſa Démétrius-
de-Phalere, & y rétablit le gouvernement
démocratique, 295 ans avant l'ère chrétienne : l'année ſuivante il s'empara de la
Macédoine. La reconnoiſſance des Athéniens pour le ſervice qu'il leur avoit rendu,
fut exceſſive, & long-tems ils eurent pour
Démétrius la ſoumiſſion que l'on doit à un
maître abſolu. Cette lettre le repréſente dans
tout l'éclat de ſa puiſſance , & le rhéteur
n'en dit rien qui ne ſoit juſtifié par l'hiſtoire.

Quant à la courtiſanne Lamia, il en a déja
été parlé dans le diſcours qui eſt à la tête des
lettres; j'ajouterai ſeulement que Plutarque,
dans la vie de Démétrius, dit que Lamia fut
une partie du butin que fit Démétrius ſur Ptolémée, lorſqu'ils combattoient enſemble pour
la ſouveraineté de l'iſle de Chypre. « Dans le
» butin ſe trouva cette tant renommée courti-
» ſanne Lamia, laquelle au commencement
» avoit été requiſe & renommée ſeulement
» pour ſon art, à cauſe qu'elle jouoit aſſez
» bien des flûtes. Mais depuis quand elle
» commença à mener le train de courti-
» ſanne, elle fut en bien plus grande vogue
» que devant; tellement que lors, encore
» qu'elle fût déja au déclin de ſon âge & de

» fa beauté, & qu'elle eût trouvé Démétrius
» beaucoup plus jeune qu'elle, fi eft-ce qu'elle
» le gaigna & retint par fa douceur & bonne
» grace, de forte qu'il étoit amoureux de
» celle-là feule, & toutes les autres femmes
» amoureufes de lui ». *Traduct. d'Amiot.*

(2) Démétrius & fon pere Antigone furent les premiers des généraux d'Alexandre
qui devinrent fes fucceffeurs dans la plus
grande partie de fes conquêtes en Afie : ils
prirent les premiers le titre de rois, & porterent le diadême.

Elien, livre **12**, chap. **7** de fes Hiftoires
diverfes, dit expreffément que Démétrius,
qui tenoit fous fon empire tant de nations,
& fi puiffantes, alloit publiquement au logis
de la courtifanne Lamia, avec tout l'appareil de la majefté royale, le diadême en
tête, fuivi d'une efcorte nombreufe. Il fatis-
faifoit ainfi le goût qu'il avoit pour la pompe. D'ailleurs, la majefté royale ne brilloit
dans aucun prince avec autant d'effet que
dans toute la perfonne de Démétrius : la nobleffe de fon port en impofoit à fes courtifans & à fes amis, & fa beauté touchoit
fes ennemis au point de les lui gagner.

(3) Cette flatterie, assez délicate dans la bouche d'une femme telle que Lamia, devoit plaire à Démétrius. Aurelius-Victor, dans la vie d'Augufte, attribue la même réponse à un foldat qui détournant ses yeux du vifage de l'empereur, & interrogé par ce prince fur ce qui le déterminoit à agir ainfi, il répondit qu'il ne pouvoit foutenir l'éclat de ses regards.

(4) « Démétrius étoit de belle & grande
» taille, d'un air & d'une beauté de vifage
» fi merveilleufe & fi excellente, qu'il n'y
» avoit ni peintre n'imageur qui pût avenir
» à le bien tirer & contrefaire naïvement
» après le vif, car on voyoit en fa face une
» douceur conjointe avec une gravité, une
» révérence avec une grace, & y reluifoit
» une héroïque apparence de majefté royale
» très-difficile à repréfenter. Même fon natu-
» rel & fes mœurs étoient compofées de telle
» forte, qu'elles étonnoient & déleftoient
» tout enfemble ceux qui hantoient & fré-
» quentoient avec lui; car quoiqu'il fût gay
» & récréatif en compagnie, quand il étoit de
» loifir & le plus fuperflu en feftoyeméns,
» délicat en fon vivre, & diffolu en toutes

» manieres de voluptés & de délicate que fut
» onques roi; ce nonobſtant il avoit a.
» vité très véhémente, un ſoin preſſant & di-
» ligence continuelle aux affaires ». *Plutar-*
que, *Vie de Démétrius*, *trad. d'Amiot.*

(5) Gnathène, courtiſanne athénienne,
rivale de profeſſion & d'eſprit de Lamia,
étoit célèbre par ſes bons mots, & la vivacité de ſes réparties: j'en ai cité quelques-
unes dans le diſcours préliminaire; j'en ai
omis beaucoup d'autres, trop indécentes,
mais relatives aux exercices de ſon état.

(6) Nous avons vu (*note 1*) que Lamia
s'étoit fait connoître par ſon talent pour la
flûte. Il paroît par ce qu'Athenée rapporte
(liv. 14) des différentes eſpeces de flûtes, que
l'on exécutoit avec cet inſtrument une ſorte
de muſique imitative qui devoit avoir beaucoup d'agrément. Les airs différens avoient
des noms connus. *Comos* étoit l'air propre au
premier ſervice de table; *dicomos* au ſecond
ſervice; *tetracomos* aux ſervices ſuivans.
Hedicomos étoit pour exprimer l'agrément
du repas: l'air appellé *gingras* peignoit les
applaudiſſemens des convives. Le chant *cal-*
linique étoit deſtiné à célébrer les triomphes

des vainqueurs. Il y avoit d'autres airs ou concerto de flûtes qui imitoient les différentes professions utiles à la société, & le bruit de leurs exercices. On juge de-là que le talent de jouer de la flûte aßez bien pour se faire une réputation brillante, exigeoit de l'étude & des dispositions naturelles, & que ce n'eſt pas à tort que l'on eſtimoit ceux qui excelloient dans cet art. Les flûtes étoient regardées comme partie eſſentielle des inſtrumens deſtinés au culte de Cérès; il y avoit des chants exprès pour demander à la déeſſe d'abondantes moiſſons. Le jeu des flûtes étoit accompagné de danſes expreſſives du ſujet que l'on célébroit, & il paroît que les muſiciens jouoient de la flûte & danſoient alternativement; mais le concert des voix devoit toujours précéder celui des inſtrumens.

Les inventeurs des flûtes furent regardés comme des bienfaiteurs de la ſociété. Pline en parle ſur ce ton (*liv. 7, ch. 56*). Pan inventa le chalumeau ou flûte ſimple; Midas, roi de Phrygie, la flûte traverſiere, & Marſyas, les flûtes doubles.

Il eſt ſurprenant que les filles grecques, qui ne négligeoient ſûrement pas le ſoin de leur beauté, acquiffent de la célébrité par cet inftrument qui déforme le vifage lorfqu'on en joue. On trouve dans Athénée des fragmens d'anciens poëtes qui affurent que Pallas voyant la difformité étonnante que caufoit cet inftrument au vifage de celui qui en jouoit, le jetta avec indignation, & en profcrivit l'ufage. Paufanias, liv. I, ch. 24, dit qu'on voyoit à Athènes une ftatue antique de Minerve châtiant le fatyre Marfyas, pour avoir emporté une flûte qu'elle avoit jettée, & qu'elle ne vouloit pas que l'on ramaffât.

(7) Démétrius jouiffoit de la plus grande autorité à Athènes. La république lui affigna fon logement dans le temple de Minerve, dans la partie la plus facrée, appellée Parthénon, mais qu'il ne refpecta guère; car il y commit toutes fortes d'indécences, fans aucun égard pour la chafte Minerve, qu'il vouloit qu'on regardât comme fa fœur aînée. Les courtifannes les plus célèbres de ce tems, les plus jolies femmes de la ville y partagerent fes plaifirs. « Si-tôt, » dit Plutarque, comme il étoit forti hors » d'affaires, il s'abandonnoit diffolument

» & se laissoit aller à toutes sortes de vo-
» luptés ; mais en tems de guerre il é
» sobre & chaste comme ceux qui le sont
» naturellement ». C'étoit encore aux dépens des Athéniens qu'il entretenoit les courtisannes. « Démétrius, dit Plutarque, or-
» donna aux Athéniens de donner prompte-
» ment à Lamia deux cens cinquante talens.
» Le recouvrement de ces deniers leur fut
» dur, tant pour la briéveté du tems qui
» leur fut préfix, que parce qu'il ne fut jamais
» possible d'en rien rabattre. Quand il eut
» vu tout cet argent, qui lui fut apporté
» devant lui dans un monceau, il commanda
» qu'on le baillât à Lamia & aux autres
» courtisannes, pour leur avoir du savon.
» Car la vergogne leur faisoit plus de mal
» que la perte de leur argent, & la parole
» dont il usa au grand mépris d'eux, les
» toucha plus que ne fit ce qu'ils payerent.
» Toutefois aucuns disent que ce ne fut
» pas aux Athéniens, qu'il fit ce vilain tour-
» là, mais aux Thessaliens ».

Lamia dit à Démétrius qu'il lui fournira
les moyens de payer les frais du festin qu'elle
lui prépare ; elle se servit, au rapport de
Plutarque, du crédit que lui donnoit dans la
ville,

ville, l'attachement connu de Démétrius
pour elle.

« Lamia, de son autorité privée, rançon-
» na & exigea de l'argent de plusieurs particu-
» liers, pour un festin qu'elle fit à Démétrius,
» duquel l'appareil fut si somptueux &
» magnifique, que Linceus, natif de l'Isle
» de Samos, en mit l'ordonnance par écrit :
» & pourtant un certain poëte comique, non
» moins plaisamment que véritablement,
» appella ladite Lamia Elépolis, c'est-à-dire,
» engin à prendre villes. Démocharès, natif
» de la ville de Soli, appelloit Démétrius, *fa-*
» *ble*, pour autant qu'il avoit cette Lamia tou-
» jours avec lui, comme ès fables que les
» vieilles content aux petits enfans, il y a vo-
» lontiers une Lamie, c'est-à-dire, une fée ou
» sorciere. En maniere que le grand crédit &
» autorité qu'avoit ladite Lamia, & l'amour
» que lui portoit Démétrius, ne lui causoient
» pas la jalousie seulement & l'envie des
» femmes épouses dudit Démétrius, mais
» aussi la haine de ses familiers & privés
» amis ».

C'est ce que ses ambassadeurs témoi-
gnerent au roi Lysimachus, qui s'entrete-
nant familiérement avec eux, leur faisoit voir

Tome I. E

les cicatrices que lui avoient laissées sur les bras & sur les cuisses, les griffes du lion avec lequel Alexandre l'avoit fait enfermer dans une cage : « Eux riant, se prirent à dire que » leur maître portoit aussi au col les marques » & morsures d'une mauvaise bête, qui étoit » Lamia ».

(8) Lamia eut la vanité de faire passer son nom à la postérité, en faisant bâtir un magnifique portique à Sycione, ville du Péloponnèse ; c'est, sans doute, ce qu'elle appelle avoir fait un bon usage des bontés & des dons de Démétrius. Peut-être que les Athéniens n'avoient pas encore porté l'adulation pour Démétrius à l'excès où ils en vinrent, lorsqu'ils ne rougirent pas de faire bâtir un temple à Vénus-Lamia, en quoi ils furent imités par les Thébains; ce qui leur fut reproché par les poëtes & les orateurs contemporains, comme le comble de la bassesse. *Athenée, liv. 6.*

(9) Tel a toujours été le manége des courtisannes entendues dans leur métier. Il est à propos, dit l'une d'elles (*Aristenet.* *épit.* 1, *liv.* 2) de faire éprouver quelques difficultés aux jeunes amans, de ne leur pas

accorder tout ce qu'ils demandent. Cet artifice empêche la satiété, soutient les defirs
d'un amant pour une femme qu'il aime, &
lui rend ses faveurs toujours nouvelles. Mais
il ne faut pas pousser les choses trop loin :
l'amant se lasse, s'irrite, forme d'autres projets & d'autres liaisons ; l'amour s'envole
avec autant de légéreté qu'il est venu....
Un amant, tant qu'il compte d'arriver à son
but, est patient ; il s'opiniâtre à obtenir ce
qu'il souhaite ; mais s'il perd toute espérance,
la passion change, à l'amour succéde le
defir de la vengeance, & il met tout en
œuvre pour la satisfaire... *Achilles Tatius
dans Clitophon & Leucippe, liv. 4.* Les
jouissances que l'on espere, *dit encore Arif-
tenet, liv. 1, épît. 21,* ont en idée des douceurs, des charmes inexprimables : elles ani-
ment & soutiennent toute la vivacité des
defirs ; les a-t-on obtenues, on n'en fait plus
de cas.... c'est pour cela, dit Lucien, *Difcours de ceux qui se mettent au service des
grands,* que les courtisannes tiennent comme enchaînés, ceux qu'elles croyent avoir
rendus amoureux : ce n'est que rarement
qu'elles leur permettent quelques baisers,
parce qu'elles savent par expérience que la

jouiſſance eſt le tombeau de l'amour; mais elles ne négligent rien pour ſoutenir l'eſpérance & les deſirs; elles veillent attentivement à ce qu'un amour extrême ne ſe tourne en déſeſpoir, & que la paſſion ne s'éteigne; auſſi elles ne ceſſent de ſe rendre agréables, d'amuſer & de promettre ... On peut regarder ces citations, tirées d'auteurs érotiques, comme l'abrégé des loix politiques des courtiſannes grecques.

(10) La paſſion de Démétrius pour Lamia étoit ſi connue, que l'on ne ceſſoit de l'en plaiſanter, ſans qu'il le trouvât mauvais. « Lamia étant tout apertement maitreſſe de » lui, dit Plutarque, ainſi qu'il retournoit » des champs, il vint, ſuivant ſa coutume, » baiſer ſon pere, & Antigonus en ſe riant, » lui dit: Te ſemble-t-il pas, mon fils, que » tu baiſes Lamia?.... C'étoit une choſe » étrange comment Démétrius étoit ainſi » épris de Lamia, & comment il l'aima ſi » conſtamment, ſi long-tems, attendu qu'elle » étoit déja paſſée & ſurâgée; & pourtant » Démo, celle qui fut ſurnommée Mania ou » l'enragée, lui répondit plaiſamment un » ſoir que Lamia avoit ſonné des flûtes durant

le souper, quand Démétrius lui demanda ·
« Eh bien ! que te semble-t-il maintenant,
» Démo, que c'est de Lamia ? Une vieille,
» dit-elle, Sire. Une autre fois qu'on avoit
» servi le fruit à l'issue de la table : Voyez-
» vous, dit Démétrius, combien de petites
» gentillesses m'envoye Lamia ? Ma mere,
» dit Démo, t'en enverra encore davantage,
» si tu veux coucher avec elle ». D'autres
disoient encore assez plaisamment que Démétrius s'occupoit avec Lamia à percer des
flûtes ; espece de proverbe ou de plaisanterie
qui s'appliquoit à ceux qui passoient leur
tems avec des courtisannes déja fort exer-
cées. Il ne faut pas s'étonner que Lamia eût
beaucoup de jalouses parmi les courtisannes ;
Démétrius étoit si persuadé de sa fidélité &
de son attachement pour lui, qu'il la mettoit
au-dessus de Pénélope ; c'est ce qu'il répondit
à Lysimachus, qui lui faisoit quelques reproches sur ses liaisons avec cette femme,
(*Athenée, liv. 14.*) La préférence qu'il lui
donnoit sur toutes, ne pouvoit que les irri-
ter, car dans les momens où ce prince dé-
posoit l'éclat de la majesté royale, qu'il aimoit
à faire briller en tant d'autres occasions, il
devenoit le plus aimable des hommes dans

la converfation, le plus agréable convive à table, & l'amant le plus voluptueux avec fa maitreffe.

(11) Athenée, liv. 4, dit, ainfi que Plutarque, que Lincée de Samos tranfmit à la poftérité la defcription de la fête fomptueufe que Lamia donna à Démétrius : elle étoit dans un recueil de lettres fur les feftins les plus magnifiques qui s'étoient donnés de fon tems, & qui étoit très-connu lorfqu'Athénée écrivoit. On peut juger par-là qu'Athènes ainfi que Paris, fourmilloit d'écrivains qui s'exerçoient fur toutes fortes de fujets, & dont la plûpart, ainfi que Montagne le dit de la grandeur, fe vengeoient à médire de ce à quoi ils ne pouvoient atteindre.

(12) Elien cite comme un bon mot de Lamia, ou comme une réflexion fine & cauftique, ce qu'elle dit ici des Lacédémoniens (*Hift. diverfes, liv. 13*). Ce changement de mœurs fe fit remarquer principalement lorfque Lyfandre les commandoit à Ephèfe; il venoit à bout de fes deffeins par fon adreffe & fa complaifance pour les fatrapes du roi de Perfe, defquels il tira des fommes confidérables. Callicratidas qui lui fuccéda,

reprit la févérité des anciens inftituts, mais
ne réuffit pas à les rétablir dans leur premiere vigueur ; ainfi la réflexion fubfiftoit
dans toute fa vérité , & les lions étoient devenus renards. D'ailleurs la courtifanne flat-
toit en même-tems les Athéniens & Démétrius ; les premiers, en jettant du ridicule
fur la conduite de Lyfandre , & les moyens
qui lui avoient fait remporter tant de vic-
toires fignalées fur les Athéniens ; le fecond,
en lui rappellant que la ville d'Athènes lui
devoit fa liberté , & l'anéantiffement du
gouvernement tyrannique que Lyfandre
avoit tenté d'y établir. Ce qui eft dit ici du
mont Taygete, dans la Laconie, dont les
rochers & les fombres forêts étoient la retraite d'une multitude d'ours, de fangliers
& d'autres bêtes fauves (*voyez Paufanias,
liv. 3, ch. 20*) , fait allufion à la vie dure
& auftere des anciens Spartiates , dont la
diéte févere , très-oppofée au luxe des feftins
de Lamia, étoit une des loix fondamentales
de Lycurgue. Les Lacédémoniens les reven-
diquoient encore au moins en apparence,
pour continuer à jouir de la réputation qu'ils
avoient eue d'être le peuple de la Grece le
plus attaché à fes loix, chez lequel elles

décidoient de tout. Ce qui, à en croire Lamia, n'étoit que vaine oftentation. Elle
n'avoit pas tort; les Lacédémoniens de fon
tems, avoient beaucoup dégénéré de la
vertu de leurs ancêtres.

LETTRE II.

LÉONTIUM (1) à LAMIA.

RIEN n'eſt plus bizarre qu'un vieillard
qui veut faire le jeune homme (2). Si tu
favois, ma chere, comment cet Epicure me
traite; il me chicane fur tout, fes foupçons
ne finiſſent pas. Il m'excéde de fes lettres
favantes, fouvent obfcures & prefqu'inin-
telligibles (3); il me menace de m'interdire
l'entrée de fon jardin!

J'en atteſte Vénus! oui, fi Adonis pouvoit
revenir, & qu'il eût quatre-vingts ans (4),
qu'il fût accablé des infirmités de cet âge,
rongé par la vermine, couvert de toifons
puantes & malpropres, ainfi que mon Epicure, il me paroîtroit infoutenable. Et je

supporterai patiemment mon philofophe avec tous fes attributs! Oh, qu'il fe contente de fes fyftêmes fur la nature des chofes; qu'il fe conduife par fes loix & fes regles qu'il fait plier à fes fantaifies (5); je ne lui difpute rien : mais qu'il ne s'avife pas de témoigner de l'inquiétude & du chagrin fi j'ufe de mes droits.

Voilà le charmant vainqueur qui prétend me fubjuguer. Ne le trouves-tu pas, chere Lamia, digne d'être comparé à ton Démé-trius? Et je me refuferai tout pour plaire à un pareil galant.

Il fait plus, il veut fe donner pour un autre Socrate. On n'entend que lui bavarder, interroger, difputer (6). Il a même à fa fuite un certain Pitochles dont il fait fon Alcibiade (7). Prétendroit-il me traveftir en Xantippe? J'en fuis excédée ; & fi je n'avois d'autre moyen de me fouftraire à fes importunités, je fuirois plutôt de villes en villes, que de refter expofée à fes reproches, & fur-tout à fes lettres extravagantes.

E v

Il a bien d'autres prétentions, qui me paroiſſent & plus ridicules & d'une plus grande conſéquence. C'eſt à ce ſujet que je t'écris, te demandant tes conſeils ſur la conduite que je dois tenir.

Tu connois ſans doute le beau Timarque, cet aimable Céphiſien (8), auquel je conviens que je ſuis intimement attachée depuis long-tems (car je n'ai rien à déguiſer avec toi). C'eſt lui qui le premier m'a initiée aux myſteres de l'amour: il demeuroit dans mon voiſinage, & je crois qu'il eut les prémices de mes faveurs. Depuis ce tems il n'a ceſſé de me combler de biens : robes, argent, ſervantes, eſclaves, bijoux des pays étrangers ; il m'a tout prodigué. Que te dirai-je de plus? il en a toujours été avec moi aux ſoins les plus empreſſés ; il les portoit à m'envoyer les premiers fruits & les fleurs nouvelles de chaque ſaiſon : il auroit ſouffert avec peine que quelqu'un en eût avant moi.

Et c'eſt un amant de ce mérite qu'il veut

que je renvoie. Qu'il ne t'approche point, me dit-il avec humeur. Comment le qualifie-t-il ? de quels noms l'appelle-t-il ? Tu ne reconnoîtrois à fes termes, ni un Athénien, ni un philofophe ; mais tu croirois entendre un Cappadocien brutal & groffier , tout nouvellement débarqué dans l'Attique (9).

Quant à moi, toute la ville d'Athènes fut-elle peuplée d'Epicures ou de leurs femblables, j'en jure par Diane, je ne les eftimerois certainement pas tous enfemble autant que la moindre partie du corps de Timarque , que le bout de fon doigt.

Qu'en penfes-tu, Lamia? la vérité , la raifon ne m'infpireroient-elles pas. Je t'en conjure par Vénus, ne me condamne pas. Je conviens que mon philofophe a un nom illuftre, & beaucoup d'amis (10): qu'il y joigne encore les miens : je lui céde tout ce que je poffède. Qu'il fe contente d'être le maître des autres & de les endoctriner; qu'il jouiffe de fa gloire , je ne la lui envie

E vj

point, elle ne me touche pas. Mais, ô Cérès, je te demande mon Timarque, c'eft tout mon bien.

Cet admirable jeune homme, cet amant unique a tout quitté pour moi, le Licée, la jeuneffe d'Athènes, fes amis, fes fociétés: il vit honnêtement avec Epicure, il a pour lui les complaifances les plus recherchées, jufqu'à vanter fans ceffe tous fes fyftêmes imaginaires; & mon philofophe, auffi féroce qu'un autre Atrée, lui dit avec dureté, fors de mon empire, renonce à Léontium (11); comme fi Timarque n'avoit pas plus de raifons de lui défendre d'approcher d'une femme qui lui appartient à tant de titres. Il eft aimable, il eft jeune, & il souffre fans fe plaindre fon vieux rival; tandis que le vieillard impatient veut fe débarraffer, à quelque prix que ce foit, de celui qui a tant de droit fur ma perfonne.

Que ferai-je donc, ma chere Lamia, je te conjure par tous les dieux de ne me pas abandonner: les extrêmités fâcheufes où je

me trouve, me mettent dans le plus violent
état. Me féparer de Timarque ! L'idée feule
m'en eft plus affreufe que celle de la mort:
je me fens faifie d'horreur ; mon cœur fe
brife !

De grace, permets que je me retire chez
toi pour quelques jours. Peut-être que mon
abfence fera fentir au philofophe les agrémens & les avantages que je lui procurois.

Je prévois qu'il fera piqué de l'air de
mépris qu'aura ma démarche ; qu'il nous
enverra meffagers fur meffagers ; il n'épar-
gnera pas les pas de fes confidens les plus
intimes, de Métrodore, d'Hermaque, de
Poliénos.

Combien de fois, chere Lamia, ne lui
ai-je pas dit dans le tête-à-tête : Que faites-
vous, Epicure ? Vous vous traduifez vous-
même en ridicule ; votre jaloufie va devenir
le fujet des converfations publiques, des
plaifanteries du théâtre : les fophiftes glo-
feront fur vous. Mais que faire d'un vieillard
qui ofe encore aimer avec impudence ? Oh

bien, je l'imiterai, je n'ai rien à ménager, & je n'abandonnerai pas mon cher Timarque. Adieu.

N O T E S.

(1) LÉONTIUM étoit athénienne. On peut se faire une idée de son caractere & de ses mœurs, d'après ce qui est rapporté dans Athenée (*liv. 13*). « La fameuse courtisanne Léontium fut amie intime d'Epicure. Après s'être donnée à l'étude de la philosophie, elle ne cessa point pour cela d'exercer sa profession, au point que les jardins d'Epicure étoient le théâtre public de ses prostitutions avec tous les disciples du maître, auquel elle ne rougissoit pas d'accorder ses faveurs devant tout le monde. Un goût si décidé donnoit quelques inquiétudes à Epicure : il en parle dans ses lettres à Hermaque ».

Le fameux pere Hardouin, jésuite, qui n'échappoit aucune occasion de se singulariser, a prétendu, contre le témoignage formel de Diogène-Laerce & d'Athenée, que Léon-

tium étoit la femme légitime d'Epicure, &
non fa maitreſſe. Il donne pour preuve de
ſon ſentiment un paſſage du chapitre 11 du
livre 35 de Pline, qui parlant des tableaux
du peintre Théodore, cite le portrait de
Léontium en ces termes : *Leontium Epicuri
cogitantem,* qu'il explique par ceux-ci :
Leontium, femme d'Epicure, repréſentée
méditant ſur quelque ſpéculation philoſophique. La raiſon ſur laquelle s'appuie le
docte jéſuite, eſt que dans les médailles
antiques on lit : *Plotina Trajani, Sabina
Hadriani,* ſans le mot *conjux* ; quoique l'on
doive entendre, Plotine, femme de Trajan,
Sabine, femme d'Adrien ; & que c'eſt ainſi
que dans Pline toutes les femmes légitimes
ſont déſignées, & non pas les courtiſannes.
On peut regarder cette aſſertion comme
une des rêveries du P. Hardouin.

Il faudroit avoir vu le tableau de Théodore, pour juger ſi le naturaliſte de Rome
avoit bien ſaiſi l'idée du peintre, car une
femme telle que Léontium, pouvoit réfléchir avec un air ſérieux ſur la phyſique des
corps, de même que ſur des ſpéculations
intellectuelles.

Ce n'eſt pas que ſouvent elle ne s'élevât

au-deſſus de ſon goût dominant, pour ſe
livrer à des méditations purement ſpirituelles.
Elle écrivit un traité contre Théophraſte,
d'un ſtyle auſſi pur qu'élégant, ainſi que le
dit Cicéron (*De Natura Deor. l. 1, ff. 33*).
Cotta, l'un des interlocuteurs, en fait un
reproche à l'épicurien Velléius en ces termes:
« Tel fut l'excès où le jardin d'Epicure por-
» toit la licence, que la courtiſanne Léon-
» tium oſa écrire contre Théophraſte, fine-
» ment, je l'avoue, & d'un ſtyle attique,
» mais ſans lui épargner les termes inſultans
» qui coûtent ſi peu dans votre ſecte ». Ces
termes piquans que l'orateur romain reproche à Léontium, ne doivent-ils pas être
regardés comme l'effet de la jalouſie qui
diviſoit les ſectes entr'elles ? Peut-être encore la courtiſanne combattoit-elle avec
avantage les incertitudes du philoſophe,
qui après avoir ſuivi tour-à-tour les écoles
de Leucippe, de Platon & d'Ariſtote, n'avoit
pas pour cela des ſentimens plus aſſurés ſur
les objets les plus importans. « Théophraſte,
dit Cicéron dans le livre cité ci-deſſus
(*ff. 13*) » eſt d'une inconſtance qui n'eſt pas
» ſupportable; dans un endroit il attribue
» la ſuprême divinité à l'intelligence; dans

» un autre au ciel en général ; après cela
» aux aftres en particulier ».

(2) *Ménandre cité par Stobée* (Difcours
113) : « Rien n'eft auffi pitoyable qu'un
» vieillard amoureux, fi ce n'eft un autre
» vieillard qui lui reffemble : celui qui af-
» pire à des jouiffances dont les années lui
» interdifent l'ufage, n'eft-il pas bien à
» plaindre ? » *Euripide, dans le même Dif-*
cours : » O vieilleffe, que tu es fâcheufe à
» ceux dont tu t'empares : il ne refte plus
» ni force ni courage aux vieillards, que
» pour fe livrer fans ceffe à l'impatience &
» à la colere. La vieilleffe fait fuir loin
» d'elle Vénus & les Graces ; ces déeffes
» ne fupportent pas des amans furannés ».

(3) Diogène-Laerce a confervé le commencement d'une lettre d'Epicure à Léontium, qui eft dans le ftyle d'un amant à fa
maitreffe : « Je triomphe, ma chere reine,
» de quel plaifir je me fens pénétré à la
» lecture de votre lettre » ! Ce ne font pas
fans doute les lettres ainfi conçues, que la
courtifanne traite de favantes & obfcures.
Au refte il eft douteux que cette lettre &
beaucoup d'autres écrites fous le nom d'Epi-

cure, foient véritablement de lui. Lorfqu'elles parurent, on accufa le ftoïcien
Diotime, ennemi déclaré de notre philofophe, d'avoir donné fous fon nom un recueil de cinquante lettres amoureufes du
ftyle le plus libre & le plus déshonnête;
exprès pour le décrier. Celle-ci paroît avoir
été compofée dans le même goût, & faite
plutôt pour prouver l'inclination de la courtifanne Léontium pour Timarque, que les
torts d'Epicure avec elle.

Quant à Epicure, après avoir comparé
ce qu'ont dit de lui fes apologiftes & fes
détracteurs, il me femble que perfonne ne
l'a mieux jugé que Saint-Evremont, qui
peut, à jufte titre, paffer pour un épicurien
décidé, qui regardoit la volupté comme le
fouverain bien.

« L'âge apporte de grands changemens
» dans notre humeur, & du changement de
» l'humeur fe forme bien fouvent celui des
» opinions: ajoutez que les plaifirs des fens
» font méprifer quelquefois les fatisfactions
» de l'efprit, comme trop féches & trop
» nues; & que les fatisfactions de l'efprit
» délicates & rafinées font méprifer à leur
» tour les voluptés des fens, comme grof-

» fieres. Ainfi on ne doit pas s'étonner que
» dans une fi grande diverfité de vues & de
» mouvemens , Epicure, qui a plus écrit
» qu'aucun philofophe, ait traité différem-
» ment la même chofe , felon qu'il l'avoit
» différemment penfée ou fentie . . . . Il a pu
» être fenfible à toutes fortes de voluptés.

» Qu'on le confidere dans fon commerce
» avec les femmes, on ne croira pas qu'il
» ait paffé tant de tems avec Léontium &
» Théinifto à ne faire que philofopher. Mais
» s'il a aimé la jouiffance en voluptueux,
» il s'eft ménagé en homme fage. Indulgent
» aux mouvemens de la nature, contraire
» aux efforts, ne prenant pas toujours la
» chafteté pour une vertu, comptant tou-
» jours la luxure pour un vice, il vouloit
» que la fobriété fût une économie de l'ap-
» pétit, & que le repas que l'on faifoit ne
» pût jamais nuire à celui que l'on devoit
» faire. Il dégageoit les voluptés de l'inquié-
» tude qui les précéde, & du dégoût qui
» les fuit. Comme il tomba dans les infir-
» mités & les douleurs, il mit le fouverain
» bien dans l'indolence ; fagement à mon
» avis, pour la condition où il fe trouvoit:
» car la ceffation de la douleur eft la fé-

» licité de ceux qui fouffrent. Pour la tran-
» quillité de l'efprit qui eft l'autre partie de
» fon bonheur, ce n'eft qu'une fimple exemp-
» tion de troubles. Mais qui ne peut avoir
» de mouvemens agréables, eft heureux
» de pouvoir fe garantir des impreffions dou-
» loureufes ». *Difcours fur la morale d'Epi-*
cure à la moderne Léontium, Œuvres de
Saint-Evremont, tome V, édit. de 1711.

L'ami tendre, ou fi l'on veut l'amant fidele & fouvent mal mené de la belle Hor-
tenfe, traite beaucoup mieux Epicure que
la courtifanne Léontium ; mais dans les
circonftances où Alciphron lui fait écrire
cette lettre, elle étoit irritée, & une femme
en colere peut tout dire.

(4) Léontium ou l'auteur de la lettre
écrite fous fon nom, fuit ici l'opinion qui
porte la durée de la vie d'Epicure jufqu'à
quatre-vingt-douze ans ; quoique Diogène-
Laerce & fes commentateurs les plus éru-
dits ne lui accordent que foixante-douze
ans de vie, dont il en paffa plus de dix
dans les infirmités d'une vieilleffe que l'on
peut dire prématurée, & que peut-être il
avoit accélérée par l'excès & la continuité

des plaisirs auxquels il s'étoit livré. Quant
à son extérieur, il n'avoit rien qui ne con-
vînt à un vieillard infirme, & sur-tout à un
philosophe. Aucun d'eux n'étoit recherché
dans sa parure. Le poëte comique Aristophane, cité par Athénée (*livre* 4), représente un vieux pythagoricien buvant de
l'eau, ne mangeant que des légumes, rongé
de vermine & couvert de l'habit le plus
sale : la malpropreté des jeunes étoit encore
plus insupportable. Dans la troisiéme des
Epîtres Socratiques, Aristippe parlant des
cyniques de son tems, qui sans cesse blâ-
moient son goût pour le luxe, leur dit :
« Vous êtes étonnés de ma maniere de vi-
» vre ; mais n'auriez-vous pas plus de raison
» de vous moquer de ces hommes qui tirent
» vanité de l'épaisseur de leur barbe, d'un
» bâton noueux, & d'un manteau en gue-
» nilles, sous lequel ils cachent la saleté la
» plus outrée, & toute la vermine qui peut
» s'y loger ? Que direz-vous encore de leurs
» ongles qui ressemblent aux griffes d'une
» bête féroce » ? Il y a loin de cette négligence crasseuse & dégoûtante, à la propreté
élégante & recherchée des modernes Aris-
tippes, qui, ainsi qu'Epicure, portent le goût

de la volupté jusqu'à l'extrémité d'une vie souvent affez longue. Envain le Diogène de notre fiecle a voulu donner une nouvelle vogue au bâton noueux & au manteau négligé des cyniques, on a admiré fes rares talens: mais fi on a fait quelqu'attention à fes bizareries, ce n'a été que pour en faifir tous les ridicules.

(5) L'ironie eft placée à propos, les maximes, les axiomes moraux d'Epicure, que le favant Gaffendi a tant vantés, & qu'il a regardé comme l'élixir de la fageffe des Grecs, ne font que des regles pliantes qui s'ajuftent à toutes fortes de formes.

(6) Alciphron fe fert du terme Σωκρα-τίξειν, focratifer. Long-tems avant lui on l'avoit tourné en ridicule. Ariftophane dit dans la comédie qui a pour titre, *les Oi-feaux*, que la folie générale étoit le laconifme, les grandes barbes, l'air exténué, l'abftinence & la malpropreté n'avoient jamais été plus à la mode : c'étoit à qui reffembleroit le plus à Socrate. Diogène-Laerce, au commencement de la vie de ce philofophe, cite des vers d'un certain ᛫imon-

Phliafien, où il dit : « Le tailleur de pierres
» traitant des loix, a quitté la route battue
» des phyficiens : c'eft une efpece d'enchan-
» teur qui enfeigne à fes difciples l'art de
» raifonner plus conféquemment qu'on ne
» l'a fait encore ; il a pris à tâche de tourner
» en ridicule tous les rhéteurs, & il diffi-
» mule la force de fes raifonnemens avec
» tant d'artifice, que tous y font furpris ».
Auffi convient-on généralement que Socrate
avoit porté cette forte d'éloquence, & la
fubtilité du raifonnement à fa perfection.
« Il avoit un talent merveilleux, dit Cicéron (*de Oratore*) » à mettre en œuvre
» l'ironie. Il y a de l'efprit & de l'excellente
» plaifanterie, lorfque l'on difpute de la
» fageffe, à renoncer en apparence à toutes
» prétentions à ce fujet, à en accorder tous
» les avantages à ceux qui fe l'attribuent
» mal-à-propos. C'eft ainfi qu'il comble de
» louanges Protagoras, Hyppias, Prodicus,
» Gorgias, & tant d'autres ; tandis qu'il ne
» fe donne que pour un homme ignorant &
» tout-à-fait groffier ; maniere qui ne con-
» vient qu'à Socrate, & qu'Epicure a tort de
» blâmer ». C'étoit fans doute l'intérêt perfon-
nel qui faifoit parler ainfi Epicure, car per-

fonne ne rechercha moins que lui les graces
de l'éloquence. On prétend même, que contre
l'ordinaire des Grecs, il ne parloit pas fa
langue avec pureté. *Voyez Athenée, liv. 5.*

(7) Parmi les prétendues lettres d'Epicure, que l'on attribue au ftoïcien Diotime,
il y en a une dont fait mention Diogène-
Laerce, adreffée à Pitoclès, alors dans la
fleur de la jeuneffe : « Je me confume moi-
» même ; à peine puis-je réfifter au feu qui
» me dévore : j'attends le moment où tu
» viendras te réunir à moi, comme celui
» d'une félicité digne des dieux ». Jamais
Socrate n'a rien écrit d'auffi paffionné à fon
Alcibiade.

(8) Timarque étoit fans doute du canton
de la Grèce qu'arrofoit le Céphife, dont
les inondations fréquentes rendoient le fol
très-fertile. « Les arbres, les grains, les pâ-
» turages y viennent également bien, dit
Paufanias, *liv. 10, chap. 33,* » auffi n'y a-
» t-il aucunes terres mieux cultivées : c'eft
» ce qui a donné lieu de croire qu'Homère,
» par ce vers:

Et des bords du Céphife, habitans fortunés,

» avoit prétendu défigner le peuple qui
» habite

» habite les bords de ce fleuve ». C'eſt d'après cette idée que Timarque eſt qualifié de Céphiſien. La bonté du pays, l'abondance qui y régnoit, devoit contribuer à la douceur du caractere & à l'aménité que Léontium vante dans Timarque. Ce peut être le même auquel Métrodore adreſſe le propos qui ſuit, & qui eſt rapporté par Plutarque dans le Traité contre l'épicurien Colotès (*ff.* 19:) « Nous ne ferons rien que de bon & de » beau, ſi nous détachant de toute affec-» tion terreſtre & des embarras communs » de la vie, nous nous élevons aux concep-» tions ſublimes & vraiment divines d'Epi-» cure ».

(9) *Il demeuroit dans mon voiſinage,* *& je crois qu'il eut les prémices de mes fa-* *veurs.* Léontium, quoique prêtreſſe de Vénus, ne ſe ſouvenoit pas du moment auquel elle avoit été initiée à ſes myſteres, ni avec qui elle lui avoit ſacrifié pour la premiere fois. Quartilla, prêtreſſe de Priape, qui joue un rôle ſi remarquable dans la ſatyre de Pétrone, ne rougit pas de dire: « Je veux que les dieux me puniſſent ſi je » me ſouviens d'avoir été vierge, car je

Tome I. F

» n'étois encore qu'un enfant, que je m'a-
» bandonnois à ceux de mon âge ». Cet aveu
suppose dans la cour de Néron une dissolution de mœurs inconnue aux Athéniens,
quoiqu'ils fussent dans l'habitude de se livrer
à tous les excès de la volupté.

(10) La grossiéreté des Cappadociens &
la dureté de leur caractere étoient généralement connues. C'étoit le terme extrême de
comparaison des Grecs avec les Barbares.
Quand les maîtres de ce tems parloient des
jeunes Cappadociens qu'on leur donnoit à
élever, c'étoit comme d'une entreprise très-
difficile, comme d'un Négre à blanchir.
*Voyez les lettres de Libanius à Basile de
Césarée.*

La Cappadoce, grande province de l'Asie
mineure, avoit autrefois titre de royaume,
dont le dernier roi fut Archélaüs. Strabon
étoit cappadocien; il dit de ses compatriotes qu'ils ne pouvoient se gouverner eux-
mêmes, & que les Romains leur ayant permis de vivre suivant leurs loix, ils les prierent
de ne pas leur laisser cette liberté qui leur
étoit insupportable. Sans doute que cette
grossiéreté dont on les taxe ici, les rendoit

incapables d'aucune police entr'eux, & qu'il leur falloit nécessairement un maître qui les tînt en regle. Aujourd'hui cette région, soumise à l'empire des Turcs, est divisée en quatre berglierbeglics ou gouvernemens, qui sont ceux de Sivas, Trebizonde, Maratch & Cogni.

(11) Soit douceur de caractere dans Epicure, soit à raison de l'aisance qu'il établissoit dans le commerce de la vie, jamais aucun philosophe, & peut-être aucun homme n'eut autant d'amis que lui, & aussi fidélement attachés. Il y en avoit de quoi peupler des villes entieres. Toute la Grèce, une partie de l'Asie, sur-tout la ville de Lampsaque ; une multitude d'Egyptiens étoient attachés autant à sa personne qu'à son école. Plutarque, qui n'étoit pas le partisan de sa doctrine, qui souvent s'est élevé contre le relâchement de ses mœurs, admiroit, ainsi que Diogène-Laerce, la multitude d'amis qui lui étoient fidélement attachés. Il met à la tête Néoclès, Cherédème & Aristoclès, les trois freres d'Epicure, qui eurent constamment pour lui une tendresse accompagnée des plus grands égards. Néoclès sembloit disputer le premier rang à

F ij

ce fujet : il étoit perfuadé que fon frere étoit
le plus fage des hommes, & regardoit comme
une merveille que le fein de fa mere eût
pu contenir une fi grande quantité d'atómes
parfaits, de l'union defquels avoit été formé
ce fage. Métrodore de Lampfaque, Timo-
crate, Poliénus, Hermaque ne l'abandon-
nerent jamais, & lui donnerent les preuves
de l'attachement le plus fidele. On pourroit
citer encore Hérode, Ménecée, Pythoclès,
auxquels font adreffées les lettres confervées par Diogène-Laerce. Outre Léontium,
Thémifto de Lampfaque & Philénis de Leucade furent attachées à fon école; la derniere écrivit fur la phyfique. Athenée dit
(*liv.* 8) que le fophifte Polycrate publia
fous fon nom un livre infâme, afin de la
décrier. Le poëte Efcrion de Samos fit fon
épitaphe où elle fe plaint de cette imputation odieufe, & prend à témoin les dieux
de la pureté de fes mœurs; ce qui n'a pas
empêché quelques commentateurs, tels que
Scaliger & le grammairien Conftantin, de
qualifier Philenis de premiere Tribalde, de
femme qui avoit donné dans les excès de la
débauche.

De tout ce que nous venons de rapporter, il résulte que l'école d'Epicure fut aussi brillante que nombreuse. Il mourut dans ses jardins, au milieu de ses amis, dans les douleurs d'une colique néphrétique, comme il entroit dans un bain chaud qu'il alloit prendre, espérant y trouver quelque soulagement. Ses dernieres paroles furent une exhortation à ses amis de rester attachés à ses maximes. Son testament respire l'humanité & la bienfaisance; il ne s'occupe que du bien-être de ses amis. Ses biens, qui n'étoient pas considérables, sont destinés à l'honnête entretien de ceux qui avoient vieilli avec lui dans le jardin avec satisfaction & contentement. Il s'intéresse sur-tout aux enfans de Métrodore, auxquels il substitue une partie de ces biens lorsqu'ils seront en âge d'en jouir. On prétend que ce Métrodore avoit épousé la célébre Léontium, & que ce pouvoit bien être la cause qui rendoit ses enfans si chers à Epicure. Il conclut ce testament par accorder la liberté à quatre de ses esclaves.

(12) Cette comparaison est tirée de l'histoire fabuleuse de la Grèce. Si Epicure joue le personnage d'Atrée, sans doute que Timarque avoit fait le rôle de Thyeste rela-

F iij

tivement à Léontium, qui remplace Erope, femme d'Atrée, roi de Mycène. Il falloit que cette intrigue eût été affez bien conduite, pour que l'on regardât comme une merveille qu'Atrée eût pu la découvrir. De-là le proverbe connu parmi les Grecs: Il a les yeux d'Atrée, Ἀτρέως ὄμματα. C'eſt ainſi que l'on déſignoit ceux qui voient tout, auxquels rien n'échappe. Eraſme, dans ſes adages (*chiliad. 2, cent. 7*) cite ce proverbe, & ne l'applique qu'aux regards féroces & cruels, tels qu'étoient ceux d'Atrée dans les tragédies de ſon nom.

LETTRE III.

GLYCERE (1) à BACCHIS.

MÉNANDRE (2) a voulu nous quitter pour aller voir les jeux iſthmiques (3) à Corinthe. Ce n'étoit pas trop mon avis. Tu ſais, ma chere, combien il en doit coûter pour ſe ſéparer d'un amant de ce mérite, quelque courte que puiſſe être ſon abſence. Il n'étoit pas trop poſſible de l'en détourner, lui qui voyage si rarement.

Je ne sais à quel titre te le recommander ou te le confier, pendant le séjour qu'il fera avec toi. Je ne puis cependant m'en dispenser, car il me dit qu'il prétend être de tes amis, & je sens que cette idée me donne quelque jalousie. Tu l'excuseras, tu connois les sentimens qui m'attachent à Ménandre; quoique tes mœurs, ma très-chere, & ta conduite si honnête pour l'état dans lequel nous vivons, dussent me rassurer (4); il n'en est pas de même de Ménandre; il est du tempérament le plus amoureux, & l'homme le plus austere ne se défendroit qu'avec peine des charmes de Bacchis. Je suis même persuadée que le desir de faire connoissance avec toi, le presse plus que la curiosité des jeux de l'isthme.

Ne me taxe pas de former des soupçons injustes, & pardonne-moi, ma chere, les inquiétudes de l'amour. Je regarde comme la chose la plus importante à mon bonheur de me conserver Ménandre pour amant.

F iv

Car fi je venois à me brouiller avec lui, fi
·fa tendreffe venoit feulement à fe refroidir,
ne ferois-je pas fans ceffe dans la crainte
d'être traduite fur la fcène, en butte aux
propos infultans des Chremès & des Di-
philes (5). Mais fi Ménandre revient pour
moi tel qu'il partit, que ne te devrai-je
pas de reconnoiffance & de remercîmens
finceres?

___

N O T E S.

(1) ATHENÉE (*liv. 13*) rapporte que
l'orateur Hyppéride, dans la harangue qu'il
prononça contre Mantithée, formoit un des
chefs de fes accufations, de ce qu'il entretenoit fecrettement & comme malgré elle,
la courtifanne Glycere, fille de Talaffis;
c'eft celle qui vécut depuis dans le palais
d'Harpalus de Pergame, l'un des principaux
officiers d'Alexandre, qui fit des dépenfes
énormes pour la table & les femmes. J'ai
déja parlé de cet Harpalus dans le difcours
préliminaire au fujet de fon amour pour la
courtifanne Pithionice. Après la mort de

celle-ci , il fit venir Glycere d'Athènes , la logea dans le palais royal de Tarfe , & il ordonna à tous fes fujets de la regarder comme reine , de lui rendre les refpects dûs à ce titre , & de ne lui point décerner de couronnes, que l'on n'en fît autant pour Glycere. Cette paffion fans bornes enhardit Glycere au point qu'elle fit placer fa ftatue de bronze à côté de celle d'Harpalus; preuve convaincante du crédit étonnant que ces fortes de femmes avoient fur leurs amans, quel que fût leur rang dans le monde. Elles vivoient quelque tems dans l'état le plus brillant, qu'elles abandonnoient fans regrets apparens , pour venir achever à Athènes leur carriere dans leur premier état de courtifannes publiques. Il y avoit cependant une forte de diftinction entr'elles , & on peut mettre Glycere au nombre de celles qui eurent le plus de réputation. A en juger par la cinquiéme lettre qui fuit dans l'ordre que je leur ai donné , elle étoit véritablement attachée à Ménandre, quoique le poëte fût de tems en tems de mauvaife humeur; mais dans ces circonftances, elle ne répondoit à fes brufqueries que par des propos vifs & gais. On lit dans Athenée (*livre 13*) que

F v

Ménandre revenant du théâtre fort échauffé & chagrin de ce qu'une de ses pieces n'avoit pas réussi, Glycere lui présenta du lait & le pressa d'en boire ; ce qu'il refusa, sous prétexte qu'il sentoit le vieux, & étoit couvert d'une crême rebutante, lui reprochant ainsi son âge, & le fard dont elle couvroit ses rides. Laissez, dit en riant la courtisanne, ce qui est au-dessus, & prenez ce qui est plus bas. Cette anecdote porte à croire que Glycere vécut avec Ménandre après son retour de Tarse. Ce poëte étoit jaloux, & quoique très-attaché à sa maitresse, il ne trouvoit pas bon que d'autres l'aimassent. Philémon, son rival au théâtre & en amour, très-épris des charmes de Glycere, vantoit dans une de ses pieces l'excellence du caractere de Glycere ; à quoi Ménandre répondit durement, qu'il n'y avoit pas une courtisanne qui fût honnête.

(2) Un passage d'Apollodore, célébre grammairien d'Athènes, qui vivoit environ cent cinquante ans avant notre ère, & qui a été conservé par Aulugelle (*liv. 17, ch.* 4) nous apprend que Ménandre, le poëte comique, fils de Diopéthe, de la race des Céphi-

fiens, avoit compofé cent cinq comédies, &
même felon quelques auteurs, cent huit ou
neuf. Huit feulement de ces pieces furent couronnées; mais elles firent une telle réputation
à leur auteur, qu'il fut furnommé le prince
de la nouvelle comédie. Ménandre mourut
âgé de cinquante-deux ans, près de trois
fiecles avant l'ère chrétienne; il ne nous
refte que quelques fragmens de ces comédies, dont la plus grande partie a été confervée par Athenée, Stobée & d'autres com-
pilateurs. Plutarque, dans la comparaifon
d'Ariftophane & de Ménandre, regarde celui-ci comme le plus excellent poëte comique qui eût paru en Grèce, & qui auroit
porté fon art à la plus haute perfection, s'il
ne fut pas mort à l'âge où le ftyle, comme le
prétend Ariftote, prend toute la force & les
graces dont il eft fufceptible, parmi ceux
qui s'exercent à écrire des ouvrages deftinés aux plaifirs & à l'inftruction du public.
Ce qui doit donner une grande idée du mérite poëtique de Ménandre, c'eft que Térence en l'imitant, a compofé d'excellentes
comédies. Philémon, poëte contemporain
de Ménandre, & fon inférieur, à en juger
par le fentiment unanime des critiques

F vj

grecs, l'emporta souvent sur lui, ce qui étonnoit Ménandre, & le fâchoit à un point, qu'un jour il demanda publiquement à son rival s'il n'avoit pas honte de ses triomphes. M. l'abbé du Bos (*Réflexions sur la Poësie & la Peinture*, tome 2, *page 437*) remarque à ce sujet qu'il ne faut pas conclure de cette préférence que les comédies de Ménandre aient été jugées mauvaises, mais bien que les autres plurent davantage ; & que si nous avions les pieces qui l'emporterent sur les siennes, peut-être seroit-il possible de démêler ce qui éblouissoit le spectateur, & même prouver qu'il avoit bien jugé. Il n'étoit pas facile alors de discuter les pieces dans la tranquillité du cabinet comme on le fait à présent. Le charme de la représentation décidoit de leur mérite ; & dès que le peuple avoit prononcé, la critique n'avoit plus rien à dire. Combien ne voit-on pas de pieces très-médiocres applaudies à l'excès aux premieres représentations, & tomber ensuite pour jamais ne se relever. Il est vrai que les Athéniens jugeoient par goût, & ne se laissoient pas entraîner aux bruits concertés de la cabale.

(3) Les jeux isthmiques se célébroient tous les trois ans dans l'isthme de Corinthe, près du temple de Neptune. Le concours y étoit si grand qu'il n'y avoit que les principaux citoyens des premieres villes de la Grèce qui pussent y avoir des places marquées. Ils étoient l'un des quatre grands jeux qui se faisoient dans la Grèce, les olympiques, les pythiques, les néméens & les isthmiques. Les courses des chars & à pied, la lutte, le jet du disque, le saut, étoient les exercices ordinaires de ces jeux. Les jeux isthmiques furent institués par Sisiphe, roi de Corinthe, 1350 ans avant l'ère chrétienne; Pausanias dit qu'ils furent établis en l'honneur de Mélicerte, fils d'Athamas, roi des Orchoméniens & d'Ino, & qu'ils changerent son nom en celui de Palémon. Ces jeux ne furent pas interrompus, même après que la ville de Corinthe eut été détruite, l'an de Rome 607, par le consul Mummius; les Sycioniens eurent ordre de les célébrer malgré le deuil & la désolation publique. Mais après le rétablissement de Corinthe, les nouveaux habitans en prirent soin. La couronne du vainqueur étoit de feuilles de pin. Voyez *Pausanias*, *liv. 1*,

chap. 44; *liv.* 2, *chap.* 2; & *liv.* 8, *ch.* 48.
Outre la couronne de pin, on affigna dans
la fuite au vainqueur une récompenfe de
cent drachmes en argent, qui valoient environ foixante livres de notre monnoie.
C'eft dans ces affemblées folemnelles que
les anciens poëtes lifoient publiquement ou
faifoient repréfenter leurs pieces de théâtre.

Les Grecs ont donné une grande célébrité à ces fortes de jeux ou d'affemblées;
ils n'ont eu befoin que d'en relever l'importance pour entraîner tout l'univers dans
leur fentiment. Ils étoient le peuple le plus
renommé par les beaux arts qu'ils avoient
portés à la perfection. Les nations policées
qui afpiroient à la même gloire, n'imagi-
noient rien de mieux que de les imiter.
Pindare chanta les vainqueurs de ces jeux;
fes odes fi fublimes que l'on défefpere d'y
atteindre, font confacrées à les immortali-
fer : cependant il n'étoit queftion que d'une
couronne remportée pour avoir bien couru,
bien fauté, ou jetté le palet avec force &
adreffe. On pourroit prendre une idée de
ces jeux fi vantés dans les foires ou fêtes
des différentes villes d'Italie, qui y attirent
le plus grand concours de gens aifés, de

nobleffe oifive, & de marchands de l'Europe & du Levant. Il y en a pour toutes les faifons de l'année. Les opéras, les comédies boufonnes, les baladins de toute efpece, les courfes de chevaux & d'ânes, les jeux de cartes & de dez y remplacent les anciens exercices de la Grèce. Les actes de dévotion fe trouvent mêlés à ces différens fpectacles; lorfque le concours des marchands, des hiftrions & des curieux fe trouvent réunis à une folemnité religieufe, ainfi qu'il arrive à Padoue au mois de juin, les poëtes n'y manquent pas. On voit tous les jours des odes, des chanfons, des fonnets imprimés & affichés au coin des rues, aux portes des églifes, à l'honneur de tous ceux qui fe diftinguent dans leur genre. L'éloquence de l'orateur facré, la voix brillante du caftrat, le cheval qui a remporté le prix de la courfe, le feigneur qui s'eft montré avec le plus brillant équipage, y font loués indifféremment. Mais aucune de ces productions poëtiques n'eft connue au-delà du carrefour où elle eft affichée.

(4) Les mœurs & le caractere de la bonne & honnête Bacchis feront connus par

les lettres VI, VII & VIIIᵉ, & fur-tout par la Xᵉ de ce recueil. L'honnêteté de fa conduite étoit le fcandale de la plûpart des courtifannes de fon tems, qui n'échappoient aucune occafion de la tourner en ridicule avec cette licence de propos qu'elles fe permettoient, & qui les faifoit connoître pour ce qu'elles étoient.

(5) Chrémès étoit le nom d'un des perfonnages de théâtre de Ménandre, que Térence a adopté dans la comédie du Fâcheux : il lui fait jouer le rôle d'un vieillard fenfé, mais qui fouffre avec peine le goût des jeunes gens de fon fiecle pour les courtifannes ; quoique dans cette piece il y en ait une nommée Bacchis, qui ne dit & ne fait rien que d'honnête. Diphile pouvoit être un autre perfonnage des pieces de Ménandre ; à moins que l'on n'aime mieux penfer que Glycere veut parler ici de l'ancien poëte comique de ce nom, dont l'ufage étoit de fe venger de ceux qui l'avoient offenfé, en les tournant en ridicule dans fes pieces de théâtre, ou en les chargeant d'invectives. Les auteurs grecs fe permettoient, dans ces circonftances, les plus grandes li-

cences : s'ils ne nommoient pas expreſſément les perſonnes, ils les déſignoient de
façon à ne pouvoir être méconnues ; & ſouvent les imputations dont ils les char-
geoient avoient les ſuites les plus funeſtes.
Les courtiſannes les recherchoient pour
amans, plutôt pour ſe mettre à l'abri de
leurs ſarcaſmes, que par goût pour leurs
perſonnes ou pour leur eſprit. Nous verrons
dans la ſuite que les poëtes grecs, ainſi que
les gens de lettres, n'étoient pas aſſez opulens pour entretenir les courtiſannes dans
le luxe qu'elles exigeoient. Un riche négociant, un jeune diſſipateur né opulent, &
qui conſentoit à diſſiper ſa fortune avec
elles, étoient ſûrs de la préférence.

LETTRE IV.

MÉNANDRE à GLYCERE.

J'EN attefte les déefses d'Eleufis & leurs myfteres facrés, que j'ai fi fouvent pris à témoin de la fincérité de mes fermens (1), lorfque dans le tête-à-tête je t'afsurois, ma chere Glycere, de ma tendrefse. Je ne prétens pas tirer vanité de ce que je vais t'apprendre, & je ne t'écris pas pour t'annoncer mon départ. Loin de toi, quelles douceurs trouverois-je dans la vie ! Y a-t-il au monde quelque chofe qui puifse me flatter davantage, & me rendre plus heureux que ton amitié !

Ton caractere charmant, la gaieté de ton efprit conduiront jufqu'à notre vieillefse extrême les agrémens de la jeunefse. Pafsons donc enfemble ce qui nous refte de beaux jours ; vieillifsons enfemble, mourons enfemble (2) ; n'emportons pas

avec nous le regret d'imaginer que le dernier furvivant pourroit encore jouir de
quelque félicité. Que les dieux me préfervent
d'efpérer aucun bonheur de cette efpece.
Après toi , me refteroit-il encore quelque
bien dans ce monde !

Je fuis , comme tu le fais , au Pirée (3),
toujours d'une foible fanté. Tu en connois
les caufes réelles , que quelques envieux
traitent de délicateffe recherchée & de
molleffe. Les haloennes (4) de la déeffe
t'obligent de refter à la ville ; & voici
pourquoi je me fuis déterminé à t'écrire.

J'ai reçu des lettres de Ptolemée , roi
d'Egypte , par lefquelles il m'invite , me
prie , m'exhorte de me rendre à fa cour,
me promettant, en prince généreux , de
me combler des faveurs de la fortune (5):
il demande auffi Philémon, qui me fait
part des lettres qu'il en a reçues (6), &
je vois que ce prince proportionne fes inftances à la réputation que nous nous
fommes faite : il s'en faut beaucoup qu'il

preſſe Philémon autant que moi. Il fera ce qu'il croira lui convenir, & ſa réſolution n'influera en rien ſur la mienne.

C'eſt ma Glycere qui me décidera par ſes avis : elle ſera mon aréopage, mon tribunal ſouverain (7), mon unique arbitre. J'en jure par Minerve, je n'ai d'autre volonté que la tienne.

Je t'envoie la lettre même du roi, afin de t'épargner la peine de lire une ſeconde fois ce que je pourrois t'en dire, & qu'il ne me reſte qu'à t'apprendre ce que j'ai réſolu en conſéquence.

Les douze grands dieux m'en ſont témoins (8); je n'ai pas même l'idée de m'embarquer pour l'Egypte, & d'aller me tranſplanter dans un pays auſſi éloigné de l'Attique. Quand même il en ſeroit auſſi voiſin que l'iſle d'Egine (9), je n'en aurois pas plus d'envie, s'il falloit abandonner ma Glycere, mon ſeul & unique empire. Retrouverois-je dans la foule des Egyptiens les témoignages enchanteurs de ſa tendreffe ? Sans elle , la cour même du roi me feroit une folitude trifte & infuppor- table.

Je jouis plus délicieufement de tes ca- reffes , & avec moins de dangers que je ne le ferois des attentions des fatrapes & des graces de la cour. Il eft dangereux de rifquer fa liberté , méprifable de devenir flatteur, & les faveurs de la fortune font prefque toujours perfides.

Pourrois-je comparer la magnificence des buffets des rois, les coupes d'or & de pierres précieufes (10) , & toutes ces mar- ques extérieures de l'opulence , qui font l'objet des defirs des courtifans, avec la folemnité & l'agrément de nos fêtes (11) publiques , avec les exercices du lycée & les entretiens de l'académie. Je préférerois toute cette vaine pompe au lierre de Bac- chus ! Non , j'en jure par ce dieu puiffant ; il m'eft bien plus doux & plus glorieux de recevoir fes couronnes fur le théâtre , fous les yeux de ma Glycere qui partage .

mes triomphes , que d'être décoré du diadême de Ptolémée.

Retrouverois-je dans l'Egypte ces affemblées où chacun donne fes fuffrages à fon
gré ? cet état populaire , où la liberté eft
l'appanage de toute la nation ? ces légifla-
teurs couronnés de myrte & de lierre ,
rempliffant leurs fonctions dans les différens cantons de la république (12) ? Y
verrois-je ces affemblées nombreufes qui
n'ont pour toute défenfe qu'un cordeau
tendu ; l'élection des magiftrats (13) ; les
fêtes nationales , le céramique (14) , les
places publiques ; les tribunaux de la juftice ; Salamine , Pfytalie , Marathon (15) ,
enfin toute la Grèce raffemblée dans Athènes ; toute l'Ionie , les Ciclades ? Je me
privois de la beauté de ce fpectacle ; je
m'éloignerois de ma Glycere ; je partirois
pour l'Egypte ; j'irois y chercher de l'or,
de l'argent , toutes les inquiétudes de l'opulence ! A quoi me ferviroient ces richeffes,
fi j'étois féparé de ma Glycere par l'im-

menfe étendue des mers ? Sans elle , tout cela ne feroit à mes yeux qu'une indigence faftueufe.

Et fi je venois à apprendre que mes chers & refpectables amours font devenus le partage d'un autre, tous mes tréfors me paroîtroient plus vils que la cendre : j'en mourrois de regret , n'emportant avec moi que mes chagrins, laiffant à l'avidité de mes jaloux ces richeffes qui me rendroient odieux.

Eft-il donc fi defirable de vivre à la cour d'un roi , au milieu de fes fatrapes , & de tous ces courtifans qui n'ont rien de plus important que les vains titres de leurs emplois ; fur l'amitié defquels il feroit fou de compter , & dont l'inimitié eft toujours dangereufe ?

Si par hafard ma Glycere paroît fâchée contre moi, je la prends, je l'embraffe : fi fa fantaifie devient plus forte, mes inftances redoublent. Si je la vois irritée, mes larmes la fléchiffent ; elle s'en inquiette ; elle me prie , me conjure d'oublier ce qui vient de fe paffer.

Je n'ai ni gardes, ni miniſtres qui lui en impoſent : Menandre eſt tout pour elle.

Eſt-il donc ſi curieux de voir le Nil ? Mais ne faudra-t-il pas auſſi courir ſur les bords de l'Euphrate, ſuivre le cours immenſe du Danube, voyager ſur le Thermodon, le Tygre (16), l'Halis, le Rhin ? En voyageant ainſi de fleuve en fleuve, je paſſerois ma vie ſans voir ma Glycere.

Le Nil même, ſi vanté, n'eſt-il pas infeſté d'une multitude de monſtres qui, toujours cachés ſur ſes bords, arrêtent la plus ardente curioſité par la crainte d'en être dévoré.

O puiſſant Ptolémée, je n'ai d'autre ambition que d'être couronné des lierres attiques, de vivre dans ma patrie, d'y être enterré dans le tombeau de mes ancêtres ; d'offrir un ſacrifice annuel à Bacchus ſur ſes autels ; de célébrer nos grands myſteres ; de préſenter au théâtre chaque année une piece nouvelle, lorſque nos jeux ſolemnels reviennent, & d'arriver au triomphe par les
viciſſitudes

viciffitudes de joie, de fatisfaction, de crainte, de danger même qui conduifent enfin à la victoire (17).

Que Philémon aille jouir du bonheur qui m'attendoit en Egypte, qu'il y re- cueille les couronnes, les richeffes qui m'étoient deftinées : Philémon n'a point de Glycere. Etoit-il digne d'un bien fi pré- cieux ?

O ma chere Glycere, auffi-tôt après la fête, monte ta mule ; ne perds pas un moment à venir me rejoindre. Jamais ab- fence ne m'a paru durer auffi long-tems, & n'eft venue auffi mal-à-propos. Cérès, fois propice à mes defirs !

N O T E S.

(1) R I E N n'étoit plus refpectable dans l'antiquité payenne, que les fêtes de Cérès & Proferpine à Eleufis, que l'on appelloit les myfteres par excellence. Lorfqu'on les prenoit à témoin de la vérité qu'on affir- moit, ç'eut été le plus horrible parjure

Tome I.   G

que d'en impofer fous un nom auffi facré,

L'inftitution des myfteres de Cérès à Eleufis, remonte à la plus haute antiquité : ils
font de beaucoup antérieurs au fiége de
Troye. Les uns l'attribuent à Orphée, d'autres à Erechtée, qui devoit regner à Athènes
au moins 1500 ans avant notre ère. On appuie ce fentiment fur ce qu'Hercule s'étant
préfenté pour être initié aux grands myfteres d'Eleufis, il ne put y être admis, parce
qu'il étoit né à Thèbes, & non à Athènes.
Mais comme on devoit des ménagemens
à ce héros célèbre par fes merveilleufes
entreprifes, on inftitua en fa faveur les
petits myfteres, qui fans doute le rendirent
capable d'être admis aux grands.

Paufanias n'en a rien dit, il avoit fans
doute été initié aux myfteres, & dès-lors
il étoit obligé au fecret le plus inviolable.
Il nous apprend que ceux qui ne font pas
initiés, ne doivent pas en prendre connoiffance, & même n'ont pas la liberté de s'en
informer curieufement (*liv. 1*, *chap. 38.*)
M. l'abbé Gedouin, dans une note fur cet
endroit de Paufanias, fe contente de dire
qu'en général les plus grands hommes, foit
grecs, foit romains (après que ceux-ci eu-

rent réduits la Grèce en province foumife
à leur empire) avoient l'ambition d'être
initiés à ces myfteres, qu'il ne s'y paffoit
rien contre les bonnes mœurs, & que ceux
qui s'enrôloient dans cette efpece de con-
frairie, contractoient l'obligation de vivre
d'une maniere plus pure & plus vertueufe
q ° les autres : c'eft bien affez, dit le fa-
vai : traducteur, qu'ils euffent le malheur
d'être idolâtres, fans qu'on leur impute
d'autres crimes. Nous verrons dans la fuite
de cette note, quelles étoient ces imputations.

Le docte Meurfius, dans fon Traité fur
les myfteres d'Eleufis, a raffemblé tout ce
que l'on peut recueillir fur cet objet dans
les auteurs anciens : je le fuivrai, en com-
mençant par l'éloge que Cicéron en a fait.

Parmi les chofes excellentes & comme
divines dont on devoit l'établiffement aux
Athéniens, il regarde les myfteres comme
ce qu'il y avoit de plus parfait. Ils avoient
plus contribué qu'aucune autre inftitution,
à tirer les hommes de la vie agrefte & fauvage, pour les rendre humains, doux &
fociables. C'eft par eux, dit-il, que nous
avons pris une idée des commencemens,

c'eft-à-dire, des vrais principes de la vie
fociale & cultivée ; non-feulement ils nous
ont inftruits de la maniere de vivre honnêtement, ils nous donnent encore l'efpérance d'une heureufe mort : *Neque folùm
cum lætitia vivendi rationem accepimus,
fed etiam cum fpe meliore moriendi.* Cic. de
Legibus, lib. 2, n. 36. On voit que l'on
donnoit à ces myfteres le nom de commencemens, *initia*, ou principes. Le mot thef-
mophories, fous lequel ces fêtes font dé-
fignées, avoit la même fignification. Il rappelloit l'inftitution des premieres loix données aux Athéniens, & le commencement
de la vie fociale ; parce que Cérès leur
ayant appris la maniere de cultiver les
grains, & d'en tirer leur fubfiftance, il falloit divifer les terres entre les habitans, &
établir les droits de la propriété de chacun,
d'où Cérès eut le nom de légiflatrice, ou
thefmophore. (*Voffius de origin. idololatriæ,
lib. 1, cap. 17.*)

Il y avoit les grands & les petits myfteres : ceux-ci fervoient de préparation aux
autres, & fe célébroient au mois anthef-
terion qui répondoit à notre mois de novembre. Les purifications des petits myf-

teres confiftoient à fe laver dans le fleuve
Iliffus, à faire certaines prieres en offrant des
facrifices, à vivre dans la continence pendant
un tems marqué, fur-tout à être inftruit des
principes de la doctrine des grands myfteres.
Ceux-ci fe faifoient au mois boedromion,
qui répond au mois d'août. Les Athéniens
feuls pouvoient y être admis, & y avoient
droit à tout âge, & de quelque condition
qu'ils fuffent.

Lorfque l'on avoit fubi les épreuves des
petits myfteres, on étoit admis à être initié
aux grands. La cérémonie fe faifoit de
nuit, ce qui lui donnoit quelque chofe de
plus formidable. L'imagination échauffée du
récipiendaire lui faifoit voir des chofes merveilleufes; il avoit des vifions, il enten-
doit des voix extraordinaires; des coups
de lumiere inattendus diffipoient les ténè-
bres qui après cet éclat n'en étoient que
plus profondes: l'apparition des fpectres,
un bruit de tonnerre, des mouvemens du
fol fur lequel étoit l'initié, qu'on lui donnoit
pour des tremblemens de terre, en augmen-
tant la terreur, pénétroient de refpect pour
la cérémonie. C'étoit dans le moment que
le hiérophante, revêtu d'habits facrés qu'il

ne portoit jamais que dans ces occafions, faifoit la lecture de certains livres merveilleux que l'initié écoutoit avec tremblement, & qu'il n'étoit pas trop en état de concevoir.

Le hiérophante étoit accompagné de trois autres miniftres fubalternes, dont l'un portoit un flambeau, l'autre prononçoit de tems à autres certaines paroles myftérieufes, & le troifiéme fervoit à l'autel.

Ces myfteres devoient être tenus fous le plus grand fecret, & comme ils ne fe faifoient que dans l'obfcurité de la nuit, on a prétendu qu'ils occafionnoient beaucoup de défordres, que la loi du filence rigoureufement impofée aux initiés couvroit d'un voile impénétrable. Nous parlerons dans la fuite de ces imputations, & on verra que l'ignorance feule de la doctrine enfeignée dans les myfteres, & quelques fymboles mal expliqués, y ont fait fuppofer des défordres qui peut-être n'ont jamais exifté que dans l'imagination de ceux qui en ont parlé.

On étoit perfuadé à Athènes que cette cérémonie étoit un engagement à mener une vie plus pure & mieux réglée, qu'elle attiroit une protection fpéciale des déeffes

qui y préfidoient, & même qu'elle afiu-
roit pour l'autre vie un bonheur certain;
tandis que ceux qui n'avoient pas été initiés, outre les malheurs de cette vie qu'ils
avoient fans cefse à redouter, étoient condamnés à refter éternellement dans la fange
& l'ordure; aufsi les Athéniens ne man-
quoient pas de faire initier de bonne heure
à ces myfteres leurs enfans de l'un & l'autre
fexe, & regardoient comme un crime de
les laisser mourir fans leur avoir procuré cet
avantage.

Il n'y a pas apparence que tous les initiés
eufsent la même confiance aux myfteres:
plufieurs même des plus éclairés d'entre
les Athéniens négligerent de s'y faire initier: Socrate n'y fut jamais admis; négligence qui rendit fa religion fufpecte. Diogène, qui avoit le droit de dire hautement
ce qu'il penfoit, fans courir aucun rifque,
ne pouvoit pas croire qu'Agéfilas & Epaminondas fufsent relégués dans la boue &
le fumier, tandis que les plus vils d'entre
les Athéniens occuperoient des places diftinguées dans les ifles des bienheureux pour
avoir été initiés aux myfteres d'Eleufis.

Les grands myfteres, ceux du mois d'août,

duroient neuf jours confécutifs, employés
à différentes cérémonies dont on trouve par-
tout la defcription, parce qu'elles fe faifoient publiquement. Le fixiéme étoit le plus
folemnel, & deftiné à une proceffion nombreufe qui précédoit l'initiation générale,
ou la repréfentation des grands myfteres.
Elle partoit du céramique, traverfoit toutes
les places de la ville, & fe continuoit jufqu'à Eleufis, dans un efpace d'environ deux
lieues. Elle étoit au moins de trente mille
perfonnes, qui toutes pouvoient entrer
dans le temple, affez vafte pour les contenir; les initiés feuls avoient droit de s'y
trouver. Un étranger qui fe feroit gliffé dans
la foule, auroit été condamné à mort im-
pitoyablement. *Tite-Live, liv. 31, ch. 14,*
en cite un exemple mémorable. « Les Athé-
» niens, dit-il, s'engagerent dans la guerre
» contre Philippe, pour un fujet peu im-
» portant, lorfqu'il ne leur reftoit de leur
» ancienne fplendeur que la fierté de fe la
» rappeller. Durant les jours de l'initiation,
» deux jeunes Acarniens, qui n'étoient point
» initiés, & qui n'avoient aucune idée de ce
» culte religieux, entrerent avec la foule
» dans le temple de Cérès. Leurs difcours,

» les queſtions qu'ils firent, découvrirent
» leur ignorance & les trahirent. On les
» préſenta au grand-prêtre du temple, &
» quoiqu'il fût évident qu'ils y étoient en-
» trés ſans ſavoir ce qu'ils faiſoient, ils fu-
» rent condamnés à la mort comme cou-
» pables d'un crime énorme ». Quelques
indiſcrétions d'Alcibiade au ſujet de ces
myſteres, furent une des principales cauſes
de ſa diſgrace.

La loi du ſilence étant ſi rigoureuſe,
comment a-t-on pu être inſtruit autant qu'on
l'eſt, de ce qui ſe paſſoit dans le ſecret de
l'initiation? C'eſt que la puiſſance des Athéniens étoit anéantie, & quoiqu'alors les
myſteres conſervaſſent encore aſſez de crédit
& de reſpect, pour que les plus célèbres
des Romains deſiraſſent d'y être initiés; ils
furent moins diſcrets que les Grecs. Ainſi
l'on prétend que la deſcription que fait Virgile de la deſcente d'Enée aux enfers, dans
le ſixiéme livre de l'Enéide (a), n'eſt autre
choſe qu'une allégorie de l'initiation aux

(a) Voyez la diſſertation de Warburton dans les
notes du troiſiéme tome de la traduction de Virgile,
par l'abbé Desfontaines, page 213.

myſteres d'Eleuſis, ce qui donne à croire qu'il y avoit été admis. Quand il commence à en parler, il ſemble redouter la colere des dieux vengeurs dont il va révéler les ſecrets : « Dieu de l'empire des morts, dit-il, » ſouffrez que je raconte ce que j'ai en- » tendu, & que je révele des ſecrets enſe- » velis dans les ténébreux abymes de la » terre ». La ſybille qui guide Enée dans ſon voyage aux enfers, & qui l'inſtruit de ce qu'il doit faire, n'eſt autre choſe que l'hié- rophante. Le rameau d'or dont il faut qu'il ſoit muni avant que de commencer ce voyage étonnant, déſigne l'initiation aux petits myſteres.

Il entre dans une vaſte caverne, les mon- tagnes ſont émues, les forêts agitées, la terre mugit ſous ſes pieds ; d'horribles hur- lemens annoncent l'arrivée de la déeſſe des enfers : « Loin d'ici, profanes, s'écrie la » ſybille, ſortez tous de ce bois ſacré » : *Procul, o procul eſte, profani.* A l'entrée du gouffre infernal, ſont couchés le chagrin & les remords vengeurs. Là réſident les pâles maladies, la triſte vieilleſſe, la peur, la faim, la honteuſe indigence, figures affreu- ſes... Là , ſont encore pluſieurs autres monſtres, tels que les centaures, les deux scylles, l'hydre de Lerne, dont les sifflemens sont terribles, la chimère armée de flammes, les gorgones, les harpies, &c. .... On peut suivre dans Virgile la description de tout ce qui se présenta à Enée dans sa course aux enfers, la comparer à ce que dit Claudien au commencement de son poëme de l'enlevement de Proserpine, sur les mysteres d'Eleusis, & on verra que la descente d'Enée aux enfers, n'est que l'allégorie de l'initiation à ces mysteres.

A mesure que l'on s'éloigne des tems où les Grecs étoient puissans & respectés, on craint moins de parler des mysteres d'Eleusis. Dion-Chrysostôme, philosophe & orateur-grec, qui vivoit du premier au second siecle de notre ère, dit (*orat. 12*) : « Lorsqu'un grec ou un barbare doit être initié, » on le conduit dans un certain dôme d'une » grandeur & d'une magnificence admi- » rable, où il voit divers spectacles mys- » tiques, & entend de même une multitude » de voix ; où les ténébres & la lumiere » affectent les sens alternativement ; où » mille choses extraordinaires se présentent » à ses yeux ».

G vj

Thémiftius, autre philofophe grec, dont nous avons plufieurs harangues eftimées, qui fut en crédit à la cour de l'empereur Julien, dit que l'initié entrant dans le dôme myftique, eft rempli d'étonnement & d'horreur ; l'inquiétude & la crainte s'emparent de fon ame, il ne peut avancer d'un feul pas, & ne fait comment entrer dans le droit chemin qui conduit au lieu où il doit arriver, jufqu'à ce que le prophete (l'hiérophante, ou quelqu'autre miniftre) ouvre le veftibule du temple.

Le même Thémiftius s'exprime en termes plus précis dans un fragment que Stobée nous a confervé dans fon 117ᵉ difcours, intitulé, *Louange de la Mort* : « Nous di» fons que l'ame périt lorfqu'elle change de » maniere d'être, & qu'elle rentre dans » l'ordre univerfel des chofes. Unie au corps, » elle ne prévoit rien de ce qui doit être » au moment de fa mort (ou de fa fépa- » ration d'avec le corps.) Elle éprouve » dans la mort les mêmes paffions qu'elle a » reffenties dans l'initiation à certains grands » myfteres : auffi les mots répondent aux » mots, & les chofes aux chofes, car » τελευτᾶν fignifie mourir, & τελεῖσθαι être

» initié. D'abord des erreurs, des incerti-
» tudes, des courſes fatigantes, des mar-
» ches pénibles & inutiles rempliſſent l'eſ-
» pace de la vie : à la fin de la carriere,
» tout devient plus terrible : ce n'eſt qu'hor-
» reur, tremblement, ſueur froide, frayeur
» inſurmontable : (voilà les préludes de
» l'initiation.) Mais après l'inſtant de la
» mort, ces objets effrayans diſparoiſſent ;
» une lumiere merveilleuſe frappe les yeux
» des défunts ; ils ſont reçus dans des bois
» charmans ; des plaines émaillées de fleurs
» s'ouvrent de tous côtés devant eux, des
» hymnes & des chœurs de muſique en-
» chantent leurs oreilles ; ils entendent les
» récits admirables de la ſcience ſacrée.
» L'homme initié, devenu parfait, maître
» de ſoi-même & libre, couronné & triom-
» phant, célèbre les myſteres à ſon gré ; il
» ſe promene dans la région des bienheu-
» reux ; il converſe avec des hommes ſaints
» & vertueux ; il ne voit plus que dans
» l'éloignement la troupe profane & im-
» pure, qui ſur la terre ſe bouleverſe, ſe
» jette, ſe foule elle-même dans les ténebres
» & dans d'affreux bourbiers ».

Ces récits, s'ils ſont conformes à la vérité, donnent une idée bien avantageufe des myfteres d'Eleufis : la doctrine publique étoit que l'initiation, fans la vertu, ne fervoit de rien ; au lieu que les initiés qui s'attachoient à la pratique de la vertu, avoient de grands avantages fur le refte des hommes, dans une autre vie : c'étoit le fond de la perfuafion des peuples, & fans doute tel fut l'objet primitif des myfteres lors de leur inftitution. Mais dans la corruption générale des mœurs qui s'établit à Athènes, n'ajouta-t-on rien? ne fupprima-t-on rien? C'eft ce fur quoi l'on ne peut décider, à raifon du fecret qui fut toujours gardé. Ceux qui entreprenoient de le révéler, fe regardoient comme pourfuivis fans ceffe par la vengeance des dieux. On en peut juger par ce que Macrobe (*au premier livre fur le fonge de Scipion, chap.* 2) raconte de Numénius, philofophe grec d'Apamée en Syrie, qui vivoit au fecond fiecle. Curieux de s'inftruire des cérémonies les plus fecrettes, il reconnut par fes fonges, qu'il avoit offenfé les dieux, en publiant une explication des myfteres d'Eleufis. Les déeffes lui apparurent en habit de courtifannes, debout devant un lieu public ouvert. Etonné de les voir dans une place fi peu décente & fi peu convenable à leur divinité, il leur en demanda la caufe. Elles lui répondirent avec colere, qu'ayant été tirées par force du fanctuaire où leur pudeur étoit en fûreté, elles fe voyoient proftituées à tout venant : elles vouloient dire par-là que le culte qui convenoit le mieux aux dieux, étoit celui que le peuple leur avoit rendu de toute antiquité ; que les plus fages des philofophes s'étoient conformés à cet ufage, fuivant en tout les fentimens établis & adoptés par le vulgaire.

D'où vient donc que l'on a tant calomnié ces myfteres ; que l'on n'a pas craint de dire que l'indécence des chofes qui s'y paffoient étoit la grande raifon du fecret ; qu'elle étoit portée au point de propofer aux initiés les parties naturelles de la femme pour objet de leur culte ? Mais l'ignorance feule a pu regarder cette repréfentation comme un objet criminel. Si jamais elle a eu lieu dans les folemnités des grands myfteres, ce n'étoit qu'en tant qu'elle étoit le fymbole de la fécondité. On n'a pas voulu s'en tenir à cette explication, & l'on n'a confidéré dans cette allégorie que ce

qu'elle préfente d'obfcène à la premiere
vue. On verra dans la fuite de ces remarques que cette repréfentation allégorique
étoit reçue dans d'autres cérémonies religieufes qui fe faifoient publiquement.

Ce préjugé défavorable aux myfteres
d'Eleufis, s'eft perpétué de fiecle en fiecle.
Au commencement de celui-ci, on a vu
le docteur Averanius, profeffeur de l'uni-
verfité de Pife, dans fa 33ᵉ differtation fur
Virgile, juftifier les poëtes de l'imputation
qu'on leur a faite très-anciennement, d'avoir
gâté l'efprit des peuples par les fables qu'ils
ont imaginées, & dire en leur faveur, que
c'étoit dans l'opinion commune des peuples
que les poëtes ont puifé tous les contes
abfurdes qu'ils débitent fur les dieux, ainfi
que les aventures indécentes qu'ils leur attribuent : les myfteres d'Eleufine, qui fup-
pofent une partie de ces fables, font antérieurs aux poëtes les plus anciens. Homere,
le premier que l'on connoiffe, eft de quatre
cens ans poftérieur à Hercule. Et fi jamais
il y a eu quelque poëte plus ancien qu'Homere, au moins eft-il fûr que ce poëte,
quel qu'il foit, eft de beaucoup poftérieur
à Hercule. (Le docte profeffeur n'a pas

penſé à Linus & Orphée , contemporains
d'Hercule.) Or les myſteres d'Eleuſine ſont
inconteſtablement plus anciens que ce demi-
dieu de la fable, & les cérémonies de ces
myſteres repréſentoient des actions très-in-
fâmes des dieux. Il s'enſuit donc que les
idées indécentes qu'on avoit de ces dieux,
ne ſont point venues des poëtes, & que
ceux-ci en les employant n'ont fait que
ſuivre les principes de la théologie payenne,
telle qu'ils l'ont trouvée établie (*a*).

Ce qu'il y a eu à reprocher aux initiés
d'Eleuſis dans leurs derniers tems; c'eſt l'enthouſiaſme fanatique dans lequel ils s'entretenoient les uns les autres. Ils étoient
perſuadés qu'ils commerçoient immédiatement avec les dieux ; qu'ils avoient les démons & les génies à leur commandement ;
qu'ils pouvoient les évoquer par les incan-
tations, & s'élever à eux par l'extaſe. Des
cérémonies religieuſes qui communiquoient
ces merveilleuſes prérogatives, paroiſſoient
à leurs ſpectateurs trop intéreſſantes pour

(*a*) Voyez le Journal de Trévoux , Février 1719 ,
où le Recueil des diſſertations d'Averanius eſt annoncé , & où l'on trouve l'extrait de celle que j'ai citée.

qu'ils s'en détachaffent aifément. Le fameuè
Maxime d'Ephèfe paroiffoit toujours agité
par l'action intérieure de quelque démon :
il déraifonnoit avec une fublimité qui en
impofoit à tous fes auditeurs : on croyoit
entendre Apollon fur fon trépied, comman-
dant aux efprits : c'eft par de tels gens que
l'empereur Julien, fi grand à la tête des
troupes & dans le gouvernement des peuples, fut entraîné dans toutes les fauffes
démarches par lefquelles il effaya de rétablir les fuperftitions payennes fur les ruines
du chriftianifme. Julien périt en Perfe en
363. Trente-trois ans après fa mort, fous
l'empire d'Arcadius & Honorius, Alaric,
roi des Goths, après s'être emparé d'Athènes, dont il refpecta le nom, & où il ne
caufa aucun dommage, fit détruire de fond
en comble le temple de Cérès à Eleufis.
C'étoit (dit le fage auteur de l'Hiftoire du
Bas-Empire) un afyle où l'idolâtrie fe tenoit comme retranchée. Là, s'étoient retirés
ces fanatiques qui avoient féduit Julien,
ils s'y croyoient en fûreté : mais le goth,
chrétien de bonne foi, quoiqu'arien, quoiqu'il eût traité avec une forte de refpect
tous les monumens de l'Attique, fit renverfer

ce temple célèbre, en difperfa les prêtres & les miniftres, dont plufieurs périrent par l'épée des Barbares. Le fameux Prifque d'Epire, ce favori de l'empereur Julien, qui l'admettoit à fa confiance la plus intime, le plus ardent des hiérophantes d'Eleufis, mourut de douleur de voir fon temple renverfé; il étoit alors âgé de 90 ans.

Spon, dans fon voyage de Grece & du Levant, partie 3, dit que le temple de Cérès & de Proferpine à Eleufis eft tellement ruiné, que l'on ne peut en reconnoître le plan. C'eft un amas informe de colonnes, de frifes, d'architraves de marbre; il remarqua dans ces ruines les débris d'une ftatue de Cérès du plus beau marbre blanc, & du plus excellent travail. L'ornement de tête de la déeffe étoit remarquable par fa fingularité; c'étoit une efpece de panier autour duquel étoient fculptés des épis de froment, des fleurs & des têtes de pavot mêlés enfemble; emblême de la culture des grains que Cérès enfeigna d'abord aux habitans d'Eleufis, & par eux à tout le refte des peuples de la terre.

(2) *Vieilliffons enfemble, mourons enfemble*; c'eft le vœu de tous les amans, c'eft

ce que souhaitoient Théagène & Chariclée,
dans le tems même qu'ils se croyoient destinés au dernier supplice; ils ne desiroient
que périr tous les deux à la même heure
& du même genre de mort. *Héliodore*, *l. 8.*
C'est ce que dit si agréablement Lydie à
Horace, ode *9*, liv. 3 : *Tecum vivere amem,*
tecum obeam lubenter.

> .... Rien n'est plus doux pour moi,
> Que vivre & mourir avec toi.

(3) *Le Pirée*, ainsi que le dit Pausanias,
liv. 1, chap. 1, formoit encore de son tems
un bourg considérable, décoré de temples &
d'édifices publics de la plus grande magnificence. Il étoit éloigné d'Athènes d'environ
cinq milles. Le port de ce nom, établi à
l'embouchure du Céphise dans la mer, étoit
le lieu où débarquoient presque tous les
étrangers & les négocians que le commerce
amenoit dans l'Attique : ils logeoient dans
le bourg, ce qui le rendoit très-peuplé. Thé-
mistocle fit fortifier le Pyrée, & le joignit
à la ville par une bonne & forte muraille.
Il ne reste plus rien de toutes ces belles
constructions que quelques tristes ruines qui
indiquent la place qu'elles ont occupée. Le

Pirée, dit aujourd'hui *Porto-Lione*, d'un
très-beau lion de marbre qui présente la
gueule ouverte du côté de la mer, n'est plus
habité que par deux ou trois misérables
grecs, concierges ou gardes de la tour du
fanal, appellée *Pyrgo* par les Grecs modernes, & *Torre del fuoco* par les naviga-
teurs italiens. Ces gens ont soin d'avertir
de l'approche des corsaires qu'ils découvrent
en mer à six ou sept lieues, par différentes
bannieres ou pavillons qu'ils arborent le
jour, & par des feux qu'ils allument la
nuit. La côte est garnie d'espace en espace
de fanaux destinés au même usage. A la
place des différens portiques, des tombeaux
des grands hommes, des temples qui dé-
coroient le Pirée, on ne voit plus qu'une
mauvaise halle où l'on met à l'abri les mar-
chandises que l'on débarque pour Athènes,
ou celles que l'on doit exporter de l'Attique
dans d'autres pays, avec deux ou trois
cabanes en ruine, habitées par de pauvres
pêcheurs. L'ancrage y est bon & commode,
& on y trouve d'excellens puits d'eau douce.
Voyez *Athènes ancienne & nouvelle*, &
le *Voyage de Spon*.

(4) Les *haloennes* faifoient partie des petits myfteres de Cérès, qui fe célébroient à Athènes au mois de novembre. Cérès, Proferpine & Bacchus y étoient également honorés. C'étoit une fête d'actions de graces après la vendange, lorfqu'on avoit goûté le vin nouveau, & recueilli tous les fruits : elle rappelloit le tems que les anciens Grecs paffoient dans leurs aires à battre les grains.

(5) Suidas parle d'un recueil de lettres de Ménandre à Ptolemée, roi d'Egypte; ce qui donne à croire que le poëte comique étoit en relation avec le monarque. Mais ce qui ne laiffe aucun doute fur les inftances faites par ce prince à Ménandre de venir à fa cour, c'eft ce qu'en dit Pline (*Hift. Nat. liv. 7, ch. 30 :*) « Le brodequin de la co- » médie reçut un grand honneur, lorfque » les rois d'Egypte & de Macédoine firent » inviter Ménandre par des ambaffadeurs » d'aller à leur cour. Mais l'amour des lettres » l'emporta fur la fortune des rois, lorfqu'il » préféra le plaifir de les cultiver à Athènes, » aux faveurs qu'on lui annonçoit ». Le Ptolemée dont il eft queftion ici, doit être Lagus, un des généraux d'Alexandre, qui

eut l'Egypte en partage après la mort du conquérant.

(6) Philémon, célèbre poëte comique, contemporain de Ménandre, que l'on met au second rang, ainſi que Diphile au troiſieme. Voyez ſur Ménandre & Philémon, le chap. 4 du 17ᵉ liv. d'Aulugelle, & ce que j'en ai dit dans la note 2 ſur la troiſiéme lettre de ce récueil.

(7) *Mon tribunal ſouverain.* L'auteur ſe ſert ici du mot H'λιαία, *Heliaca*, tribunal ſouverain d'Athènes qui ſe tenoit en plein air, & où ſe jugeoient tous les jours une quantité de cauſes en dernier reſſort.

(8) Les douze grands dieux étoient Saturne, Cybele, Cérès, Jupiter, Junon, Apollon, Diane, Bacchus, Mercure, Vénus, Neptune & Pluton.

(9) L'iſle d'Egine, qui a conſervé ſon nom juſqu'à ce jour, ſéparée du territoire d'Athènes dont elle fait partie, par un canal qui a tout au plus trois cens pas de largeur : elle peut avoir environ douze lieues de tour, elle eſt plus longue que large.

(10) *Les coupes d'or & de pierres précieuses*. J'ai désigné sous un nom général, ce que l'auteur appelle coupes *thericléennes* & *carchesiennes*.

Le luxe des grands consistoit principalement à avoir des coupes de la plus grande magnificence. Celles qui sont désignées sous le nom de thericléennes, passent pour avoir été inventées par Thériclès, habile potier de Samos, qui leur donna son nom. Le luxe des Athéniens étoit d'avoir des coupes des métaux précieux, d'une grande pesanteur, ornées de bas-reliefs élégamment ciselés. Les Rhodiens, pour rendre l'usage de ces coupes plus commun, & fournir même aux gens les moins aisés, les moyens de se donner l'air de la magnificence, en firent de très-légeres & très-artistement travaillées, que l'on avoit d'eux à grand marché. Théophraste, dans son Histoire des plantes, à l'article *Thérébinthe*, dit que l'on fabriquoit avec ce bois des thériclées, avec tant d'industrie, qu'on leur donnoit l'apparence des métaux ou de la terre cuite. On faisoit présent de ces coupes aux ambassadeurs que les républiques s'envoyoient réciproquement ; enfin, c'étoit les bijoux à la mode,

comme

comme les tabatieres le font à préfent. Il
paroît que les théricléennes étoient l'amour
des vieilles femmes qui aimoient à boire.
« Viens (dit la vieille Théolite, dans une
ancienne comédie de Théopompe) » viens,
» aimable defcendant de Thériclès, que ton
» afpect eft agréable ! c'eft à bon droit que
» nous t'appellerons le miroir de la nature.
» Si l'on te remplit d'un bon vin, je te fa-
» vourerai, je te fucerai, je jouirai de tous
» tes attraits : puis-je efpérer d'autre plaifir
» auffi folide ». Les coupes appellées carché-
fiennes étoient d'un ufage plus ancien que les
thériclées, elles étoient faites en gondoles,
& appuyées fur un pied un peu élevé. Hérodote d'Héraclée dit que Jupiter donna à
Alcméne, pour prix de fes faveurs, une
coupe d'or de cette efpece. On fait qu'il avoit
pris la figure du véritable Amphitrion ; &
Plaute lui fait dire : « Cette coupe dont je
» te fais préfent, eft le prix de ma valeur.
» Le roi Ptérélas, que j'ai tué de ma main,
» s'en fervoit à fes feftins d'appareil ». *Voyez*
Athenée, liv. 11. Ce luxe s'étoit confervé
long-tems après l'invention de ces coupes.
Néron ayant, dans fa colere, brifé deux
coupes de cryftal de roche, cette perte fut

Tome I. H

regardée comme un malheur pour l'empire même qui s'appauvriſſoit d'autant. *Pline, Hiſt. Nat. liv.* 37 *, ch.* 2.

(11) *Nos fêtes publiques.* Elles ſont déſignées dans le texte ſous le nom de Choés & de Chytres; elles ſe célébroient le ſecond & le troiſiéme jour des antheſteries ou fêtes de Bacchus, les 11, 12 & 13 du mois antheſterion ou novembre. Le premier jour étoit appellé pithoinia, (πιθοινία), ou l'ouverture des tonneaux, parce qu'on ouvroit les tonneaux, & que l'on en goûtoit le vin. Le ſecond *choés* ou χόες, conge, meſure qui tenoit le poids de dix livres, ou environ trois pintes de Paris, ce qui étoit ſans doute la quantité de ce que chacun pouvoit boire de vin dans ce jour. Le troiſiéme, chytres, χύτροι de χύτρα, *olla*, marmite. La cérémonie conſiſtoit à faire cuire dans une grande marmite des ſemences ou grains de toute eſpece en l'honneur de Bacchus & de Mercure Chroniens ou Terreſtres, par la protection deſquels on obtenoit les fruits de la terre. L'origine de cette fête étoit très-ancienne, elle avoit été inſtituée par ceux qui ayant ſurvécu au déluge de Deu-

calion, offrirent à Mercure-Terreſtre toutes
ſortes de graines & de ſemences pour le
rendre propice à ceux qui avoient été ſub-
mergés dans les eaux. Il n'étoit permis à
perſonne de toucher à cette offrande, &
aucun prêtre n'y goûtoit; elle étoit diſperſée
par les campagnes. La même cérémonie ſe
pratique encore dans quelques régions des
Indes orientales, à la Chine, au Tonquin,
à la Cochinchine, où l'on voit les jeunes
lettrés répandre à certain tems de l'année
avec beaucoup de dévotion, du ris crud
& cuit, & d'autres légumes qu'ils offrent
aux ames des parens pour leſquels on a
négligé de faire les offrandes & les ſacri-
fices preſcrits par le culte du pays. Ménandre fait une mention particuliere de la fête
des chytres, parce que ce jour étoit le plus
ſolemnel des antheſteries, & le plus intéreſſant pour lui, en ce que l'on repréſentoit
des tragédies & des comédies.

(12) Il y avoit ſix mille juges pour la
ville d'Athènes & ſes dépendances, diſtri-
bués en différens tribunaux où ſe traitoient
les affaires tant générales que particulieres.
On pouvoit appeller de toutes leurs ordon-

H ij

nances & arrêts au peuple; ce qui rendoit
fon pouvoir fans bornes. Tout citoyen,
même le plus pauvre, étoit reçu au nombre
des juges, dès qu'il avoit trente ans accom-
plis, & qu'il étoit reconnu pour être de
bonnes mœurs. Chaque juge fur fon tribunal portoit une efpece de fceptre, marque
de fa dignité, qu'il dépofoit en quittant fa
place. La république payoit des honoraires
à tous ces magiftrats, qui ne furent jamais
portés au-delà de trois oboles (environ dix
fols de notre monnoie); ils n'étoient payés
que pour dix mois, les deux autres étant
employés en fêtes qui interdifoient toute
affaire juridique. On voit par la comédie
d'Ariftophane, intitulée *les Guêpes*, dont
les *Plaideurs* de notre célèbre Racine font
une imitation, quel étoit l'empreffement des
Athéniens à juger, & leur avidité pour le
gain qui prolongeoit & multiplioit les pro-
cès à l'infini; on y voit encore ce qu'il en
coûtoit au tréfor public pour payer fi mef-
quinement cette multitude de magiftrats
dont l'Attique étoit inondée; ce qui ne
pouvoit monter qu'à trois cens talens. Cependant leurs honoraires étoient fur l'état
ce, dépenfes de la république, pour deux

mille talens. Le jeune athénien qu'Aristophane met sur la scène, ne craint pas de dire que les dix-sept cens talens au-delà passoient entre les mains des orateurs qui ne cessoient de flatter le peuple, & de ceux qui avoient part au gouvernement civil & à celui des armées, qui tous sont qualifiés de voleurs du trésor public.

(13) *Ces assemblées nombreuses*, &c. Ménandre indique les assemblés générales qui se faisoient à la place publique. Le lieu destiné à contenir le peuple, étoit entouré d'une espece de réseau ou filet teint en rouge, pour empêcher le peuple de se retirer avant la fin des délibérations à prendre, & le contenir dans une sorte de tranquillité qui conservât de la décence & de l'attention. Les robes de ceux qui n'y prenoient pas garde se tachoient de la couleur du réseau, & il n'en falloit pas davantage pour les tourner en ridicule.

(14) *Le céramique*... Il y avoit à Athènes deux quartiers de ce nom, ainsi appelés de Κεραμος, *tuile*, parce qu'on en avoit d'abord fabriqué dans cet endroit. Pausanias (*liv.* 1, *ch.* 3) dit que le céramique

H iij

tiroit son nom de Céramus, héros des tems
fabuleux, fils, à ce que l'on croyoit, de
Bacchus & d'Ariane; ce quartier ou place
étoit entouré de portiques décorés de pein-
tures & de statues en terre cuite. Au tems
dont parle Ménandre, c'étoit un des plus
beaux quartiers d'Athènes, entouré d'édifices publics, & orné de grands arbres qui
formoient une promenade. C'étoit là que
l'on faisoit, aux dépens du public, les funérailles de ceux qui étoient morts pour le
service de la patrie. On élevoit sur leurs
tombeaux des colonnes où étoient inscrits
leurs noms & leurs belles actions. On y célébroit trois fois par an des jeux solemnels
en l'honneur de Minerve, Mercure & Pro-
méthée. Dans ces derniers jeux on faisoit
une course avec des flambeaux, sans doute
en mémoire du feu sacré que l'on prétendoit que ce demi-dieu avoit dérobé au char
du soleil, pour animer le corps de l'homme
qu'il avoit formé. Les enfans avoient le droit
de donner des coups du plat de la main
à ceux qui restoient derriere en cette course;
c'est ce que l'on appelloit des coups cérami-
ques. Voyez *Joan. Meursii Athenæ Atticæ.*

Le second céramique hors de la ville,

étoit le quartier où les femmes débauchées s'affembloient. Il en eft quelquefois queftion dans les lettres qui fuivent.

Spon, dans fon voyage de la Grèce & du Levant, dit que le premier céramique étoit dans la partie occidentale d'Athènes auprès de la porte *Dipilon*, qui fe nommoit auffi la porte du céramique ou de l'ancien marché. On n'y voyoit plus de fon tems que quelques reftes épars d'une très-belle architecture. Le bourg céramique ou le fecond céramique, fuivant le même Spon, porte encore ce nom ; il eft hors d'Athènes, à gauche du chemin d'Eleufis. Les Grecs modernes l'appellent *Keramaia*, tuilerie, parce que l'on y fabrique des briques ou tuiles, d'une terre argileufe que l'on tire des champs voifins, plantés d'oliviers.

(15) *Salamine*, *Pfittalie*, *Marathon*, &c. Ménandre indique par ces noms les événemens les plus glorieux à la ville d'Athènes & aux Grecs. *Salamine*, ifle de l'Attique, à dix milles au nord de l'ifle d'Egine, appellée aujourd'hui *Colouri*, avec un bon port, étoit célèbre par la victoire que Thémiftocle fit remporter aux Grecs fur les

Perfes. Les Athéniens avoient élevé un trophée à Salamine pour en conferver la mémoire.

Pfittalie est une isle entre celle de Salamine & le port Pyrée, où les Perfes, sur un faux avis que leur fit donner Thémiftocle, firent débarquer 400 hommes. Après le combat naval où leur flotte fut défaite, les Grecs pafferent dans cette isle, où ils firent main-baffe fur les 400 foldats, dont il ne refta pas un feul. Cette isle, appellée aujourd'hui *Lipfocoutalia*, est inhabitée.

Ce fut dans les campagnes de *Marathon*, ville de l'Attique, où l'on trouve encore une bourgade du même nom, que Miltiade, à la tête des Grecs, fit un horrible carnage de l'armée perfanne, dont on fait monter la perte à 100000 hommes.

L'*Ionie* étoit la partie de l'Afie mineure où Smyrne tient aujourd'hui le premier rang, & qui étoit unie d'intérêt avec la Grèce.

Les *Cyclades* font toutes les isles qui compofent aujourd'hui l'archipel de Grèce, qui s'étend de l'isle de Négrepont au nord, jufqu'à celle de Candie au midi.

(16) Le *Thermodon* est un fleuve qui

vient des montagnes de la Cappadoce, &
fe jette dans la mer de Conftantinople.

Le _Tygre_ prend fa fource en Arménie
dans les monts Gordiens, fe joint à l'Euphrate au-deffous d'Apamée, où il prend le
nom de _Pafitygris_, ou _Scat-el-Arab_, fleuve
des Arabes, & fe jette dans le golfe Per-
fique, entre l'Arabie & les provinces méri-
dionales de la Perfe.

L'_Halis_ eft un fleuve d'Afie, qui fe jette
dans le Pont-Euxin par le golfe d'Amafie.

(17) Tout ce que l'auteur des lettres
fait dire ici à Ménandre, le détail des caufes
qui le portent à donner la préférence au
féjour d'Athènes fur celui de la cour du roi
d'Egypte, eft digne d'un grec amateur des
beaux-arts, & qui contribuoit par fes talens
diftingués à l'illuftration de fa patrie. Ménandre vivoit dans le période le plus brillant de la gloire d'Athènes; dans un tems
où les génies les plus éminens dans tous
les genres, exiftoient & portoient à l'envi
les arts à leur perfection. La tragédie, dans
un efpace de tems très-borné, acquit toute
fa fplendeur par les productions immortelles
d'Efchile, Sophocle, Euripide.

H v

Dans le même tems, Cratinus, Aristophane & Eupolis donnerent à l'ancienne
comédie un éclat qui se soutient encore dans
toute sa force. Ménandre fut le pere de la
nouvelle comédie. La beauté de ses ouvrages, *dit Quintilien, liv. 10, ch. 1*, a
obscurci ou plutôt effacé la gloire de tous
ceux qui ont couru la même carriere que
lui ; ainsi on ne doit regarder Philémon &
Diphile que comme ses contemporains, &
non comme ses égaux. Tous ces excellens
auteurs parurent dans un espace de tems
très-borné. La philosophie n'acquit pas
moins de célébrité par les leçons de Socrate, Platon & Aristote. Avant Isocrate,
on connoissoit à peine l'éloquence & ses
effets merveilleux : après ses premiers disciples, elle déchut de toute sa gloire.

Si l'on compare les beaux tems de Rome
& ceux de la Grèce, le siecle de Léon X &
celui de Louis XIV, à ceux où les beaux-
arts fleurirent dans un tems plus ancien,
on verra que tous les grands génies qui ont
fait la gloire de ces différens siecles, vé-
curent dans un très-court espace. Si on demande les causes de ces phénomenes sin-
guliers & brillans, peut-être seroit-il difficile

d'en assigner de véritables, mais au moins on en peut donner de vraisemblables. L'émulation nourrit les esprits ; la jalousie & l'admiration les excitent & les enflamment : on fait tous ses efforts pour atteindre à la perfection ; on y arrive ; mais il est difficile de s'arrêter à ce point d'élévation ; & il est dans la nature de retomber lorsqu'il n'est plus possible de s'élever. Ainsi les esprits d'abord portés à égaler, même à surpasser les modeles qu'ils se proposent pour objets de leurs travaux, voyant par de tristes expériences qu'ils ne peuvent y réussir, l'ardeur s'éteint avec l'espérance qui les soutenoit. On cesse de courir une carriere où l'on n'espere plus d'être couronné : on essaye d'en ouvrir de nouvelles ; & n'aspirant plus à la perfection des grands modeles, on prend d'autres routes, dans lesquelles on se flatte d'acquérir quelque distinction. Or ces variations, cette inconstance font le plus grand obstacle à la perfection. C'est ainsi que raisonnoit Velleius-Paterculus (*lib.* 1) sur les siecles brillans de la Grèce & de Rome qui avoient précédé le regne de Tibere, sous lequel il vivoit. Ses réflexions sont vraiment lumi-

neufes ; & on reconnoît que ce qu'il ne
donnoit que pour des vraifemblances, a
acquis par la fuite toute la certitude de la
vérité.

Ce qu'il ajoute fur la gloire d'Athènes,
dont Ménandre parle avec l'énthoufiafme
d'un bon citoyen & d'un génie qui y parti-
cipoit plus que perfonne, eft vu avec autant de fagacité. L'étonnement, dit-il, que
nous caufe la différence des tems, paffe
à celle des villes. Le génie de l'éloquence
ainfi que des autres arts, éclata davantage
dans la feule ville d'Athènes que dans tout
le refte de la Grèce ; de forte que les efprits fembloient tous renfermés dans fon
enceinte, tandis que les corps étoient difperfés dans le refte du pays qu'ils peuploient.
Il eft étonnant qu'Argos, Thebes, Lacédémone, n'aient produit aucun orateur qui ait
fait du bruit de fon tems, ou qui ait confervé quelque réputation après fa mort. On
ne doit excepter que Thebes, dont Pindare eft la gloire, car c'eft à tort que Lacédémone compte le poëte Alcman au
nombre de fes enfans. Ainfi toute la Grèce
étoit raffemblée à Athènes, comme toute
la France l'eft à Paris : c'eft-là que les

beaux - arts ont été portés à leur perfection.

Ajoutons à la gloire du génie, au spectacle que donnoient tous les beaux-arts réunis & traités par les mains les plus habiles, la pompe du culte religieux, qui dans la folemnité de ses fêtes, intéressoit d'autant plus toute la ville, qu'elle seule avoit le droit d'y être initiée & de participer au secret de ses mysteres. Quelque ridicules que fussent à ce sujet les prétentions du peuple, le philosophe s'y conformoit au moins en apparence, & avoit le plus grand respect extérieur pour toutes les cérémonies qui y avoient rapport. Il ne paroissoit jamais au temple qu'en posture de suppliant, persuadé que la religion étoit le moyen le plus propre à conserver la paix & l'union des cœurs entre les citoyens d'un même pays. Quelques audacieux s'éleverent contre ces pratiques, & les blâmerent, surtout en des personnages qu'ils savoient être persuadés de la futilité des dieux que l'on honoroit avec tant de pompe. Un certain Dioclès disoit d'un ton railleur : « Je ne » connois jamais mieux ta grandeur, ô Ju- » piter, que depuis que je vois Epicure dans

» ton temple & à tes genoux ». Mais ces
farcafmes étoient généralement méprifés. Il
eft arrivé plus d'une fois de les voir punis
d'une mort ignominieufe. Les fectateurs de
Pyrrhon, d'Epicure, de Diagoras, n'oferent
fe montrer à découvert, que lorfque les
beaux jours de la Grèce furent éclipfés,
que les fciences & les arts y eurent perdu
tout leur luftre.

Confidérons encore que les plaifirs & les
fpectacles fe fuccédoient à Athènes fans in-
terruption. Tout s'y rapportoit à la fatisfaction du peuple, juge prefque toujours
équitable des productions des arts dans tous
les genres. Les artiftes ne s'attachoient qu'à
lui plaire & à mériter fes applaudiffemens;
& il leur accordoit de la protection, des
bienfaits & la confidération la plus diftin-
guée. Les courtifannes elles-mêmes, cette
efpece fi avilie parmi nous, contribuoient
à la réputation d'Athènes autant qu'à fes
plaifirs. Elles avoient dès-lors tous les goûts,
tous les défauts des femmes de cet état;
mais elles avoient des talens, des graces,
des charmes qui n'étoient qu'à elles, & l'art
enchanteur de les rendre toujours nouveaux, même dans un âge avancé. On les vit

plus d'une fois réfifter aux offres féduifantes
des princes les plus puiffans, & préférer
la liberté voluptueufe dont elles jouiffoient
à Athènes, à l'opulence faftueufe de la cour
des rois.

Tous ces motifs réunis rendirent l'enthoufiafme de la patrie plus fenfible à Athènes que dans aucune autre république connue. Les citoyens étoient unis par le goût
des plaifirs, des arts & des fciences. Ils
étoient aimables, & n'afpiroient qu'à jouir
délicieufement de la vie. Il n'y a aucune
comparaifon à faire dans ce genre, entre
la vertu févere des Romains, & l'urbanité
dès Athéniens.

Ces beaux tems durerent peu; le regne
de la frivolité eft l'avant-coureur immédiat
de la décadence des empires. « Si l'on fup-
» pute, dit Plutarque, ce qu'il en a coûté
» aux Athéniens pour la repréfentation des
» piéces de théâtre, on verra que les fommes
» employées à cet ufage, font plus grandes
» que celles qui ont été dépenfées pour
» la défenfe de la liberté & du falut de la
» Grèce. Les magiftrats prépofés à la cé-
» lébration des jeux publics, fe donnoient
» des peines extraordinaires : la grande

» affaire étoit d'amuſer le peuple , & de
» l'occuper ſans ceſſe de ſpectacles & de
» plaiſirs nouveaux. On s'en occupoit plus
» que du ſoin de ſa ſubſiſtance ». *Traité de
la gloire des Athéniens. Queſtions de table ,
liv. 7, queſt. 7.*

« Les choſes étant portées à cet excès ,
» il n'étoit pas poſſible qu'un état où les
» cœurs étoient ſans ceſſe amollis par une
» vie douce & voluptueuſe ; où les repré-
» ſentations du théâtre l'emportoient ſur les
» exercices du camp ; où la valeur & la
» ſcience militaire ne ſe comptoient plus
» pour rien ; où les applaudiſſemens & les
» acclamations n'étoient plus que pour les
» bons poëtes & les comédiens diſtingués,
» ne s'acheminât d'un pas rapide vers ſa
» ruine ». *Juſtin , liv. 8 , ch. 9.*

LETTRE V.

GLYCERE (1) *à MÉNANDRE.*

J'AI lu les lettres du roi dans l'inftant même qu'elles m'ont été rendues. J'en prens à témoin Calligénie (2), dans le temple de laquelle je fuis actuellement, mon cher Ménandre, elles m'ont pénétré d'une joie qui m'a mife hors de moi-même. Je n'en ai pu rien cacher aux perfonnes qui étoient préfentes, au nombre defquelles étoient ma mere, Euphorion ma fœur, & cette jeune amie qui a foupé chez toi, dont la franchife, la gaieté, le langage attique te plaifoient fi fort ; qu'il fembloit que tu n'ofaffes louer qu'avec réferve ; lorf-que je te donnai ce baifer fi tendre, fi chaud : tu ne l'as pas oublié, cher Mé-nandre.

Elles me regardoient avec furprife ; une joie extraordinaire éclatoit fur mon vifage

& dans mes yeux. Elles me demandoient avec empreſſement quel bonheur m'étoit donc arrivé, qui m'affectoit ſi ſenſiblement que toute ma perſonne en ſembloit péné-trée, tant j'avois changé promptement, tant il s'étoit répandu d'agrémens ſur moi. A les en croire, je brillois dans ce moment de tout l'éclat de la ſatisfaction la plus vive.

Alors élevant la voix, & prenant le ton ampoulé de la déclamation pour que l'on fît ſilence & que l'on m'écoutât avec plus d'attention : Ptolémée, roi d'Egypte, leur ai-je dit, appelle mon Ménandre, & veut en quelque ſorte partager ſon empire avec lui. Je tenois en même-tems la lettre à la main ; je l'agitois, afin qu'elles viſſent le ſceau royal dont elle eſt revêtue.

Tu ſeras donc bien contente, me di-ſoient-elles, s'il t'abandonne ? Quelle étoit leur erreur, mon cher Ménandre ! Elles étoient loin de deviner ma penſée. Oui, quand, ainſi qu'on le dit, un bœuf parle-

roit pour m'en affurer (3) , je ne croirois
pas encore que Ménandre pût abandonner
Athènes & fa Glycere, pour régner feul
en Egypte, même dans la fortune la plus
brillante. J'ai très-bien compris, par la
lettre que j'ai lue, que le roi fait quelque
chofe des fentimens qui nous uniffent, &
que fans trop fe mettre à découvert, il
cherche à te piquer d'honneur par des plaifanteries auxquelles il effaye en vain de
donner cette légéreté qui n'appartient qu'à
nous. C'eft ce qui me comble de joie : le
bruit de nos amours a paffé les mers ;
il a pénétré jufqu'en Egypte, & par ce
qu'il en a appris, il doit concevoir qu'il
tente la chofe impoffible, en prétendant
faire paffer Athènes à fa cour.

Car qu'eft-ce qu'Athènes fans Ménandre?
Que feroit Ménandre fans Glycere ? qui te
ferviroit comme moi ! qui te prépare tes
mafques ; qui te donne tes habits, qui fais
me préfenter à tems fur l'avant-fcène,
faifir les applaudiffemens du côté d'où ils

partent, & les déterminer à propos par le mouvement de mes mains (4) ! Diane m'en eft témoin ! combien de fois t'ai-je ranimé lorfque ie t'ai vu tremblant , ferrant dans mes bras avec les tranfports de la plus vive tendreffe , cette tête facrée , d'où font forties tant d'excellentes comédies.

Quant à cette joie que j'ai laiffé éclater devant mes amies , elle étoit occafionnée par ce que j'apprenois , que ce n'eft pas Glycere feule qui t'aime ; mais que les rois d'outre-mer fe font gloire de ce fentiment, & que ta réputation répandue au loin an-nonce par-tout tes admirables talens.

Je vois d'ici l'Egypte, le Nil, le pro-montoire de Protée (5) , les jettées du Phare remplis d'un peuple curieux qui t'at-tend, qui regarde comme le comble du bonheur de te voir, de te poféder, de jouir de ces tableaux frappans que toi feul as pu donner, des avares, des fuperfti-tieux , des amans infidèles ou dupés , des peres crédules , des fils étourdis, des

efclaves & de leurs fourberies ; enfin tous
les caractères différens mis fur la fcène,
avec cette vérité, cet intérêt qui charme
le fpectateur, & entraîne tous les fuffrages (6).

Ils entendront parler de toutes ces merveilles ; ils defireront de les voir ; mais ils
n'auront Ménandre qu'à Athènes, chez fa
Glycere ; c'eft-là qu'ils feront témoins de
mon bonheur, & qu'ils verront l'illuftre
Ménandre, dont la réputation eft fi brillante, paffer avec fatisfaction les jours
& les nuits à côté de moi, dans mes
bras, faire toutes fes délices de ma fociété.

Cependant, fi les offres du roi ne te
paroiffent pas à négliger ; fi même, fans
aucune raifon d'intérêt, tu cédes au defir
de voir les merveilles dont l'Egypte eft en
quelque forte peuplée ; les pyramides, les
ftatues réfonnantes (7), le labyrinthe fi
fameux, & tous ces chef-d'œuvres de l'art,
vantés dès l'antiquité la plus reculée, &

qui rendent encore le voyage d'Egypte ſi intéreſſant ; je t'en conjure, mon cher Ménandre, ne me regarde pas comme un obſtacle à tes projets ; ne me compromets pas avec les Athéniens, ne m'expoſe point à leur haine. Peut-être comptent-ils déja ſur les faveurs du roi, ſur les largeſſes qu'il leur fera, pour te déterminer à te rendre à ſes deſirs (8).

Pars ſous la protection des dieux, avec la fortune & les vents favorables, & l'aſſiſtance du grand Jupiter. Mais pour cela, je ne t'abandonnerai pas : le pourrois-je, quand je le voudrois ! Je laiſſerai ma mere, mes ſœurs, mes parentes ; je ferai la compagne de ta navigation : tu verras alors que la mer & ſes dangers n'auront rien d'incommode pour moi : je ſaurai te ſoulager dans ces ſoulevemens d'eſtomac & de cœur, dans ce mal-être que le coup de la rame & le mouvement du vaiſſeau te feront éprouver.

Nouvelle Ariane, ſans avoir beſoin d'un

fil, je ne conduirai pas en Egypte le dieu Bacchus, mais son prêtre & son ministre le plus célèbre, sans redouter les solitaires rochers de Naxos, & la perfidie qui m'y laisseroit en proie à mes pleurs & à mon désespoir (9).

Nous ne sommes plus au tems de Thésée : périsse même la mémoire de ces amans ingrats & cruels dont les siecles antiques semblent se vanter. Nos mœurs, nos sentimens sont plus solides : la ville, le pyrée, l'Egypte les verront toujours les mêmes. Nos tendres amours nous rendront agréables tous les séjours de l'univers : un écueil même, si la tempête nous y jettoit, deviendroit pour nous un lieu charmant, l'amour le rendroit habitable & l'embelliroit.

Je suis persuadée que l'argent, la puissance, les richesses des rois n'ont à tes yeux aucun attrait : ma tendresse & le plaisir que tu trouves à composer des comédies, te tiennent lieu de tout. Mais tes parens, ta patrie, tes amis, tous ont des befoins ou croient en avoir : tu les connois, ils ne fongent qu'à s'enrichir, & à faifir les moyens d'accumuler de l'or.

Tu ne me reprocheras rien, quels que foient les motifs qui te conduifent, j'en fuis perfuadée. Quand tu t'es livré à moi, fubjugué par l'amour, tu cédois au penchant qui t'entraînoit. Tu fais plus aujourd'hui, tu t'en rapportes à mon avis dans la circonftance la plus importante, & c'eft-là, mon cher Ménandre, ce qui m'attache éternellement à toi. Je ne crains plus le peu de durée d'un amour qui ne feroit appuyé que fur la paffion ; fi les attachemens de cette efpece font violens, ils fe rompent aifément : mais quand la confiance les foutient, il femble qu'on peut les regarder comme indiffolubles ; d'autant plus que la jouiffance des plaifirs fe trouve unie aux fages circonfpections de la prudence.

Enfin, pour fe décider fur une démarche auffi intéreffante, il convient de prendre

les

les précautions que tu fais m'infpirer lorfque l'occafion s'en préfente.

Quoique ta tendreffe & ta confiance me
mettent à couvert de tout blâme de ta part,
je n'en ai pas moins à redouter ces frélons
de l'Attique (10), qui me voyant partir
avec toi, m'accableront des reproches les
plus fanglans, comme fi j'enlevois à la ville
d'Athènes le dieu des plaifirs & des richeffes.

Je te conjure donc, mon cher Ménandre,
de ne rien précipiter, de ne pas te preffer
de répondre au roi : il faut en délibérer
mûrement; attendre que nous foyons réunis
à nos amis, fur-tout à Théophrafte (11)
& à Epicure. Les chofes examinées tranquillement avec eux, fe préfenteront peut-
être fous une toute autre face.

Je penfe même qu'il convient de faire
des facrifices, de confulter les entrailles
des victimes, & de juger par ce qu'elles
annonceront, lequel nous fera le plus avantageux, d'aller en Egypte, ou de refter

Tome I. I

à Athènes. Il faut envoyer à Delphes confulter l'oracle; nous fommes de la race du
dieu qui y répond (12); ainfi, que nous
partions, que nous reftions, nous ferons
à couvert fous les ordres des dieux.

Je me charge de tous ces foins. J'ai à
ma difpofition une certaine femme nouvellement arrivée de Phrygie, très-habile
dans toutes ces pratiques myftérieufes, elle
fait deviner par le moyen de certaines cordes
de jonc qu'elle étend pendant la nuit : à
leur mouvement elle reconnoît la volonté
des dieux auffi diftinctement que s'ils lui
apparoiffoient (13). Au refte, je ne l'en
croirai pas fur fa parole, je la veux voir
dans l'action. Je la ferai donc avertir, car
il faut qu'elle fe prépare à ces myfteres
par certaines purifications; qu'elle fe pour-
voie des victimes qu'elle doit immoler,
d'encens mâle, de paftilles oblongues de
ftyrax, de gâteaux faits à la lune, & de
feuilles de pourpier fauvage. Je penfe qu'elle
fera ici avant que tu ne reviennes du Pyrée.

Si tu dois tarder encore quelque tems
à voir ta Glycere, fais-le moi favoir, afin
que je t'aille trouver, & que la phrygienne
foit prête à opérer.

Quoi qu'il en arrive, je m'accoutume infenfiblement à oublier le Pyrée, le théatre,
mes petites poffeffions, nos fêtes ; peut-
être parviendrai-je à m'en détacher au point
de n'y plus penfer : j'en attefte les dieux,
il me fera difficile d'abandonner tous ces
objets : mais pourrois-tu te féparer plus
aifément de moi ? Nous fommes unis par
des liens trop forts. En vain les rois t'écri-
ront, te folliciteront ; ma fouveraineté l'em-
portera fur leurs inftances, mon amant me
reftera fidele, il fera religieux obfervateur
de fes fermens.

Reviens à la ville le plus promptement
poffible, afin que fi tu changes de réfo-
lution, & que tu te détermines à partir
pour l'Egypte, tu mettes en ordre tes comédies ; celles fur-tout qui doivent être le
plus au goût de Ptolémée. Tu fais qu'il

eſt capable d'en bien juger. Tu lui don-
neras de préférence Thaïs, l'Odieux, le
Malveillant, Thraſyléon, l'Inconſtant, le
Querelleur, le Sycionien.

Ne ſeras-tu pas étonné de la témérité,
de l'audace avec laquelle je décide du mérite des comédies de Ménandre! Mais ton
amour n'a-t-il donc pas dû m'inſtruire aſſez
pour être en état d'apprécier tes productions? Tu m'as donné des leçons, cher
amant; qui pouvoit en profiter plus utile-
ment qu'une femme d'un heureux naturel?
Les amours hâtent les progrès, ils déve-
loppent toutes les reſſources de l'eſprit.
Que n'aurions-nous pas à redouter de Diane, ſi le défaut d'intelligence rendoit inutiles les leçons de nos amans.

Je te demande avec inſtançe, mon cher
Ménandre, de mettre au rang de tes piéces
favorites, la comédie dans laquelle tu me
fais jouer le principal rôle (14); afin que ſi
je ne t'accompagne pas, elle me faſſe connoître à la cour de Ptolémée; qu'elle ap-

prenne à ce roi l'empire que j'ai fur mon
amant, puifqu'il veut l'inftruire de l'hiftoire
de fes amours, lorfqu'il eft forcé d'en laiffer
l'objet à Athènes ; mais tu ne t'en fépareras
pas. En attendant que tu viennes me rejoindre, je vais fans ceffe m'exercer au
Pyrée. J'y apprendrai à tenir le gouvernail,
à diriger la proue d'un vaiffeau. Mes mains,
mon induftrie, feront employées à te conferver. Je veillerai moi-même à la fûreté
de la navigation.

Que les dieux nous infpirent donc le
parti qui nous fera le plus avantageux :
que ma phrygienne le devine. Mais qui
peut être plus clairvoyante fur tes intérêts, que ta maitreffe, éclairée par l'Amour,
le plus puiffant des dieux. Adieu.

N O T E S.

(1) J'ai déja parlé de Glycere dans la
note premiere fur la troifiéme lettre. Je
ne fais fi l'anecdote fuivante doit fe rapporter à celle qui écrit à Ménandre. La voici

telle que Pline la raconte : « Glycere de
» Sycione, courtifanne & bouquetiere, ex
» celloit dans l'art de faire des couronnes,
» elle en étoit regardée comme l'inventrice.
» Paufias, auffi de Sycione, peintre (con-
» temporain d'Appelle), en devint amou-
» reux ; & pour lui plaire & l'imiter, il
» s'appliqua à peindre des fleurs. On vit alors
» l'art & la nature faire des efforts pour fe
» furpaffer réciproquement ; chacun vouloit
» l'emporter fur fon émule, & on ne fa-
» voit auquel des deux adjuger la victoire.
» Ce Paufias perfectionna la peinture en
» cauftique, l'art d'appliquer les couleurs
» fur le bois & l'ivoire, par le moyen du
» feu. Il décora le premier les lambris &
» les plafonds de cette forte de peinture ».
Hift. Nat. liv. 21, ch. 3, & liv. 35, ch. 11.
Un des plus beaux ouvrages de Paufias étoit
celui où il avoit peint Glycere affife, fai-
fant une couronne de fleurs. Ce tableau,
que Lucullus acheta fort cher, étoit appellé *ftephanocoplos*, la faifeufe de couronnes. Paufanias (*liv. 2, ch. 27*) dit qu'au
temple d'Efculape à Epidaure, on voyoit
quelques tableaux de ce Paufias, entr'autres
celui de l'ivrognerie, repréfentée par une

femme qui buvoit dans une bouteille de verre, dont le visage paroissoit au travers de la bouteille, illuminé par le vin. Effet singulier de lumiere, qui prouvoit le talent du peintre. Les Flamands ont réussi dans plusieurs tableaux de ce genre. Dans les portiques de Pompée à Rome, on admiroit un tableau de ce même peintre, qui représentoit un sacrifice. Il y avoit un bœuf peint de front, qu'on ne laissoit pas que de voir dans toute sa longueur. Horace témoigne que l'on faisoit de son tems grand cas des tableaux de Pausias. On en peut juger par le trait suivant :

Vel cum Pausiaca torpes, insane, tabella.

Lorsque vous admirez un tableau de Pausias, jusqu'à en perdre le sentiment. *Sat. 7, lib. 2, carm. 95.*

(2) *Calligénie*. Hésychius dit que c'étoit un surnom de Cérès sous lequel on l'invoquoit dans ses fêtes. D'autres ont dit que c'étoit une de ses nymphes ou sa nourrice. A considérer la vraie signification du mot, il répond à celui de génératrice, ou mere de la beauté : ainsi il devoit être très-ordinaire aux courtisannes de sacrifier à Cérès sous

cette qualité, & même de fréquenter fon
temple de préférence aux autres.

(3) Erafme, dans fes Adages (*chil. 3,
cent. 1, prov.* 46), cite ce paffage d'Alciphron, & dit que ce proverbe eft tiré de ce
que les annales des nations rapportent que des
bœufs ont parlé quelquefois. Valere-Maxi-
me, *liv. 1, ch. 6, des prodiges,* dit que fous
le confulat de P. Volumnius, & de Serv. Sul-
pitius, un bœuf, dans fes mugiffemens,
imita la voix humaine, & fit entendre. .
Pline, *liv. 8, ch.* 45, dit que parmi les
prodiges rapportés par les anciens, on a
quelquefois cité des bœufs qui avoient parlé, & que lorfque cela arrivoit, on tenoit le
fénat en plein air. Je ne fais fi ce proverbe
ne tireroit pas plutôt fon origine d'une monnoie de Grèce, fur laquelle étoit l'empreinte
d'un bœuf. Nous avons vu plus haut que
l'éloquence des orateurs étoit très-vénale,
& en les payant bien, on étoit fûr de leur
faire dire ce que l'on vouloit ; d'où le proverbe grec affez connu, un bœuf a parlé,
un bœuf eft monté fur fa langue ; allufion
à la monnoie qu'ils avoient reçue. Voyez
Celius Rhodiginus, liv. 10, ch. 2.

(4) Dans les applaudissemens que donnoient les anciens aux spectacles où ils assistoient, les mains, & sur-tout le pouce, avoient une grande expression. Celui qui favorisoit un parti, pressoit le pouce ; la marque contraire étoit de le tenir ouvert & renversé. On applaudissoit des deux mains ; c'étoit une marque d'admiration de les joindre ensemble, en rapprochant les pouces l'un contre l'autre ; ou l'on étendoit les mains en les élevant & les agitant, en signe de satisfaction. Un gladiateur vaincu, qui demandoit grace au peuple, s'il voyoit le pouce étendu & renversé, n'avoit rien à espérer que la mort . . . . .

> *Converso pollice, vulgi*
> *Quemlibet occidunt populariter . . . .*

dit Juvenal, en reprochant aux vestales qui assistoient aux spectacles, de donner elles-mêmes pour plaire au peuple, le signal de la mort, au mépris de la douceur & de la sainteté de leur ministere. On tiroit de cet usage une façon de parler proverbiale fort commune . . . .

> *Consentire suis studiis, qui crediderit te,*
> *Fautor utroque tuum, laudabit pollice ludum.*

« Celui, dit Horace, qui sera persuadé que

I v

» vous approuvez ses goûts, approuvera
» les vôtres à son tour ». On lit dans le
texte grec sur lequel je fais cette note : « Et
» pressant mes doigts lorsque le théâtre ap-
» plaudit ». De-là étoit né le proverbe, *pre-
mere pollicem, convertere pollicem*, rapporté
par Erasme (chil. 1, cent. 8, adag. 46.)

(5) Le promontoire de Protée étoit une
pointe avancée formée par des rochers saillans
dans la mer que Servius appelle l'extrémité de l'Egypte & les colonnes de Protée ; sans doute de quelque monument érigé
sur ces rochers par Protée, très-ancien roi
de ce nom, contemporain des héros de la
guerre de Troye. L'isle du Phare étoit éloignée de sept stades ou huit cens quarante
pas du continent. Ce n'est aujourd'hui qu'une
presqu'isle à l'extrémité de laquelle fut bâtie
par Ptolemée-Philadelphe, sur un rocher
contre lequel les flots de la mer venoient
se briser, cette tour si magnifique, qu'on
la mettoit au rang des merveilles du
monde. On dit qu'elle étoit quarrée, &
que pour la grandeur, elle pouvoit être
comparée aux pyramides. Ses côtés avoient
à la base cent toises sur chaque face ; elle

étoit à plusieurs étages voutés, qui alloient
en diminuant, de sorte que le plus elevé
n'avoit qu'une plate-forme destinée à allu-
mer pendant la nuit, des feux que l'on
découvroit de trente à quarante lieues. Elle
avoit quatre cens cinquante pieds de haut.
Elle est dégradée presqu'en entier, ce qui en
reste forme un petit château quarré, appellé *faraillon*, au-dessus duquel on allume
un fanal pour éclairer les vaisseaux.

(6) Athenée nous a conservé les titres
& quelques fragmens de cinquante-trois
pieces de Ménandre, que je vais citer. Les
Adelphes ou les Freres ; le Pécheur ; les
Poissons ; l'Androgyne, ou le Crétois ; les
Cousins ; le Hableur ; les Flatteurs ; le Dat-
tier ; le Demiurgue, ou le Magistrat sou-
verain ; les Gemeaux ; le Fâcheux ; l'Ennemi de soi-même ; l'Aggresseur ; la Solli-
citeuse ; les Tuteurs ; l'Héritiere ; l'Ephé-
sien ; les Ephésiennes ; Thais ; l'Inspirée ;
l'Enthousiaste ; Thrasyléon, ou le Brave ;
Carine, ou la Pleureuse ; les Carthaginois ;
le Réseau (coëffure de femme) ; le Joueur
de harpe ; le Flûteur ; les Collines ; les Lem-
niennes ; l'Ennemi des femmes ; l'Ivresse ;

le Pilote ; le Légiflateur ; la Colere ; le Courtier d'amour ; le Dépôt ; le Camp ; la Périnthienne ; la Femme vendue ; le Complaifant, ou l'Homme à tout ; Trophonius ; les Inconftans ; l'Aiguierre ; Hymnis, ou la Chanteufe ; le Suppofé ; l'Apparence ; les Flambeaux ; Phannion , ou la Courtifanne ; le Spectre ; les Fabriques de cuivre ; le faux Hercule ; Glycere , piece dont parle Hefichius.

(7) Le texte indique ici des ftatues qui parlent ; c'eft - à - dire, qui rendent des fons. Il eft à préfumer que dans l'Egypte, que l'on s'accorde affez à regarder comme le berceau des fciences & des arts, mais où le peuple ignorant ne fut jamais qu'admirer fans connoître, les artiftes , pour fe rendre plus recommandables, lui perfuaderent que certaines ftatues, plus excellentes que les autres, avoient le don de la parole. Je trouve dans Célius-Rhodiginus (*liv.* 29, *ch.* 24,) que l'on croyoit que les mages fabriquoient des ftatues parlantes, non qu'elles fuffent animées , ou que les aftres fe fiffent entendre par leur moyen ; mais certains génies ou démons foumis à

l'empire de la constellation sous l'aspect de laquelle elles avoient été fabriquées, s'y établissoient, & répondoient à ceux qui les interrogeoient. Cette fable, digne de la fourberie des prêtres égyptiens, & de la stupide ignorance du peuple auquel elle étoit racontée, n'en étoit pas moins capable d'exciter la curiosité des Grecs, celle surtout d'une courtisanne superstitieuse.

De toutes ces statues parlantes ou résonnantes, la plus fameuse étoit celle de Memnon que l'on voyoit à Thèbes dans la haute Egypte. Le géographe Strabon en a parlé fort sensément. Il dit (*liv. 17*) que la statue étoit de basalte noir, & qu'à la premiere heure du jour, lorsqu'elle fut frappée des rayons du soleil, elle lui parut rendre quelques sons; ce qu'il attribue à quelqu'artifice caché, soit dans la base, soit dans le corps de la statue, plutôt qu'à aucune disposition de la pierre dont elle étoit formée. Le géographe assure qu'il étoit alors dans la compagnie d'Elius Gallus, de plusieurs de ses amis avec une nombreuse escorte de soldats, & que dans cette quantité, il pouvoit se trouver quelque personne intéressée à conserver la réputation du pre-

dige , & à exciter un bruit que l'on donnoit pour un fon que rendoit la ftatue. Ce
bruit reffembloit affez à celui que fait une
corde d'inftrument lorfqu'elle fe rompt. Cette
ftatue repréfentoit un jeune homme affis ,
les yeux tournés vers le foleil levant pour
le fixer , les pieds appuyés à terre , & les
deux mains fur fon fiége dans l'attitude d'une
perfonne qui veut fe lever. Ceux qui ont vu
quelques ftatues égyptiennes , fe feront aifément une idée de celle de Memnon , qui
probablement n'avoit rien de plus agréable,
& étoit d'une maniere auffi roide que toutes
celles qui font travaillées dans le même
goût. Dans ce que l'on en racontoit vul-
gairement , il y avoit de quoi piquer la
curiofité des Grecs , toujours fi empreffés à
entendre ce qu'on leur racontoit de l'Egypte,
qui fut conftamment pour eux le pays des
merveilles.

Le labyrinthe étoit , fuivant Hérodote,
qui en parle comme l'ayant vu , ce qu'il
y avoit de plus curieux & de plus fingu-
lier en Egypte , & fort au-deffus des pyramides , quoique celles-ci l'emportaffent en
magnificence fur tout ce que la Grèce vantoit le plus , même fur les temples de Diane

à Ephèfe & à Samos. « Il eſt formé par
» douze ſalles immenſes, couvertes, & per-
» cées chacune de ſix portes du côté de
» l'aquilon, & autant du côté du midi,
» toutes enfermées à l'extérieur par le même
» mur. Quinze cens chambres diſpoſées au-
» tour des douze ſalles forment une ſuite
» ſurprenante d'appartemens : tout cela eſt
» double, il y en a autant de caché en
» terre que l'on en voit au-dehors. J'ai par-
» couru tout l'étage ſupérieur, & je ne parle
» que de ce que j'ai vu. Je ne connois les
» ſouterreins que par oui-dire, car les Egy-
» tiens prépoſés à la garde du labyrinthe
» en refuſoient l'entrée, parce que, diſoient
» ils, c'étoit la ſépulture des rois qui avoient
» fait ériger ce monument, & la retraite
» des crocodiles ſacrés.

» Mais l'étage ſupérieur eſt d'une magni-
» ficence qui eſt au-deſſus de toute expreſ-
» ſion ; on eſt étonné de paſſer ſans ceſſe
» d'une ſalle dans une chambre, de-là dans
» un cabinet, d'en ſortir par une terraſſe,
» de rentrer de nouveau dans une autre
» diſtribution d'appartemens toute ſem-
» blable & qui paroît la même. Les pla-
» fonds de toutes ces pieces ſont de grandes

» pierres ornées de sculptures. Les salles sont
» revêtues de marbre blanc poli, & sou-
» tenues de colonnes de même matiere. **A**
» l'angle qui termine le labyrinthe, est une
» pyramide de quarante pas de large, char-
» gée de grands animaux en bas - reliefs,
» sous laquelle est l'entrée du souterrein ».

Telle est la description qu'Hérodote, témoin oculaire, donne du labyrinthe d'Egypte
(*liv. 2, pag. 166, édit. de Henri Estienne,
fol. 1592;*) & après ce qu'il en rapporte,
qui ne se récriera pas avec Varron, sur la
vanité des souverains qui aspiroient à se
rendre célèbres par des entreprises & des
dépenses qui n'avoient aucune utilité? Ils
épuisoient leurs sujets par des travaux qui
auroient dû plutôt immortaliser les artistes
qui les dirigeoient, que les monarques par
les ordres desquels ils étoient faits. *Voyez
l'Hist. Nat. de Pline, liv. 36, ch. 13.* Le
despotisme ne refusa jamais rien à ses fantaisies, quelqu'absurdes qu'elles fussent, &
il est encore le même dans la plupart des
régions orientales, où il existe des souverains qui s'amusent à faire élever des montagnes dans les plaines qui leur paroissent
trop unies, parce qu'ils n'en savent pas

aſſez pour forcer leurs malheureux ſujets à ſe livrer gratuitement à des travaux plus magnifiques ou mieux entendus.

(8) Quand les rois d'Égypte vouloient obtenir quelque choſe des Athéniens, ils leur faiſoient des gratifications conſidérables, ſur-tout en bled. Les Grecs n'étoient pas délicats ſur les moyens de les obtenir. On voit par cette conduite que leur ont ſouvent reprochée les anciens comiques, que leur vain orgueil n'étoit pas la preuve de leur déſintéreſſement ou de la nobleſſe de leurs ſentimens.

(9) Naxos, aujourd'hui *Naxia* ou *Nicſia*, iſle aſſez grande, bien cultivée & très-fertile, avec ville archiépiſcopale du rit grec : elle a au moins quatre-vingts milles de tour ; elle eſt l'une des plus peuplées de l'archipel de Grèce. Elle portoit très-anciennement le nom de *Dia*, ou Dyoniſia ; elle étoit conſacrée à Bacchus. Ulyſſe, dans le voyage qu'il fit aux enfers par l'ordre de Circé (*Odiſſée*, *liv.* 10,) raconte qu'il vit la belle Ariane, fille de l'implacable Minos, que Théſée enleva autrefois de Crète, & qu'il avoit intention de

mener dans la facrée ville d'Athènes; mais
il ne put l'y conduire, car la chafte Diane
l'arrêta dans l'ifle de Dia (Naxos), fur le
témoignage que Bacchus rendit contr'elle.
La déeffe offenfée de ce qu'Ariane avoit pro-
fané fon temple, la retint dans cette ifle
où elle mourut. Glycere, par cette allufion
au voyage d'Ariane & de Théfée, foutient
le caractere d'une courtifanne inftruite. Elle
ne regarde pas Théfée comme à l'abri des
reproches que fon infidélité méritoit, fous
prétexte qu'il obéiffoit à Diane, & cédoit
à la puiffance de Bacchus. Il y a toute
apparence que, s'il y a quelque réalité dans
cette aventure, un des principaux habitans
de Naxos enivra Théfée, enleva Ariane
dont la beauté lui avoit plû, & parvint à
perfuader à l'athénien que fa maitreffe avoit
difparu par un effet de la vengeance de
Diane, dans le temple de laquelle ces deux
amans, preffés par leurs defirs, s'étoient
peut-être permis des libertés qui auroient
été tolérées dans un temple de Vénus, mais
qui devenoient indécentes & même crimi-
nelles dans celui de la chafte Diane.

(10) *Les frélons de l'Attique.* Dans les

Guêpes d'Ariſtophane, les perſonnages du
chœur, qui d'ordinaire repréſentent le peuple, paroiſſent ſous la figure de guêpes ou
de frêlons. Le poëte rend raiſon de ce dé-
guiſement ſingulier, en diſant que les Athéniens, une fois irrités, ſont de tous les
hommes les plus acharnés au combat. Ce
qu'ils prouverent à Marathon, lorſque les
Perſes s'aviſerent de vouloir détruire leur
ville ou guêpier, & ſur leſquels ils rempor-
terent cette victoire admirable qui anéan-
tit la puiſſance formidable de Xerxès ; événement d'où le poëte avoit tiré le refrein
de ſes chœurs. Les Barbares eux - mêmes
crient par-tout que rien n'eſt plus coura-
geux qu'un frêlon de l'Attique. Il dit enſuite : « Conſidérez-nous bien, & vous nous
» trouverez en tout, dans nos mœurs &
» dans notre maniere de vivre, ſemblables
» aux guêpes. D'abord il n'y a point d'ani-
» mal irrité qui ſoit plus colere & plus in-
» commode que nous ; quant au reſte, nous
» nous conduiſons aſſez comme les guêpes ».
Le comique attaquoit ouvertement l'avidité
des Athéniens pour acquérir ſans peine. Je
remarquerai encore qu'Alciphron faiſant
peindre ainſi les mœurs des Athéniens par

la courtifanne, femble nous indiquer qu'il
vécut dans un tems peu éloigné de celui
dont il parle, & que dès-lors il eft plus
ancien que Lucien, qui a tiré de ces lettres
le fujet de quantité de fes dialogues.

(11) *Théophrafte.* Alciphron, en citant
ici ce philofophe, fe trouve d'accord avec
Diogène-Laërce, qui dans la vie de Théophrafte, dit que ce fut un homme très-pru-
dent, qui avoit élevé Ménandre le comique. Ce qu'il rapporte fur l'autorité de Pam-
phila, dans le 30ᵉ livre de fes commentaires.

(12) *Nous fommes de la race du dieu*, &c.
les Athéniens regardoient Apollon comme
le chef de la famille dont ils defcendoient,
parce qu'ils rapportoient leur origine à Ion,
fils d'Apollon & de Créufe, du nom duquel
ils avoient été d'abord appellés Ioniens. Platon, au livre 4 de la République, dit que
lorfqu'il eft queftion de loix qui regardent
le culte des dieux & les cérémonies facrées,
il faut confulter Apollon à Delphes, parce
que ces connoiffances font au-deffus de la
portée des hommes. « Nous ne favons rien,
» dit-il, fur des objets auffi relevés, & lorf-

» qu'il conviendra d'établir la police gé-
» nérale de la cité, si nous sommes sages,
» nous n'écouterons & nous ne consulterons
» que le dieu dont nous descendons ; placé
» au milieu de la terre & sur son centre,
» les réponses qu'il donne, sont celles d'un
» pere à ses enfans ». Diodore de Sicile,
liv. 16, dit de même que les Athéniens
se glorifioient d'avoir Apollon pour le premier de leurs ancêtres.

(13) La façon de deviner de cette phrygienne étoit la rabdomancie, divination
qui se faisoit par le moyen des baguettes,
& que le prophete Osée, chap. 4, vers. 12,
reproche aux Hébreux en ces termes : « Mon
» peuple a interrogé du bois, & son bâton
» lui a prédit l'avenir ». Ce que S. Jérôme
dans son commentaire sur ce prophete, dit
être la rabdomancie. Cette espece de prétention à la connoissance de l'avenir, remonte comme on le voit à la plus haute
antiquité. Hérodote, liv. 4, en parle expres-
sément. Les Scythes ont, dit-il, une quantité de devins qui exercent leur art avec
des baguettes de saule ; ils en apportent
de grands fagots qu'ils posent à terre, qu'ils

délient ; les rangeant toutes féparément les unes des autres , ils exercent la divination ; ils recommencent enfuite en les remettant en paquet. Ils tiennent de leurs ancêtres cette maniere de deviner. Peut-être eft-ce à cette efpece de divination que la courtifanne fait allufion. Les Perfes , dans leurs facrifices , employoient des petits faifceaux de branches de bruyeres; pendant que les victimes cuifoient fur des fagots faits de branches de mirte & de laurier , ils donnoient les réponfes que leur indiquoit le mouvement des bruieres qu'ils tenoient à la main. Tous les peuples du monde ont eu leur maniere de deviner , dont la plupart fe font confervées dans les Indes orientales où elles font encore en ufage. Quant aux purifications & aux préparations dont ufoient toutes les devinereffes , elles varioient fuivant l'importance des objets fur lefquels on les confultoit. On voit que les gâteaux ronds & plats faits à la lune , & qui avoient fa figure , étoient d'un ufage commun. C'étoit à la lune & à la nuit que les devins & les magiciens s'adreffoient, comme aux témoins fideles de leurs myfteres. « O nuit, dit Médée, *Métam. VII*,

» fidele témoin de nos myfteres, & vous,
» Diane, qui connoiffez & favorifez nos
» deffeins ». Dans toutes les conjurations
ou enchantemens, on brûloit de l'encens
mâle : « Brûlez de la verveine & de l'en-
» cens mâle, je veux effayer fi par une
» cérémonie magique je regagnerai le cœur
» de mon amant ; il ne me manque plus
» que de recourir aux enchantemens ».
(*Virg. Eclog. 8.*) Quant aux *paftilles oblongues de ftyrax*, on fait que le ftyrax ou
ftorax, eft une gomme odoriférante dont,
fuivant Strabon (*liv. 12,*) les fuperftitieux
faifoient un fréquent ufage dans leurs in-
vocations ou facrifices. Cette efpece de
réfine fe tire, à ce que l'on dit, de l'arbre
appellé ftyrax ou *rofa mallos*, qui reffemble
au coignaffier, avec des feuilles plus petites
& cotonneufes : on en enleve l'écorce tous
les ans, on la fait bouillir dans l'eau de
la mer pour en tirer la réfine dont il eft
queftion, & qui eft encore fort eftimée chez
les Orientaux.

(14) *La comédie dans laquelle tu me
fais jouer le principal rôle.* Cette comédie
portoit le nom même de Glycere. Quelques

anciens grammairiens, entr'autres Prifcien,
qui vivoit au fixiéme fiecle, en ont parlé ;
celui-ci rapporte un trait de cette comédie,
où Ménandre dit à Glycere : « Qu'avez-
» vous à pleurer, ma chere, j'en jure par
» Jupiter-Olympien & Minerve que j'ai fi
» fouvent pris à témoin de mes fermens ».

LETTRE VI.

BACCHIS (1) à HYPÉRIDE (2).

TOUTES les courtifannes de cette ville
en général, & chacune d'elles en particulier, doivent vous rendre autant d'actions de graces que Phryné (3). L'accufation intentée contr'elle par Euthias (4),
le plus méchant des hommes, fembloit
n'intéreffer qu'elle directement ; mais le
péril nous devenoit commun à toutes. Car
fi pour n'avoir pas obtenu de nos amans
l'argent que nous leur demandons, ou fi
pour avoir accordé nos faveurs à ceux qui
les payent généreufement, nous devenions

coupables

coupables d'impiété envers les dieux ; il faudroit renoncer à tous les avantages de notre état ; ne plus faire commerce de nos charmes ; nous abſtenir même de voir ceux avec leſquels nous vivons d'habitude (5).

Mais, graces aux dieux, nos gains ſont légitimés ; Euthias eſt reconnu pour le plus injuſte des amans. La droiture & l'équité d'Hypéride ſe ſont montrées dans tout leur éclat ; nos droits nous ſont conſervés. Que les dieux récompenſent de leurs dons les plus précieux, votre humanité bienfaiſante. Vous avez ſauvé, reſpectable Hypéride, une tendre amie, & vous avez acquis les droits les plus ſacrés ſur la reconnoiſſance de nous toutes.

Si même vous jugiez à propos d'écrire & de rendre publique la harangue que vous avez prononcée pour Phryné, nous nous engagerions, nous toutes courti-ſannes, à vous ériger une ſtatue d'or dans l'endroit de la Grèce qui vous conviendroit le mieux (6).

Tome I.   K

NOTES.

(1) J'ai déjà dit quelque chose de la courtisanne Bacchis née à Samos, dans la note quatriéme sur la lettre troisiéme. Les lettres suivantes, jusqu'à la dixiéme inclusivement, donneront l'idée la plus avantageuse de la bonté de son caractere & de l'honnêteté de sa conduite, même dans l'état de courtisanne. L'anecdote suivante, que j'ai prise dans Athénée (*liv. 13*) lui est trop avantageuse pour que je ne la rapporte pas ici. Plangon de Milet étoit une courtisanne fameuse qui passoit pour très-belle, & dont un jeune colophonien devint éperduement amoureux, lorsqu'il étoit encore attaché à Bacchis. Plangon sachant que Bacchis joignoit à la figure la plus charmante un esprit très-aimable & un caractere excellent, craignit que son nouvel amant ne retournât à son ancienne inclination, après qu'il se feroit satisfait avec elle. Ainsi, avant que de lui rien accorder, elle exigea qu'il lui apporteroit le collier de Bacchis, que l'on disoit être du plus grand prix. Le jeune colophonien dont la passion étoit excitée

par la réfiſtance qu'il trouvoit, raconta à
Bacchis ce que Plangon exigeoit de lui,
l'aſſurant que dans l'ardeur qui le conſumoit,
il périroit miſérablement, ſi elle ne lui accordoit ſa demande. Bacchis touchée de ſon
état qu'elle jugeoit tel qu'il le lui repréſentoit, lui donna ſon collier, qu'il porta à
Plangon, qui le mit au comble de ſes vœux.
Celle-ci voyant que Bacchis ne faiſoit aucune démarche pour ramener ſon ancien
amant, fut tellement ſenſible à ce bon pro-
cédé, qu'elle lui renvoya ſon collier. La
généroſité mutuelle de ces deux courtiſannes
devint la ſource de l'amitié ſincere qu'elles
contracterent enſemble ; elles avoient les
mêmes amans, les conſervoient ſans jalouſie, & vivoient dans une intelligence qui
étonna les Ioniens, peu accoutumés à voir
deux courtiſannes célebres, de mœurs auſſi
douces, & auſſi honnêtes l'une à l'égard
de l'autre. Ils donnerent le nom de Paſiphile à Plangon. Le mordant Arcɦiloque la
compare dans ſes vers aux figuiers qui croiſ-
ſent ſur les roches & dans les lieux eſcar-
pés, dont les fruits ne ſervent qu'à nourrir
les corneilles & les oiſeaux de paſſage ; de
même, dit-il, les faveurs de Paſiphile ne

font que pour les étrangers, qui feuls font bien reçus chez elle.

(2) *Hypéride*. Plutarque, dans la vie de cet orateur athénien, nous apprend qu'il aimoit beaucoup les femmes. Il mit hors de fa maifon fon fils Glaucippe, pour vivre plus librement avec la courtifanne Myrrhine, la plus fomptueufe de toutes celles qui exiftoient alors; il la tenoit chez lui à la ville. Il en entretenoit une autre au Pyrée, connue fous le nom d'Ariftagora; & une troifiéme appellée Phila ou Philté, efclave née à Thèbes, qu'il acheta fort cher à raifon de fa beauté. Il lui accorda la liberté, & lui confia le foin de la maifon & des biens qu'il poffédoit à Eleufis, petite ville de l'Attique.

Dans la harangue qu'il prononça pour Phryné, au tribunal connu fous le nom d'Héliéa, où fe jugeoient les caufes capitales, il convint qu'il avoit aimé cette femme, & qu'il lui étoit encore attaché, quoiqu'il entretînt Myrrhine. Phryné avoit été accufée du crime d'impiété par l'orateur Euthias, fur lequel l'éloquence ou plutôt l'adreffe d'Hypéride l'emporta. Prévoyant, à la contenance des juges, qu'il alloit perdre fa caufe, il fit avancer fa cliente, lui arracha fa robe, & mit tous fes charmes à découvert. Il fit valoir dans ce moment avec tant d'éloquence & de chaleur les droits & les prérogatives de la beauté, que l'aréopage ébloui de tant d'attraits qui lui avoient été voilés juf-qu'alors, ne regardant plus Phryné que comme une prêtreffe de la déeffe Vénus, dont il devoit refpecter la vie, fe fit une religion de l'abfoudre du crime dont elle étoit accufée. Après ce jugement rendu, il fut ftatué par un plébifcite, que les orateurs chargés de la défenfe des accufés, ne pour-roient plus les faire paroître devant leurs juges pour les exciter à la commifération, fur-tout lorfqu'ils feroient au moment de prononcer une fentence. Voyez *Athénée*, *liv. 13.*

(3) Phryné, courtifanne, étoit née à Thefpie, ville de la Béotie. Sa beauté écla-toit fur-tout dans les parties du corps que l'on ne voit pas à découvert; auffi avoit-elle grand foin de les tenir voilées, ne por-tant que des robes ferrées, & ne fe montrant jamais aux bains publics. Mais dans les

grands mysteres qui se célébroient à Eleusis, & aux fêtes solemnelles de Neptune,
elle quittoit ses habits, & sans autre voile
que ses beaux cheveux flottans, elle entroit
nue dans la mer, pour rendre hommage au
dieu des eaux & à Vénus. Phryné étoit alors
si ravissante, qu'Apelle la prit pour le modele de sa Vénus Anadiomène (*sortant des
flots.*) Le statuaire Praxitèle forma, d'après
l'idée qu'il prit sur elle de la beauté, sa Vénus Cnidienne. Il fit ensuite une statue de
l'Amour, qui fut placée au théâtre de Bacchus ; il la dédia à Phryné par l'inscription
suivante, gravée sur la base : « Praxitèle a
» rendu sensible l'amour dont il est embrasé:
» il en a trouvé le modele dans son cœur,
» & l'amour l'a récompensé en lui accor-
» dant Phryné. Lorsque ce dieu porte ses
» feux dans les cœurs, il ne lance pas ses
» traits au hasard, il vise droit & frappe
» toujours au but ». On peut juger par ces
anecdotes de l'éclat de la beauté de Phryné, & de son pouvoir sur un peuple aussi
sensible que l'étoient les Grecs.

(4) *Euthias* est peu connu, il étoit sûre-
ment contemporain d'Hypéride, & Hypé-

ride l'étoit de Démosthène, ainsi qu'on peut l'apprendre dans les vies des dix orateurs grecs, écrites par Plutarque. On jugera de son caractère par l'action qu'il intenta contre Phryné, & de la force de son éloquence par le moyen qu'Hypéride mit en usage pour sauver sa cliente de la rigueur des loix. Euthias en fut tellement indigné, qu'il ne voulut plaider aucune cause. Il en sera encore parlé dans la lettre suivante.

(5) Toute accusation capitale saisoit trembler le corps des courtisannes. Quoiqu'elles fussent fort recherchées à Athènes, le sévère aréopage les tenoit dans la plus grande subordination : il avoit l'œil à ce que les dissipations qu'elles occasionnoient ne devinssent préjudiciables au bon ordre de la société, en excitant les jeunes gens ou les esclaves à des vols. La courtisanne Théoris, qui exerçoit les fonctions de prêtresse aux mysteres de Vénus & de Neptune, fut condamnée à mort sur la délation de Démosthène, parce qu'elle conseilloit aux esclaves de tromper leurs maîtres, & qu'il fut prouvé qu'elle leur en procuroit les moyens. Elles étoient traitées avec la

K iv

plus grande rigueur, lorfqu'elles étoient ac-
cufées de porter les fils de famille à la dif-
fipation totale de leur fortune, ou de les
détourner des foins qu'ils devoient prendre
pour fe mettre en état de fervir la république. Si l'accufation étoit prouvée, elles
étoient condamnées à la mort comme coupables d'impiété. Mais très-fouvent le crédit
de leurs amans les mettoit à l'abri de la
rigueur des loix.

(6) L'art de la fculpture fut employé de
très-bonne heure dans la Grèce pour faire
paffer à la poftérité le fouvenir de ceux qui
fe diftinguoient par quelqu'efpece de mérite
que ce fût, même par celui de la figure. Un
peuple fenfible qui ne connoiffoit point de
beauté fupérieure à celle de la nature, étoit
vivement affecté par tout ce qu'elle lui pré-
fentoit de plus parfait : il l'eftimoit comme
le don le plus cher de la bonté des dieux.
Il femble que les premieres ftatues furent
érigées aux vainqueurs dans les jeux publics : les héros en eurent enfuite, ainfi que
ceux qui avoient rendu des fervices fignalés
à la patrie : on en accorda aux dieux, à
leurs prêtres & prêtreffes. Il étoit donc de

l'ufage ordinaire, & même en quelque forte
du devoir des courtifannes de propofer à
Hypéride une ftatue d'or, qui feroit un
témoignage perpétuel de leur reconnoiffance. Elles fe ménageoient par-là des dé-
fenfeurs, lorfqu'elles feroient attaquées par
des hommes auffi vindicatifs qu'Euthias. Car
quelle que fût leur complaifance, fouvent
elles ne pouvoient s'empêcher de faire des
mécontens, fur-tout parmi ceux qui afpiroient
à une jouiffance exclufive, & qui par-là dé-
rogeoient aux libertés de la république où
ils vivoient. Mais l'ufage d'élever des ftatues
aux courtifannes, annonçoit le plus grand
mépris pour les mœurs publiques, & leur
corruption. Plutarque dit qu'on voyoit la
ftatue de Phryné au temple de Cupido à
Athènes & dans la ville de Delphes. On prétend qu'elle lui fut érigée par le philofophe
Cratès, comme un trophée de la luxure
des Grecs de fon tems. Une nation voifine,
n'a-t-elle pas trop prodigué les honneurs
publics en les accordant indifféremment à
tous les talens de quelque genre qu'ils
fuffent?

❈

K v

LETTRE VII.

BACCHIS (1) à PHRYNÉ (2).

J'AI été moins vivement affectée, ma chere amie, du danger où tu viens d'être exposée, que je ne le fuis de la satisfaction que je reſſens, en ſachant que tu es débarraſſée du plus abominable de tous les amans, & que tu as paſſé dans les bras de l'excellent Hypéride.

Le jugement qu'il a obtenu en ta faveur devient la ſource de ta félicité ; comme l'accuſation intentée contre toi, t'a rendue célèbre non-ſeulement à Athènes, mais dans toute la Grèce.

Le perfide Euthias ne ſera-t-il pas aſſez puni d'être exclus de ta ſociété? Son impertinente fatuité a excité mal-à-propos ſa cclere, & lui a fait excéder les bornes de la jalouſie & de l'amour le plus outré (3). Sois perſuadée qu'au moment où je t'écris,

il eſt bien plus vivement amoureux de toi
qu'Hypéride. Celui-ci, à raiſon du ſervice
important qu'il t'a rendu, en t'accordant
ſa protection & les ſecours de ſon éloquence dans la circonſtance la plus critique, ſemble exiger de toi les plus grands
égards, & te favoriſer en t'accordant ſes
careſſes ; tandis que la paſſion de l'autre ne
peut qu'être irritée au dernier point par le
mauvais ſuccès de ſon entrepriſe odieuſe.

Attens-toi donc à de nouvelles inſtances
de ſa part, aux follicitations les plus em-
preſſées ; il t'offrira de l'or à profuſion.

Mais, ma très-chere, garde-toi de manquer à ce que tu dois à la ſûreté de toutes
les courtiſannes. Si tu te laiſſois aller aux
prieres, aux empreſſemens, aux richeſſes
d'Euthias, ne donnerois-tu pas lieu à Hypéride de ſe repentir du zèle admirable
qu'il a mis à te conſerver la liberté & la
vie? Ne paſſeroit-il pas pour avoir rendu
un mauvais ſervice à la ſociété, en t'arra-
chant au ſupplice?

K vj

Ne te laiffe pas éblouir par les propos de quelques flatteurs qui te diront que tu ne dois ton falut qu'à ta beauté ; que fi l'orateur n'eût pas déchiré ta robe , n'eût pas découvert aux yeux des juges les charmes cachés dont ils furent éblouis , tout l'étalage de fon éloquence eût été en pure perte (4). C'eft à lui, à la vivacité de fa paffion , à fon zèle éclairé pour ta défenfe, que tu dois ce mouvement fait fi à propos pour défarmer la févérité de l'aréopage, & en obtenir ta fentence d'abfolution.

NOTES.

(1) Je n'ai rien à ajouter à ce que j'ai dit plus haut du caractere de Bacchis ; cette lettre en eft un développement favorable. Les confeils qu'elle donne à Phryné pouvoient convenir également aux autres courtifannes. En les fuivant , elles affuroient leur tranquillité , & fe mettoient à couvert des accufations dont on les chargeoit de tems en tems , & qui leur étoient funeftes.

Ses craintes fur la conftance de Phryné,
font relatives à l'inclination dominante &
à l'avidité des femmes de fon état, qui
s'expofoient aux plus grands dangers pour
fatisfaire leur goût pour la dépenfe, & dont
la reconnoiffance pour les bienfaits ne fut
jamais la vertu.

(2) Le vrai nom de Phryné étoit Mné-
farète; elle fut furnommée Phryné, parce
qu'elle étoit jaunâtre comme une grenouille
de buiffon, que l'on appelle *phrya*. Ainfi,
dit Plutarque, les furnoms ont étouffé &
fait difparoître beaucoup de noms (*Traité
des oracles de la Pithie.*) Nous avons peine
à concilier l'idée d'une beauté fi parfaite
avec celle d'un teint qui nous paroîtroit
fi défagréable. Ce que je vais ajouter fur
Phryné fervira à faire connoître l'efprit
de cette courtifanne, & fes prétentions,
ainfi que de celles qui tenoient un rang
diftingué dans cette profeffion.

Praxitèle étoit fort amoureux de Phryné,
ainfi que je l'ai déja dit; elle lui demandoit le plus bel ouvrage qui fût forti de
fes mains, qu'il ne lui refufoit pas. Mais
comme il ne vouloit pas lui dire quel étoit

celui qu'il eftimoit le plus, elle vint à bout de le connoître par une rufe dont elle s'avifa. Un jour que Praxitèle étoit chez elle, un efclave à qui elle avoit donné le mot, vint courant de toute fa force, avertir Praxitèle que le feu avoit pris à fon attelier, & que la plupart de fes ouvrages étoient déja brûlés : le premier cri du ftatuaire fut : Je fuis perdu fi mon fatyre & mon cupidon font brûlés. Phryné le raffura, & lui dit qu'aucun de fes ouvrages n'étoit brûlé ; qu'elle avoit feulement voulu favoir quelle étoit celle de fes ftatues qu'il eftimoit le plus ; & fur le témoignage de Praxitèle, elle fit choix du cupidon. Elle en fit préfent à la ville de Thefpis, où elle étoit née. Caligula en fit enlever cette ftatue, pour . être tranfportée à Rome ; Claude la rendit aux Thefpiens : Néron s'en empara de nouveau, & la fit amener à Rome où elle fut confumée par le feu. (Voyez *Paufanias, liv. 1, ch. 20, & liv. 9, ch. 27.*) Les amis & les compatriotes de Phryné firent placer fa ftatue dans le temple de Diane à Ephèfe, fur une colonne de marbre penthélien que Praxitèle donna. On la voyoit entre celle d'Archidame, roi des Lacédémoniens, &

celle de Philippe, fils d'Amintas, roi de
Macédoine, avec cette inscription : *A Phryné, illustre Thespienne.*

Phryné vécut long-tems, amassa de si
grandes richesses, qu'elle offrit de faire relever les murs de Thèbes à ses dépens,
pourvu qu'on lui permît de faire poser une
inscription qui apprît à la postérité qu'Alexandre avoit détruit ces murs, & que la courtisanne Phryné les avoit fait relever. Le
grave M. Rollin (tome XI) qui avoit évité
de prendre une idée juste du crédit de certaines courtisannes grecques, regarde cette
proposition comme un trait de la plus grande
effronterie.

Elle eut des amans jusqu'à la fin de ses
jours, & disoit assez plaisamment qu'elle
vendoit encore cher la lie de son vin. Elle
trouva l'une des premieres l'art de cacher
ses rides sous les pommades dont elle se
couvroit les joues ; ce qui lui fut reproché
par Aristophane dans la comédie des Ha-
rangueurs. Phryné, dit-il, a fait de ses joues
la boutique d'un apothicaire ; ce qui chez
les Grecs passa en proverbe.

Il y eut une autre courtisanne du nom
de Phryné, qui fut surnommée le Crible,

tant elle étoit habile & prompte à dépouiller tous les amans qui avoient affaire à elle. C'eſt ce que rapporte Hérodique (*cité par Athenée, liv. 13*) au livre ſixieme de ceux qui avoient été raillés publiquement par les poëtes comiques.

(3) Euthias, outré de la victoire qu'Hypéride avoit remportée ſur lui dans la défenſe de Phryné, piqua Myrrhine de jalouſie, la détermina à quitter ſon rival, & à venir s'établir chez lui. Les couleurs ſous leſquelles Bacchis le repréſente reſſemblent aſſez au caractere que Plaute donne à un fat dans la comédie du Capitaine glorieux, qui vouloit qu'une femme amoureuſe de lui, à ce qu'il prétendoit, le priât de lui accorder ſes faveurs. Il dit à l'intriguante qui lui parle : « Tes prieres me touchent ; peut-être » prendrai-je quelque goût pour elle : tu ne » ſais pas, ſans doute, quel honneur je lui » fais en me rendant à ſes empreſſemens ».

(4) Quintilien (*liv. 2, de inſt. cap. 15*) penſoit comme le public d'Athènes : « Quel-» qu'admirable que fût l'éloquence d'Hy-» péride, quelque forte & touchante que » fût ſon action, ce n'eſt pas à ces moyens

» que Phryné dut son salut, mais à la beauté
» rare de son sein, que l'orateur fit paroître
» en ouvrant sa robe ». Eschile, avant Hypéride, avoit mis sur la scène cette espece
de coup de théatre (*dans les Coéphores,*
act. 4, scène 5.) Lorsque Clytemnestre est
au moment de recevoir le coup de la mort
de son fils Oreste, elle se découvre la gorge
en lui disant : « O mon fils, calme ta fu-
» reur ! respecte le sein de ta mere, ce sein
» qui t'a si souvent allaité ». Euripide, dans
sa tragédie d'Oreste, lorsque ce héros infor-
tuné est agité par les furies, lui fait dire :
« Malheureux, quelle étoit ta rage, lorsque
» ta mere te montrant son sein à décou-
» vert, n'a pu arrêter ta main furieuse ! tu
» le voyois, ce sein qui t'a nourri, lorsque
» tes mains parricides y plongeoient un fer
» meurtrier ». Ménélas, quelque sujet qu'il
eût de se plaindre d'Hélene, fut moins cruel;
il ne résista pas aux charmes de sa belle
gorge qu'elle présenta découverte à son épée
dont il vouloit la percer ; le fer lui tomba
des mains , & ses projets de vengeance res-
terent sans exécution (*Aristophanes in Ly-*
sistrata.)

LETTRE VIII.

BACCHIS à MYRRHINE.

NE puisses-tu jamais rencontrer d'amant plus digne de toi! que Vénus exauce mes vœux.

Que cet Euthias, actuellement l'objet de tes complaisances, passe avec toi sa vie (1). O malheureuse femme, où te porte ta folie! quelle confiance aveugle t'inspire ta beauté! tu ne crains donc pas qu'il t'abandonne pour retourner à Phryné?

Sans doute que tu as voulu piquer la jalousie d'Hypéride, parce qu'il avoit moins d'empressement pour toi? Tu l'as quitté. Mais tu ne peux disconvenir qu'il n'en soit bien dédommagé: il a une amie digne de lui & de sa belle ame, & toi un amant tel qu'il te le falloit.

Essaye d'exiger quelque chose de lui, & tu verras si tu n'es pas accusée d'avoir

incendié la flotte, ou violé les loix fondamentales de l'état (2).

Je ne t'en dis pas davantage ; mais
fois perfuadée que tu t'es rendue l'objet
de l'averfion la plus forte de nous toutes
dévouées au fervice de Vénus-bienfaifante.

N O T E S.

(1) On a vu dans les notes fur les deux
lettres précédentes que Myrrhine étoit entretenue par Hypéride, lorfqu'il entreprit la
défenfe de Phryné contre Euthias , & qu'il
la négligea pour s'attacher à Phryné dont
il avoit fait la conquête. Cette lettre eft une
nouvelle preuve des fentimens de Bacchis ;
& fon amant, ainfi qu'on le verra dans la
lettre dixieme, avoit raifon de dire qu'elle
étoit vraiment digne d'être l'exemple & le
confeil des courtifannes de fon tems, comme
elle en étoit la plus honnête.

(2) Euthias eft repréfenté par Bacchis,
comme un calomniateur infâme , un vrai
fycophante , tels que les poëtes les pei-
gnoient au théâtre. Ariftophane , dans les
Acharniennes, fait paroître un campagnard

thébain, qui parmi d'autres marchandifes a des lampes à vendre. Auffi-tôt vient un fycophante qui menace de le déférer au magiftrat : « Et fur quel prétexte accu-» fer ce bonhomme ? — Quoi donc, cette » lampe ne peut-elle pas fervir à mettre le » feu à la flotte » ? Lucien met les mêmes menaces dans la bouche de l'adulateur Dé-méas, lorfque pour récompenfe des louanges ridicules & hors de propos qu'il donne à Timon, celui-ci le régale de quelques coups de bâton : « Au fecours, amis, s'écrie Déméas, » foufirirez-vous que ce tyran » frappe un citoyen, lui qui ne jouit pas » de ce privilége ? mais bientôt il portera » la peine due à fes attentats. N'a-t-il pas » mis le feu à la citadelle pour piller le » tréfor public ? c'eft par ce moyen qu'il » s'eft enrichi tout d'un coup. — Mais on » n'a pas brûlé la citadelle, on n'a pas volé » le tréfor ! — Qu'importe, fi tu n'es riche » que de tes larcins. ... ». La difpute fe termine par de nouveaux coups de bâton.

LETTRE IX. (1)

MÉGARE à BACCHIS.

IL n'y a que toi, ma chere, qui fois affez paffionnée pour aimer ton amant au point de ne pouvoir pas t'en féparer un moment. Quel ridicule tu te donnes! j'en attefte Vénus! Quoi, invitée depuis fi long-tems par Glycere (car elle t'avoit retenue dès les fêtes de Bacchus,) & tu ne parois pas.

Ton amour t'a peut-être dégoûtée de la fociété de tes amies : je ne veux pas le croire. Serois-tu affez chafte pour n'aimer qu'un feul homme? Ambitionnerois-tu la réputation que te donneroient des mœurs fi rares? tandis que nous ne paffierions que pour des courtifannes livrées à tout venant. Philon eut auffi fon bâton de figuier (2). J'en jure par la grande déeffe, ta conduite avec nous me choque.

Nous étions toutes raſſemblées, Theſſala, Myrrhine, Chryſium, & même Philumène. Quoique nouvellement mariée, ayant à redouter la jalouſie de ſon mari, elle avoit trouvé le ſecret d'y venir, en plongeant ſon cher époux dans le ſommeil le plus profond, tandis que tu gardois à vue ton Adonis. Tu craignois, ſans doute, que ſi ſa Vénus l'abandonnoit un moment, Proſerpine ne le lui enlevât (3).

Quel ſouper délicieux nous avons fait! Car pourquoi ne te donnerois-je pas des regrets? Les graces y avoient prodigué tous leurs charmes; les chanſons, les plaiſanteries, les parfums, les couronnes de fleurs, toutes les friandiſes les plus recherchées: enfin nous avons bu les vins les plus exquis juſqu'au chant du coq. La table étoit ſous des berceaux de laurier (4): rien ne nous auroit manqué ſi tu euſſes été de la partie. Souvent nos ſoupers ont fait bruit, & je doute que jamais nous en ayons fait un auſſi gai & auſſi agréable.

Rien ne nous a autant amufées que la difpute qui s'eft élevée entre Thrialiis & Myrrhine, fur leur beauté (5). . . . . . .
. . . .

C'eft dans ces plaifirs que nous avons paffé la nuit entiere. Nos amans actuels n'en ont pas été mieux traités. Tous nos vœux réunis fe portent à en trouver d'autres : car Vénus aime le changement & la nouveauté. Enfin nous nous fommes retirées après avoir bu largement.

Ayant formé, en revenant, des projets tels qu'on peut les concevoir dans l'état d'ivreffe, nous avons été faire une nouvelle débauche chez d'Eximaque, qui demeure au carrefour doré, fur le chemin de l'Agnon, à côté du logis de Menephron (6).

Thaïs l'aime à la folie ; elle a bien raifon, car le jeune homme vient d'entrer en poffeffion de l'opulente fucceffion de fon pere. Nous te pardonnons pour cette fois ta négligence & tes dédains ; mais à la prochaine fête des aloennes, nous nous raſſemblerons au colyte chez l'amant de Theſſala, pour y manger enſemble. Fais en ſorte d'y venir avec Cétius, Corallius & l'Adonis que tu gardes avec tant de ſoin. Nous comptons nous réjouir & boire avec nos amans.

N O T E S.

(1) CETTE lettre donne une idée des combats de la beauté, dont j'ai rapporté l'inſtitution dans le diſcours ſur les courtiſannes, qui ſe trouve à la tête de ces lettres. Celle-ci me paroit très-curieuſe; elle laiſſe la queſtion indéciſe ſur le tems auquel Alciphron a vécu. Un ſujet anſſi agréable, s'il eut été connu de Lucien, ne lui eût pas échappé; il en eût tiré la matiere d'un dialogue auſſi agréable qu'intéreſſant. On ne peut pas dire qu'il eût trouvé le ſujet trop voluptueux pour oſer le traiter; la plupart de ſes dialogues, ſur-tout ceux où il fait parler les courtiſannes, ſont beaucoup plus libres. Mais quelle licence effrénée! quels raffinemens ſur la volupté dans les courtiſannes grecques! Quel empire elles devoient

devoient exercer fur les jeunes débauchés qui s'attachoient à elles ! combien elles en ont dû ruiner par les dépenfes folles où elles les engageoient !

(2) *Philon eut auffi fon bâton de figuier;* proverbe peu connu, & qui ne fe trouve pas ailleurs. Suidas, au mot ἐγένετο, cite comme proverbe, *Mandronus eut auffi une barque de figuier.* On l'appliquoit à ceux qui s'énorgueilliffoient du bonheur & des richeffes dont ils étoient comblés, fans mérite de leur part. Erafme (*chil. 4, cent. 5, prov. 49*) rapporte le même proverbe que Suidas, & dit qu'il doit fon origine aux aventures d'un certain Mandron , qui de batelier devint général d'armée, quoiqu'il en fût abfolument indigne. Le bâton de figuier eft cité ici comme quelque chofe dont on ne doit faire aucun cas. Quand les Grecs vouloient defigner quelque chofe de foible & de méprifable, ils difoient que c'étoit du figuier. On voit par-là que la courtifanne Mégare n'eftimoit pas beaucoup la conduite honnête de Bacchis.

(3) *Tu gardois à vue ton Adonis.* Cette comparaifon étoit familiere aux courtifan-

nes, lorfqu'elles reprochoient à quelques-
unes d'entr'elles d'aimer trop conftamment
un feul amant. Voyez le feptieme Dialogue
des courtifannes de Lucien, où Mufarium,
pour être trop attachée à Chérea, qui fourniffoit peu à fon entretien, fouffre les reproches les plus vifs de la part de fa mere,
de ce qu'elle ne lui préféroit pas des galans
plus généreux & plus riches qui fe préfen-
toient tous les jours.

(4) Dans quelques jardins il y avoit des
berceaux de verdure élevés exprès pour tenir
lieu de falles à manger, avec des tables &
des lits ou fiéges de gazon deftinés à cet ufage.
(*Lucien, dans le Dialogue des Amours.*)
C'étoit fur-tout dans le voifinage des temples
de Vénus, que l'on avoit planté ces bofquets deftinés à célébrer les myfteres de la
volupté la plus recherchée. Ces bofquets
étoient de laurier & de myrte, entremêlés de
jafmin. Il eft probable que dès-lors ils étoient
difpofés & taillés avec l'élégance que l'on
fait encore leur donner dans les climats heureux où ces beaux arbres croiffent par-tout
dans la campagne. Les orangers n'étoient pas
connus en Europe dans le tems où ces lettres

ont été écrites ; ainsi on n'a pu les faire entrer
dans ces sortes de décorations dont ils font
aujourd'hui l'ornement, sur-tout en Italie, où
l'on en voit des berceaux de la plus grande
beauté.

(5) Que cette dispute entre les deux
courtisannes soit réelle ou seulement ima-
ginée par le rhéteur, l'idée en remonte à
la plus haute antiquité, au tems où la sim-
plicité primitive des mœurs étoit encore
entiere. On lit dans Athénée (*liv. 12*) que
deux sœurs, de la figure la plus intéressante,
disputoient entr'elles sur leur beauté, & que
prétendant toutes les deux ne se rien céder
sur leurs charmes, elles résolurent de s'en
rapporter au jugement du premier qui pas-
seroit. Ce fut un jeune homme de Syracuse,
fils d'un pere fort riche & déja âgé. Elles lui
découvrirent l'objet de la dispute ; il décida
en faveur de l'aînée, & en devint fort amoureux. Etant de retour à la ville, il tomba
malade, & raconta son aventure à son frere,
qui ayant fait connoissance avec les deux
belles villageoises, se prit de passion pour
la cadette. En vain le pere de ces jeunes
hommes voulut les engager à faire des ma-

riages plus fortables, il ne put l'emporter
fur l'amour dont ils étoient épris ; de forte
que pour les fatisfaire, il alla lui-même
demander en mariage les filles pour fes fils ;
elles lui furent accordées fans difficulté, &
les citoyens de Syracufe leur donnerent à
routes deux le furnom de Callipyge. Ce fut
en reconnoiffance de cette heureufe aventure, que les deux fœurs étant devenues
fort riches par les mariages qu'elles avoient
contractés, firent bâtir à Syracufe un temple
à Vénus-Callipyge.

(6) On prétend qu'il eft poffible de reconnoître encore à préfent toute cette to-
pographie d'Athènes. Le Colyte étoit un
des quartiers qui aboutiffoit à la place appellée Agora, aujourd'hui celle du Cadi,
parce qu'il y demeure. C'étoit l'endroit de
la ville où, fuivant Philoftrate, naiffoient
les plus beaux enfans. L'auteur *d'Athènes
ancienne & nouvelle*, prétend que ce quartier conferve encore cette heureufe préro-
gative. Les Grecs actuels y font moins d'attention que les étrangers, parce qu'ils font
très-ignorans fur leur hiftoire ancienne.

LETTRE X.

MÉNÉCLIDE à EUTICLES.

LA charmante Bacchis eft morte, mon cher Euticles; elle eft morte! Il ne me refte plus que mes larmes, le fouvenir de l'amour le plus tendre, & la douleur de l'avoir perdue.

Jamais je n'oublierai Bacchis! non jamais! Quelle douceur, quelle bonté de caractere! Si on l'appelle l'honneur des courtifannes; l'apologie de leur profeffion; on ne fera que lui rendre juftice (1).

Que leur conduite feroit digne de louanges, fi elles fe réuniffoient de toutes parts, pour placer la ftatue de Bacchis dans le temple de Vénus ou des Graces.

On leur reproche fans ceffe qu'elles font méchantes, infidèles, intéreffées au point que rien ne les touche que leur profit;

L iij

qu'elles ne s'attachent qu'à ceux qui leur donnent ; qu'elles deviennent une source intariffable de maux pour tous ceux qui vivent avec elles (2). L'exemple de Bacchis détruit toutes ces imputations, & prouve que fouvent elles ne font que des calomnies. Ses mœurs, fes fentimens étoient d'une honnêteté qui confondoit tout ce que la médifance pouvoit imaginer contr'elle.

Vous avez connu ce Mède qui aborda de Syrie dans cette ville, avec une nombreufe fuite de domeftiques, & l'appareil le plus faftueux. Il vit Bacchis, il lui propofa de l'entretenir, de lui donner des eunuques (3), des femmes, de la mettre dans cette abondance, ce luxe prodigieux, qui ne convient qu'à des barbares, de lui faire un état de reine. D'elle-même, fans en être follicitée, elle ne voulut pas feulement le recevoir chez elle. Comme elle plaifantoit de fes propofitions ! Contente de dormir fous mon furtout (4), quelque commune

qu'en foit l'étoffe, elle bornoit-là fon ambition & fes plaifirs. Avec quelle reconnoiffance elle recevoit mes préfens, quelque peu confidérables qu'ils fuffent, tandis
qu'elle n'eut jamais que dédain & mépris
pour les richeffes & toute la magnificence
du fatrape !

Voulut-elle feulement écouter le mar-
chand égyptien, qui lui offroit des monts
d'or ? Non, jamais la nature ne formera une
créature auffi excellente ! Pourquoi la fortune n'avoit-elle pas placé de fi admirables
mœurs dans un rang plus élevé (5).

Elle eft donc morte ! elle me laiffe : chere
Bacchis, te voilà feule & abandonnée pour
toujours ! N'eft-il pas injufte, parques
cruelles, que je ne fois pas étendu à côté
d'elle, dans le même tombeau ! devois-je
en être féparé !

Mais je refte, je vis encore au milieu
de mes concitoyens, de mes amis, & je ne
puis plus efpérer de la voir m'y fourire
avec tant de gaieté & d'agrément. Je ne

L iv

pafferai plus avec elle dans une douce tranquillité, ces nuits délicieufes, qu'elle favoit
rendre fi agréables par fes careffes & fes
agaceries toujours nouvelles.

Que de graces dans fa voix, dans fes
regards! les chants des fyrènes n'avoient
rien de plus enchanteur. Le nectar des dieux
& l'ambroifie étoient moins délicieux que
fes baifers : la douce perfuafion regnoit fur
fes levres (6). Tous les attraits, tous les
charmes de la beauté, la ceinture même
de Vénus faifoient fa parure ordinaire (7).
Je n'entendrai plus les jolies chanfons dont
elle égayoit nos repas, ni cette lyre dont
fes doigts blancs comme l'ivoire, tiroient
de fi beaux fons.

Tout eft fini, Bacchis; la favorite des
graces eft étendue fans parole, fans mouvement, froide comme marbre ; hélas, ce
n'eft plus qu'un peu de cendre.

Juftes dieux, vous laiffez vivre l'infâme
Mégare (8) qui a ruiné fi complettement
le malheureux Théagène, qu'après avoir

vu diffiper la fortune la plus opulente, il ne lui eft refté d'autre moyen de fubfifter que de s'enrôler en qualité de foldat mercenaire ; & vous m'enlevez la tendre Bacchis qui m'aimoit de fi bonne foi, avec tant d'honnêteté & de défintéreffement !

Je me foulage, mon cher Euticles, à répandre mes larmes dans votre fein : je n'efpere plus d'autre douceur dans la vie, que de parler de Bacchis, de vous en écrire. Hélas ! il ne m'en refte que le fouvenir. Adieu.

***

NOTES.

(1) LES lettres précédentes ont déja donné une idée favorable des fentimens de la courtifanne Bacchis. Celle-ci peut être regardée comme une élégie fur fa mort ; & quoiqu'écrite par un amant défolé, elle ne paroît pas avoir rien d'outré. Dans les anciennes comédies, les courtifannes y font toujours repréfentées comme intéreffées, fripponnes, perfides. Bacchis, au contraire,

L v

y joue un rôle honnête. Reſte à ſavoir ſi c'eſt
à celle dont parle Alciphron, que Térence
fait alluſion dans l'acte 5ᵉ, ſcène 1ᵉʳᵉ de
l'Hécyre: « Mon état, dit-elle au vieillard
Lachès, » m'intimide, & je crains que l'idée
» que l'on s'en fait, ne me nuiſe dans votre
» eſprit, quoique je ſois attachée à l'hon-
» nêteté des mœurs ». Le perſonnage qu'elle
fait dans le reſte de la piece, eſt celui d'une
courtiſanne modeſte & déſintéreſſée, &
même d'après l'éloge que Ménéclide en fait
dans cette lettre, on doit croire que l'honnêteté de Bacchis ne reſſembloit en rien
celle de certaine Chariclée dont parle Lucien dans le Toxaris, qui étoit ſi bonne,
ſi humaine, qu'aucune courtiſanne de ſon
tems n'étoit auſſi facile. Elle accordoit ſes
faveurs à tout venant, ſi peu qu'on voulût
les payer.

(2) C'eſt ce que dit expreſſément Antiphanes dans la comédie intitulée le Ruſ-
tique ou l'Habitant de la campagne: « Mal-
» heur à celui qui entretient une courti-
» ſanne; il croit y prendre ſon plaiſir, mais
» il a chez lui le plus grand de tous les
» maux ».

(3) C'étoit un objet du plus grand luxe pour les femmes entretenues, d'avoir des eunuques à leur fervice : elles croyoient par ce moyen fe mettre de niveau avec les femmes des fatrapes, même avec les reines. Phédria reproche à Thaïs, qui paroît lui préférer un étranger, qu'elle n'a qu'à fouhaiter pour avoir tout de fuite ce qui peut lui plaire : «Vous avez voulu un eunuque, » parce qu'il n'appartient qu'aux reines d'en » avoir, & tout de fuite je vous en ai donné » un ».

Porro eunuchum dixti velle te,
Quia folæ utuntur his reginæ ; repperi.

Terentius in Eunucho, act. 1 , fcèn. 2.

(4) *Contente de dormir fous mon furtout.* Cet ufage rappelle la fimplicité des mœurs antiques, lorfqu'on fe fervoit de fes habits pour fe couvrir pendant le fommeil, au lieu de couvertures de lit; ce qui étoit commode aux Orientaux qui portoient à la ville de longues robes & fort amples.

C'eft ainfi que dans le Banquet de Platon, Alcibiade dit qu'il paffoit les nuits fous le manteau de Socrate, & qu'il y dormoit comme un fils à côté de fon pere. Ce qui, entendu dans le même efprit que

L vj

Platon l'a rapporté, ôte toute l'idée déshonnête que Lucien, dans son Dialogue des
Amours, a voulu donner des liaisons intimes
des philosophes avec leurs éleves favoris.
La coutume de coucher sous le manteau
d'un homme ou la robe d'une femme, étoit
générale dans l'antiquité. C'est ainsi que
Théocrite, dans l'épithalame de Ménélas
& d'Hélene, dit que la fille de Jupiter vient
enfin se ranger avec lui sous la même robe.
Sophocle, dans les Trachiniennes, fait dire
à Déjanire, accompagnée d'Iole, que toutes
deux elles attendent les embraffemens d'Hercule sous la même robe : *Et nunc nos duæ
expectamus una sub læna amplexum.* Il
paroît que dans ces tems les lits n'étoient que
des eftrades couvertes de nattes, de peaux
ou de quelques tapis qui fervoient de mate-
las ; on s'y plaçoit pour dormir, & on n'employoit d'autres couvertures que fes habits.
On peut prendre une idée de la pofition
de ces lits dans les reftes du palais d'Adrien,
au-deffous de Tivoli. On y voit encore la
place des lits, dans de petits cabinets retirés, uniquement deftinés à cet ufage.

(5) Ariftenete (*liv. 1, ép. 12*) paroît

avoir imité Alciphron, lorfque parlant de
la courtifanne Pithias, il dit « que la def-
» tinée paroiffoit l'avoir engagée dans le
» métier qu'elle exerçoit, mais qu'elle ne
» s'étoit jamais écartée de la belle fimplicité
» de la nature & de l'honnêteté des mœurs ;
» que tout dans elle annonçoit une maniere
» de vie plus décente ». Ainfi on a vu de
tems en tems dans l'état le plus juftement
avili des créatures que la force d'un heureux naturel & l'honnêteté du caractere élevoient au-deffus du mépris attaché à leur
profeffion.

(6) *La douce perfuafion regnoit fur fes
lèvres.* « Il avoit des graces, des attraits qui
» n'étoient qu'à lui, dans tout ce qu'il difoit,
» ou ce qu'il faifoit, la perfuafion fembloit ha-
» biter fur fes lèvres » dit Lucien, en parlant
de Démonax. On voit que les deux rhéteurs
penfoient de même des graces du difcours &
du talent de la perfuafion. Quant à la comparaifon de la voix enchantereffe de Bacchis
avec le chant féducteur des fyrènes, Elien
donne la même louange à la jeune Afpafie,
en affurant que lorfqu'elle parloit, on eut
cru entendre une fyrène. (*Hift. l. 12, ch. 1.*)

Telle étoit, dit Cicéron, l'éloquence de Périclès, que les anciens comiques ont dit que les graces habitoient fur fes levres : *Cujus in labiis veteres comici leporem habitaſſe dixerunt.* (Lib. 3 , de orat.)

(7) Cette charmante allégorie de la ceinture de Vénus, qui préſente à l'imagination tout le pouvoir & les attraits de la beauté, eſt tirée du 14ᵉ livre de l'Iliade d'Homère. Junon, après s'être parée avec le plus grand foin, fent qu'elle a encore befoin des graces enchantereſſes de Vénus, pour réuſſir dans le projet qu'elle a conçu de réconcilier l'Océan & Thétis. Donnez-moi, dit Junon

> Ces charmes enchanteurs, ces féduiſans attraits,
> Ces defirs, cet amour, qui près de vous reſpire,
> Et des cieux à la terre étend fon doux empire,
> . . . .
> La déeſſe à ces mots détache ſa ceinture,
> Où tiſſus avec art font les enchantemens,
> Les defirs de l'amour, les foupirs des amans,
> L'art de perfuader, ce langage fi tendre,
> Dont les plus fages mêmes, ont peine à fe défendre.
> . . . .

Voyez *l'Iliade d'Homere, trad. par M. de Rochefort, l. 14, v. 190 & 208*, qui fe trouve chez NYON *l'aîné*, rue du Jardinet.

Madame Dacier, qui rend plus littéralement le texte grec, dit : « En même-tems

» elle détacha fa ceinture, qui étoit d'un
» tiffu admirablement diverfifié. Là, fe trou-
» voient tous les charmes les plus féducteurs,
» les attraits, l'amour, les defirs, les amu-
» femens, les entretiens fecrets, les inno-
» centes tromperies, & le charmant badi-
» nage qui infenfiblement furprend l'efprit
» & le cœur des plus fenfés: elle lui remet
» cette ceinture entre les mains, & lui dit :
» Recevez ce tiffu & le cachez dans votre
» fein, tout ce que vous pouvez defirer s'y
» trouve, & par un charme fecret qu'on ne
» peut expliquer, il vous fera réuffir dans
» toutes vos entreprifes ».

Jamais poëte n'a rien imaginé de plus
heureux que cette allégorie : elle donne une
fi grande idée de la beauté, des graces &
de leurs effets, que l'expreffion reftera toujours au-deffous. Homere a tout dit, lorfqu'il a défini la ceinture de Vénus « un
» charme fecret qu'on ne peut expliquer ».

Les artiftes ont repréfenté cette ceinture,
& lorfqu'ils ont peint ou fculpté Vénus
drapée ou habillée, ils lui ont donné deux
ceintures, l'une au-deffous du fein, l'autre
placée au-deffous du ventre. C'eft ainfi qu'eft
repréfentée la Vénus qu'on voit à côté de

Mars au Capitole. Cette ceinture inférieure
eft celle que les poëtes appellent particu-
liérement la ceinture de Vénus. Lorfque
Junon voulut plaire à Jupiter, elle la demanda à Vénus, & la plaça, felon l'expreffion originale d'Homere, dans fon gi-
ron, c'eft-à-dire, à l'entour & au-deffous
du ventre. L'auteur de l'Hiftoire de l'Art
chez les anciens, prétend avoir le premier
fait cette obfervation. *Tom. 1, ch. 4, §. 2.*

(8) Dans le grec, elle eft qualifiée ίππό-
ϱνος, qui littéralement fignifie courtifanne
cheval, de ίππος, cheval, & ποϱνη, courtifanne ou femme abandonnée. Le mot
ίππος, cheval, fervoit à compofer tout autre
mot auquel on vouloit donner une fignification outrée. Ménéclide qualifiant ainfi
Mégare, la donne pour une courtifanne
qui portoit à l'excès la licence & les goûts
de fa profeffion. C'eft dans ce fens que Diogène voyant paffer à cheval un homme paré
avec une magnificence ridicule, & dont le
métier n'étoit rien moins qu'honnête, même
à Athènes, dit qu'il avoit long-tems cherché
l'*hippopornos*, mais qu'enfin il venoit de le
rencontrer. Voyez Athenée, liv. 13.

LETTRE XI.

THAIS (1) à THESSALA.

JE n'aurois jamais imaginé qu'après avoir vécu dans la plus intime familiarité avec Euxippe, je serois contrainte d'en venir avec elle à une rupture ouverte. Je ne lui reproche pas tous les fervices que je lui ai rendus lorfqu'elle débarqua dans cette ville en arrivant de Samos. J'étois alors entretenue par Pamphile ; tu fais quelle étoit fa générofité. Néanmoins m'étant apperçue que le jeune homme cherchoit à faire liaifon avec cette nouvelle débarquée, je ceffai de le recevoir chez moi, fans autre deffein que de fervir Euxippe dans cette intrigue naiffante.

Or voici comment elle répond aux bontés dont je l'ai comblée, & cela pour plaire à Mégare, la plus décriée de toutes les courtifannes (2), avec laquelle j'ai eu jadis quelques différens au fujet de Straton,

& qui pouvoit tenir des propos imperti-
nens fur mon compte, fans que j'en fuſſe
furprife.

Nous touchions aux haloennes (3), &
nous étions toutes aſſemblées chez moi
pour célébrer la veille de la fête (4); le
maintien d'Euxippe m'a étonnée. Elle a
ſemblé me déclarer la guerre en ſouriant
à Mégare de la façon la plus niaiſe (5),
& en lui adreſſant quelques fades plaiſanteries. Elle s'eſt mis enſuite à chanter tout
haut des vers qui faiſoient alluſion à l'amant
qui m'avoit quittée.

Tout cela m'affectoit fort légérement,
& ma tranquillité a donné carriere à ſon
impudence (6), au point qu'elle a parlé
très-inſolemment du fard dont je me ſer-
vois (7), & du rouge dont je me peignois
le viſage. Elle a donc oublié l'état de mi-
ſere où je l'ai vue, quand elle n'avoit pas
même un miroir. Si elle ſavoit que ſon
teint eſt de couleur de ſandaraque (8),
oſeroit elle parler du mien?

Mais dans le fond, toutes ces sottises m'intéressent peu; c'est à mes amans que je veux plaire, non à des figures de singe (9), telles qu'Euxippe ou Mégare.

Je t'ai rendu compte, ma chere, de toute cette tracasserie, afin que tu ne me blâmes pas lorsque je tirerai quelque vengeance de ces impertinentes créatures. Ce ne sera pas par des plaisanteries ou des injures: j'employerai des moyens plus sûrs, plus piquans, plus douloureux pour elles: je leur apprendrai qu'on me m'attaque pas impunément. Adraste (10), puissante déesse, c'est toi que j'adore en ce moment.

NOTES.

(1) IL y a eu à Athènes une courtisanne célèbre, du nom de Thaïs, qui devint la maîtresse d'Alexandre-le-Grand. Quelques historiens disent qu'à la suite d'une débauche, elle l'engagea à mettre le feu au palais de Persépolis, d'où s'ensuivit l'incendie de toute la ville. Après la mort d'Alexandre, elle

paſſa entre les mains de Ptolemée, l'un
des généraux de ce conquérant, qui eut
l'Egypte en partage, & fit de Thaïs ſa femme plutôt que ſa concubine, dont il eut
trois enfans, Léontiſque, Lagus, & Irene;
le ſecond ſuccéda à ſon pere au trône
d'Egypte; Irene fut mariée à Solon, dit
Eunoſtus ou le bienfaiſant roi de Chypre.
Il n'eſt pas certain que la maîtreſſe d'Alexandre ſoit la Thaïs que l'on fait parler dans
cette lettre; ou ſi c'eſt la même, elle devoit alors faire ſes premieres armes à Athènes, où elle acquit aſſez de réputation dans
ſon état, pour arriver à celui de favorite
d'un ſi grand prince.

On cite de Thaïs un bon mot qui prouve
qu'elle étoit inſtruite. Un curieux la trouvant
hors de chez elle, lui demanda où elle
alloit; elle répondit par un vers d'Euripide,
dont le ſens étoit : « Joindre Egée, fils de
» Pandion, & le mettre dans mes bras ».
Elle jouoit ſur le mot αἰγός, bouc, qui
peut - être ſe prononçoit comme *Egéos*,
Egée, & faiſoit alluſion à l'odeur que rendoit l'amant qu'elle alloit trouver (*Athenée,
liv. 13.*)

Cette lettre annonce que de tout tems

les tracafferies entre les courtifannes ont
été produites par les mêmes caufes : un
amant enlevé ; jaloufie excitée par la beauté, avidité plus grande dans les unes que
dans les autres, impudence plus décidée ;
enfin il paroît que les mêmes mœurs ont
donné dans tous les tems la même conduite, les mêmes fentimens, la même façon
de s'exprimer.

(2) La courtifanne Mégare eft maltraitée
dans cette lettre, elle ne l'eft pas mieux
dans la précédente, lorfque le trifte Ménéclide compare fa conduite à celle de l'honnête Bacchis. La lettre neuvieme, écrite
fous fon nom, ne nous la préfente pas avec
des traits plus avantageux ; elle parle en
fille inconftante, avide, prodigue & dé-
bauchée.

(3) J'ai déja dit quelque chofe des *haloennes* dans la note 4 fur la lettre qua-
trieme. J'ajouterai ici que cette fête fe célébroit en l'honneur de Cérès & de Bacchus, après la récolte des fruits. Parmi les
reproches que Démofthène fait à un certain
Archias, il fonde celui d'impiété, fur ce qu'il
avoit fait un facrifice au foyer de la falle de

la courtisanne Synope, son amie, qu'il avoit
conduite à Eleusis, tandis qu'il étoit défendu
par la loi sacrée, à quelqu'homme que ce
fût, de faire aucun sacrifice dans ces cir-
constances, & qu'ainsi il n'avoit pu s'arroger
ce droit, qui appartenoit a .a seule prêtresse
surintendante des cérémonies religieuses. Or
ces prêtresses étoient des courtisannes déja
d'un certain âge, qui en instruisoient de plus
jeunes dans la science & la pratique des
mystères. Nous avons vu plus haut que Phryné n'étoit jamais plus belle que lorsqu'elle
s'occupoit à ces fonctions, n'ayant alors
d'autres ornemens que ceux qu'elle devoit
à la nature. Ainsi les courtisannes tenoient
à Athènes, de même qu'à Corinthe, un rang
qu'on ne leur accorda jamais ailleurs; il
paroît même, par ce que je viens de dire,
qu'elles jouissoient dans certaines occasions
de prérogatives aussi marquées que celles
des vestales à Rome. Cependant quelle différence d'une profession à l'autre !

(4) Les veilles de fêtes se célébroient
avec une solemnité qui rassembloit beaucoup de gens dans le voisinage des temples.
Il y avoit des corps de bâtimens destinés

à cet ufage. Les courtifannes avoient des fonctions marquées dans ces fortes d'affemblées : on en a vu les preuves pour les fêtes de Cérès , de Bacchus & de Neptune ; elles étoient miniftres effentielles de celles de Vénus. Un peuple auffi voluptueux que l'étoient les Grecs, dans ce que l'on appelle les beaux tems d'Athènes, les admettoit à toutes les cérémonies publiques, même celles de la religion , où la volupté fembloit toujours être la divinité principale. Le retour de ces fêtes étoit une occafion pour les courtifannes de fe raffembler , & de faire des feftins fomptueux aux frais de leurs amans. Les plus riches ou les plus prodigues en faifoient la dépenfe, & même recevoient fouvent chez eux toute la compagnie , quelque nombreufe qu'elle fût. La lettre neuvieme donne une idée fuffifante des plaifirs libres que l'on fe permettoit à la fuite de ces feftins, où le culte de Vénus faifoit oublier celui des autres divinités.

(5) La maniere de rire des courtifannes paroiffoit fi indécente aux perfonnes honnêtes, qu'on lui avoit donné un nom particulier qui étoit devenu une injure pour

ceux qui s'y laiffoient aller. On le regardoit comme un excès déshonnête ; c'eft ce
que l'on appelloit *cachynnus*, ris immo-
déré, dans lequel la phyfionomie fe dé-
montoit. *V. Clem. Alexand. in pedagogo,*
l. 2, ch. 5.

(6) Tel eft le progrès naturel de l'infolence de ces fortes de femmes les unes
à l'égard des autres. Elles mettent une certaine réferve dans leurs médifances mu-
tuelles, tant qu'elles efperent que leur méchanceté ne fera pas découverte ; mais une
fois reconnues pour ce qu'elles font, elles
portent l'impudence au plus haut degré.
C'eft ainfi qu'Héliodore les dépeint, liv. 8
des amours de Théagène & de Chariclée.

(7) Le rouge que l'on reproche à Thaïs
eft la couleur que les anciens ont appellée
pæderota ; elle fe compofoit avec les fleurs
d'une plante épineufe qui croît en Egypte,
ou avec la racine d'acanthe, & elle donnoit aux courtifannes cette teinte vive &
fraîche qui brille fur le vifage des enfans
fains & bien conftitués. Un fragment du
poëte comique Alexis, confervé par Athenée (*liv. 13,*) met au fait des artifices que

les

les courtifannes employoient pour faire valoir leurs charmes. Il eſt tiré d'une comédie qui avoit pour titre *Iſoſtaſion*, ou la
Balance ; car on faiſoit à Athènes la balance du mérite des courtifannes & de leur
induſtrie, comme on fait aujourd'hui celle
du génie, du ſtyle, des talens des peintres,
des poëtes, des philoſophes, &c. « Leur
» inclination dominante eſt de gagner beau-
» coup, & de dépouiller tous ceux qui s'at-
» tachent à elles. Tout autre ſoin leur paroît
» ſuperflu : auſſi dreſſent-elles des piéges à
» tous les hommes qu'elles tâchent d'attirer
» par l'appas du plaiſir qu'elles leur pré-
» ſentent. Lorſqu'elles ſe ſont enrichies, ce
» qu'elles ne peuvent faire qu'avec le tems,
» elles prennent avec elles de jeunes filles
» qu'elles dreſſent au même manége. La
» premiere, ainſi que la principale inſtruc-
» tion qu'elles leur donnent, eſt que ni le
» caractere, ni les traits, ni la phyſionomie
» ne paroiſſent conſtamment les mêmes. Des
» variations ſucceſſives ajoutent aux char-
» mes de la beauté, & rendent toujours
» nouveaux les attraits de la volupté. La
» petite taille s'agrandit par les chauſſures
» élevées : ſi la ſtature paroît trop haute

» dans quelques-unes, elles ne portent qu'un
» foulier mince & plat ; elles penchent né-
» gligemment la tête fur l'épaule ; elles
» mettent une certaine mignardife dans toute
» leur contenance , qui n'eft pas fans agré-
» mens. Celle dont la maigreur donneroit
» une idée peu attrayante de fes appas fe-
» crets , s'arrange de maniere à préfenter
» aux amateurs les apparences d'une belle
» conformation. Si le ventre eft trop éle-
» vé , on le refferre avec des bandages.
» Les difformités de la taille fe corrigent
» avec de petites tablettes artiftement dif-
» pofées. Celles qui ont les fourcils roux
» les teignent avec le noir de fumée. Les
» teints bruns s'éclairciffent avec la cérufe.
» La blancheur qui paroît trop fade, eft
» animée avec le rouge.

  » Elles laiffent à découvert tout ce qu'elles
» ont d'attrayant. Celles qui doivent à la
» nature de belles dents, rient fans ceffe
» pour que la beauté de leur bouche foit
» mieux apperçue. Celles au contraire qui
» ont le rire défagréable, dont les dents
» font mal arrangées ou noires , ne fe mon-
» trent que la nuit , & tiennent toujours
» entre les lèvres une petite branche de

» myrte qui couvre leurs dents lorſqu'elles
» ſont obligées d'ouvrir la bouche ».

C'eſt par ces artifices multipliés qu'elles
conſervent leurs agrémens, qu'elles répa-
rent les ravages que produiſent ſur leur figure les fatigues attachées à leur profeſſion, & qu'elles font diſparoître les défauts
mêmes de la nature.

(8) Le grec dit expreſſément (χρᾶμα
ϛανδαράχης), couleur ou peau de ſandaraque, d'un rouge orangé, ce qui ne pouvoit préſenter qu'un teint très-déſagréable.

(9) Ariſtophane, dans les Acharniennes,
appelle une vieille coquette, *figure de
ſinge, couverte de céruſe & de rouge.*

(10) Les Grecs, peuple vif & ſenſible,
firent de la vengeance une déeſſe favorite,
à la puiſſance de laquelle ils avoient recours dès qu'ils ſe ſentoient offenſés. C'eſt
ainſi que Démoſthène fait paroître les ſentimens dont il étoit animé dans ſa harangue
contre Ariſtogiton : « Je ſens que je ſuis
» homme; je t'adore, puiſſante Adraſtia. Je
» vous rends graces, dieux immortels ! &
» vous tous, mes concitoyens, c'eſt par votre

» protection que j'exifte encore fain &
» fauf ». Platon (*l. 5 de Republ.*) parle avec
la même chaleur de la déeffe de la vengeance, dont il attend la protection pour
ce qu'il va dire. C'eft la même déeffe que
l'on invoquoit fous les noms d'*Adraftia*,
Néméfis, *Rhamnufia*. Les Grecs lui don-
nèrent le nom d'Adraftia, parce qu'Adrafte,
roi de Sycione, lui fit bâtir un temple à
Rhamnus, bourgade, dit Paufanias (*liv. 1*,
ch. 33,) éloignée de Marathon de foixante
ftades, d'où elle prit le nom de Rhamnufia.
Les habitans de ce bourg, dit Paufanias,
ont leurs maifons fur le bord de la mer,
& Néméfis a fon temple fur une éminence.
Elle y étoit repréfentée tenant d'une main
une baguette de frêne, & de l'autre une
phiole. Le bourg de Rhamnus fubfifte encore
aujourd'hui fous le nom de *Tauro-caftro*.

Lorfque la vengeance étoit portée à
l'excès, on lui donnoit le nom d'*Erynnis*.
Tantôt on la regardoit comme produite par
le deftin dans toute fa force; tantôt comme
fille de la Juftice, rendant à chacun ce qu'il
mérite; quelquefois comme une puiffance
célefte qui n'avoit point de rang fixé parmi
les dieux, puniffant les coupables, proté-

geant les bons. Comme fes effets étoient
fenfibles & prompts, on la repréfenta aîlée,
avec une roue fous fes pieds, fymboles
qui fignifioient la promptitude de fon action.
Elle portoit un frein & une regle, pour
défigner que la vengeance ne pouvoit s'exercer qu'avec mefure & retenue. Dans les
troubles qui fuccéderent aux beaux fiecles
de la république romaine, les poëtes fei-
gnirent que Néméfis, indignée contre les
crimes des mortels, ne daignoit plus jetter
les yeux fur leurs démarches, qu'elle s'étoit
retirée avec fa mere dans la partie du ciel
la plus reculée, où elle attendoit le renouvellement du monde, pour paroître de
nouveau fur la terre. Allégorie frappante
de l'impunité des crimes dans les tems de
défordre.

M iij

LETTRE XII.

THAIS à EUTHYDÉME.

DEPUIS que vous vous êtes mis en tête de philofopher, vous êtes devenu orgueilleux, & votre regard hautain annonce la fierté qui vous domine (1). Couvert du manteau de votre profeſſion nouvelle, tenant un livre à la main, vous allez d'un pas grave à l'académie. Vous paſſez devant ma porte avec autant d'indifférence que ſi jamais vous ne fuſſiez entré chez moi.

Vous devenez fou, Euthydême ! Vous ignorez quel eſt le fophiſte arrogant qui vous entretient de ſes rêveries obſcures, qu'il vous donne pour des connoiſſances merveilleuſes. Il y a long-tems que j'aurois fait ſa conquête ſi je l'avois voulu (2); mais n'ayant rien pu obtenir de moi, il s'eſt jetté dans les bras d'Herpyllide, la ſervante de Mégare (3).

Vous savez ce qui m'a empêchée de le satisfaire; je préférois le plaisir de vivre avec vous, à tout l'or des sophistes. Puis donc qu'il vous a fait rompre tout commerce avec moi, rien ne m'empêchera plus de le recevoir; & si vous le voulez, je vous ferai connoître ce maître sévere qui a tant d'aversion pour les femmes. Vous verrez si, lorsque pendant la nuit il s'abandonne à son goût pour la volupté, il se contente des plaisirs ordinaires (4). Son extérieur grave, ses discours austeres, ne sont donc que supercherie & vanité pure; c'est ainsi qu'il en impose à la jeunesse dont il tire un si riche salaire.

Pensez-vous donc qu'il y ait tant de différence entre un sophiste & une courtisanne? S'il y en a, ce n'est que dans les moyens qu'ils employent pour persuader; l'un & l'autre ont le même but, de recevoir (5).

Mais combien sommes-nous au-dessus d'eux par la bonté & l'équité dont nous

faifons profeffion. Jamais nous n'avons
révoqué en doute l'exiftence des dieux,
nous qui croyons fi volontiers les fermens
& les proteftations de nos amans (6). Bien
loin de confeiller aux citoyens de fe tout
permettre avec leurs plus proches parentes (7), notre intérêt eft de les éloigner
même du commerce de toutes les femmes
mariées.

Seroit-ce parce que nous ignorons la
caufe de la formation des nuées & la propriété des atômes, que nous vous paroiffons
au-deffous des fophiftes? Mais fachez que
j'ai perdu mon tems à m'inftruire de ces
fecrets de votre philofophie, & que j'en
ai raifonné peut-être avec autant de connoiffance que votre maître (8).

Ce n'eft pas dans la fréquentation des
courtifannes que fe font formés les tyrans.
On n'a jamais vu fortir de leurs bras les
féditieux qui ont bouleverfé les républiques (9).

Nos amans paffent les nuits avec nous

dans les plaifirs de la volupté & de l'ivreſſe, & ils dorment une partie du jour. Cette éducation eſt-elle la plus dangereuſe que l'on puiſſe donner à la jeuneſſe? Périclès a été le diſciple d'Aſpaſie, & Critias le fut de Socrate.

Ah, renoncez, mon cher Euthydême, à la triſte & déſagréable folie qui ſemble s'être emparée de vous! Vos beaux yeux ne furent pas faits pour des regards ſombres & chagrins!

Revenez donc à votre amie; venez-y tel que je vous ai vu tant de fois arrivant du Lycée, couvert de ſueur, buvant avec plaiſir le vin que je vous préſentois. Venez, & nous goûterons encore enſemble les douceurs pures de la volupté, nous trouverons ce terme heureux auquel tous les hommes aſpirent. C'eſt alors que je vous paroîtrai plus ſage que tous les ſophiſtes.

Les dieux nous accordent ſi peu de tems à vivre, qu'il y a plus que de l'imprudence à l'employer à des bagatelles énigmatiques,

M v

à des spéculations plus inutiles encore
qu'elles ne sont obscures. Adieu.

NOTES.

(1) C'EST avec les mêmes couleurs que
Lucien représente un homme nouvellement
épris de la philosophie. « Que tu es devenu
» grave, dit Licinus à son ami ! pourquoi
» cette mine austere ? dis-moi ce qui t'a
» rendu si dédaigneux ? tu nous regardes à
» peine. — C'est que de pauvre je suis de-
» venu riche ; d'esclave, libre ; de fou, sage.
» J'étois dans cette pensée lorsque tu m'as
» abordé, & comme transporté dans le ciel ;
» je méprisois toutes les choses du monde,
» comme si c'eut été de la boue ». *Dialogue de Nigrinus*, ou *les Mœurs d'un philosophe*.

C'est ainsi que les sophistes, par leurs
pompeux discours, savoient exalter l'esprit
de leurs disciples, qui d'ordinaire payoient
fort cher ces sublimes leçons. Aujourd'hui
elles se donnent gratuitement, & les successeurs de Nigrinus trouvent à peine des
auditeurs assez complaisans pour les écouter,
& encore moins pour les croire.

Dans le dialogue de *Caron*, *Mercure &
plufieurs morts*, le portrait du philofophe
eft achevé. « Quel eft cet autre avec fa
» mine grave ? on diroit qu'il rêve profon-
» dément : fon fourcil me fait peur. Veux-
» tu, dit Ménippe, que je lui ôte un peu
» de la hauteur de fes fourcils, car il les
» releve par-deffus fon front » ? On le fait
déshabiller, & on trouve fous fon manteau
un amas prodigieux de doutes, d'imperti-
nences, de rêveries, de penfées vaines &
frivoles, de queftions obfcures & embrouil-
lées, de curiofités inutiles.

« Mais qu'eft-ce qu'il nous cache ici, dit
» Mercure ? Son ambition, fon avarice, fes
» débauches. Quitte tout cela, ajoute-t-il, &
» ton arrogance, ton effronterie & ta colere,
» car il faudroit une galere à trente rames
» pour te porter ». D'après une pareille autorité, on voit qu'il n'y a rien d'outré dans
le portrait que fait Thaïs des fophiftes de
fon tems. Les jeunes gens qui les écoutoient
fe faifoient une gloire de modeler leur extérieur fur celui de leur maître. « Ils ont une
» vanité ridicule qui leur fait affecter une
» gravité compofée, une affurance inful-
» tante, un air de dédain & de mépris pour

M vj

» tout le reſte des hommes. Voilà ce qu'inſ-
» pire, ce que donne le manteau philoſo-
» phique aux jeunes gens qui ont la vanité
» de s'en couvrir ». *Plutarque, de la diſ-
tinction du flatteur & de l'ami.*

(2) Thaïs ſemble déſigner ici Ariſtote
qu'elle ne nomme point ; mais la maîtreſſe
qu'elle lui donne, en eſt la preuve ; comme
on le verra dans la note qui ſuit. En général,
toute cette lettre eſt une critique des chefs
des ſectes les plus célèbres ; de Platon, Socrate, Ariſtote, Epicure, &c. & ſur-tout
de la morgue philoſophique.

(3) Herpyllis, qui eſt ici qualifiée ſervante de Mégare, courtiſanne fort décriée,
étoit plutôt une jeune courtiſanne à ſon
apprentiſſage, & probablement la même
qui fit depuis les délices du célèbre Ariſtote,
dont il eut un fils appellé Nicomaque. Il
vécut avec elle dans la plus grande intimité, juſqu'à la mort ; il aſſura ſa fortune
par ſon teſtament en reconnoiſſance, dit-il,
des ſervices qu'il en avoit reçus, & de ſon
excellent caractere. On peut lire le teſtament du philoſophe dans Diogène-Laerce.

On y verra que le bien-être d'Herpyllis lui tenoit plus à cœur que tout autre objet par l'attention avec laquelle il recommande ses intérêts à son exécuteur-testamentaire. Voyez *Athenée*, *l. 3*, & *Diogène-Laerce in Arist.*

(4) *S'il se contente des plaisirs ordinaires.* Ceci ne demande pas une explication plus ample. La courtisanne Drocé, dans les dialogues de Lucien, invectivant contre Aristenete qui lui enleve Clinias, son amant, dit que ce philosophe avoit un amour malhonnête, & qu'il ne lisoit à son disciple que les dialogues amoureux d'anciens philosophes. C'est un reproche que l'on a fait aux Grecs dans tous les tems, & dont on a peine à les disculper. Cependant cet Aristenete affublé d'une longue barbe, ne se montroit jamais au Pecile suivi de ses disciples, que sous un extérieur sévere, avec un air toujours pensif & mélancolique.

(5) Ce qui prouve combien les courtisannes étoient répandues dans la société à Athènes, c'est qu'elles avoient des querelles continuelles avec les philosophes, & qu'il ne paroît pas que jamais elles leur aient cédé le terrein. Elles se mettoient au même

rang qu'eux, pour les dangers & les avantages que la jeuneſſe pouvoit eſpérer ou craindre de leur fréquentation mutuelle. J'ai rapporté dans le diſcours ſur les courtiſannes, la réponſe de Glycere à Straton, qui l'accuſoit de gâter la jeuneſſe ; elle lui prouva par bonnes raiſons, que les philoſophes n'étoient pas exempts de ce blâme. Thaïs va plus loin encore, elle déprime tout-à-fait leur profeſſion, ne les traite que comme des ſophiſtes, & leur fait en peu de mots, comme en paſſant, les reproches les plus graves ſur l'abus qu'ils faiſoient de la philoſophie ou de l'étude de la ſageſſe, & ſur les inconvéniens qui en réſultoient pour la république en général, & chaque citoyen en particulier, ainſi qu'on le verra dans la ſuite des notes ſur cette lettre.

(6) *Jamais nous n'avons révoqué en doute l'exiſtence des dieux.* On ne peut pas douter que ceux qui ſe donnoient pour philoſophes n'enſeignaſſent en termes preſque formels, qu'il n'y avoit point de dieux. Ils diſoient ouvertement que la nature & le haſard étoient les auteurs de ce qu'il y a de plus beau & de plus grand dans l'uni-

vers ; sentiment auquel ils donnoient une explication fondée sur certaines loix de la nature qu'ils prétendoient être généralement connues , & qui a été renouvellé plus d'une fois dans notre siecle. « Ils assuroient, dit Platon , » que les dieux n'existoient point » par nature , mais par art & en vertu de » certaines loix: qu'ils sont différens dans les » différens pays, selon que les législateurs se » sont plus ou moins concertés entr'eux. Que » l'honnête est autre suivant la nature, autre » suivant la loi. Que pour ce qui est du juste, » rien absolument n'est tel par nature ; mais » que les hommes, toujours partagés de sen- » timens à cet égard, font sans cesse de nou- » velles dispositions par rapport aux mêmes » objets. Que ces dispositions font la me- » sure du juste pour autant de tems qu'elles » durent, tirant leur origine de l'art & » des loix , & nullement de la nature. » Telles font les maximes que nos sages » débitent à la jeunesse ; soutenant que rien » n'est plus juste que ce qu'on vient à bout » d'emporter par la force. De-là l'impiété » qui se glisse peu à peu dans le cœur des » jeunes gens, lorsqu'ils viennent à se persua- » der qu'il n'existe point de dieux, tels que

» la loi preſcrit d'en reconnoître. De-là les
» ſéditions, chacun tendant de ſon côté vers
» l'état de vie conforme à la nature, lequel
» conſiſte dans le vrai à ſe rendre ſupé-
» rieur aux autres par la force, & à ſecouer
» toute ſubordination établie par les loix ».
Voyez les loix de Platon, liv. 10. Il ne
faut pas réfléchir long-teins pour reconnoître
la très-antique origine de tous les ſyſtêmes
modernes que la plupart de nos génies
créateurs prétendoient avoir imaginés pour
le bonheur de leurs ſemblables.

(7) *Se tout permettre avec leurs plus
proches parentes.* La courtiſanne continue
ſes raiſonnemens captieux, & tente d'établir combien ſa profeſſion eſt plus utile à
la république que celle du philoſophe. Elle
attaque la doctrine du divin Platon, ſans
le nommer. Dans ſes livres politiques, il
cherche à excuſer le crime qui conduiſit le
malheureux Œdipe à la fin la plus tragique,
ſur l'ignorance où l'on peut être de la perſonne à laquelle on ſe trouve uni : ce qui
peut arriver très-aiſément à des freres & à
des ſœurs ; alors l'union eſt auſſi légitime
qu'elle puiſſe l'être, & on n'a rien à lui

reprocher. Il s'efforce de pallier ces griefs;
il emploie toutes les reſſources de ſon éloquence pour éviter les reproches qu'on eſt
en droit de lui faire ; mais c'eſt par des
moyens ſi peu ſûrs, que ſon embarras eſt
à découvert. D'ailleurs ce philoſophe in-
clinoit beaucoup à rendre les femmes communes. Auſſi Epictete dit-il que les dames
romaines, lors de la plus grande corruption des mœurs, avoient ſans ceſſe entre
les mains les livres de la République de
Platon, où il inſinue qu'il eſt avantageux
que les femmes ſoient communes. Comme
ce légiſlateur tenoit le premier rang parmi
les philoſophes, la courtiſanne attaque
ſes dogmes, qu'elle croit avec raiſon être
contraires aux mœurs & au bon ordre de
la ſociété, pour égaler au moins ſon état,
que la philoſophie déprimoit ſi fort, à celui
des ſophiſtes, relativement à l'utilité que
le public pouvoit attendre des deux pro-
feſſions. Les partiſans enthouſiaſtes de Platon
& de Socrate ne verront pas de bon œil que
leurs héros aient donné dans ces écarts :
mais qu'ils penſent aux foibleſſes, aux incertitudes de l'eſprit humain abandonné à ſes
ſeules lumieres, & ils n'en ſeront pas ſurpris.

(8) *J'ai perdu mon tems à m'instruire de ces secrets.* Toutes les courtisannes de quelque réputation faisoient gloire d'être instruites dans les belles-lettres, plusieurs même s'appliquoient aux mathématiques & à la philosophie. Nous avons déja parlé de Léontium ; tout-à-l'heure Aspasie paroîtra sur la scène : il est à croire qu'elles avoient des imitatrices. Les connoissances qu'elles acquéroient par l'étude, rendoient leur conversation plus intéressante, leurs réparties plus vives & plus spirituelles ; on recherchoit leur société avec plus d'empressement ; ainsi elles multiplioient leurs amans, & augmentoient leurs profits.

(9) *On n'a jamais vu sortir de leurs bras les séditieux qui ont bouleversé la république.* Ceci est un nouveau sophisme de la courtisanne ; elle prend l'air de la vérité pour assurer que ceux qui passent les jours & les nuits dans les lieux de débauche, ne s'occupent jamais de grands desseins ni d'entreprises périlleuses ; qu'ils ne songent qu'à s'y livrer à tous les excès de la volupté : tandis que les philosophes, disputant sans cesse sur les intérêts publics, échauffent

l'imagination de leurs difciples, & fouvent
font la caufe premiere des troubles qui s'éle-
vent, & des dommages qui en réfultent. On
voit qu'elle attaque ici indirectement Socrate,
dont Critias, l'un des trente tyrans qui s'em-
parerent du gouvernement d'Athènes après
qu'elle eût été fubjuguée par Lyfandre, avoit
été le difciple, même l'un des plus renommés
par fes grands talens qu'il n'employa qu'à
opprimer fa patrie. Il porta la cruauté au
point que les bannis de la république n'ayant
plus de reffource que dans leur défefpoir,
vinrent l'attaquer fous la conduite de Tra-
fibule, avec tant de fuccès, que Critias
périt les armes à la main, & avec lui les
trente Archontes dont il étoit le principal.
Il eft bon d'obferver que ce même Critias
interdit à Socrate, fon maître, l'inftruction
de la jeuneffe, lorfqu'il fe fut emparé de
la puiffance fouveraine, parce que le philofophe déclamoit ouvertement contre les
violences du tyran. *Voyez le livre premier
des Dits mémorables par Xénophon.*

(10) *Périclès a été le difciple d'Afpafie.*
Je me fervirai ici de la traduction d'Amyot,
ainfi que je l'ai déja fait, pour rapporter ce

que Plutarque dit d'Afpafie dans la vie de
Périclès. « Quant à Afpafia, les uns difent
» que Périclès la hanta comme femme fa-
» vante & bien entendue en matiere de
» gouvernement d'état ; car Socrate l'alloit
» auffi voir quelquefois avec fes amis ; &
» ceux qui la hantoient y menoient aucunes
» fois leurs propres femmes, pour l'ouir
» devifer, combien qu'elle ne menât un
» train qui n'étoit guère honnête, pour ce
» qu'elle tenoit en fa maifon de jeunes
» garces qui faifoient gain de leur corps.

» Efchine a écrit qu'un homme de la plus
» baffe naiffance, dont l'état étoit de com-
» mercer en bétail, devint, par les intrigues
» d'Afpafia, après la mort de Périclès, le
» premier homme de la république. Cette
» femme avoit le bruit d'être hantée par
» plufieurs Athéniens, pour apprendre d'elle
» l'art de la rhétorique. Cependant il eft
» vraifemblable que Périclès avoit conçu
» une vive paffion pour elle, car il répudia
» une femme dont il avoit déja eu un fils,
» pour époufer Afpafia, pour laquelle il eut
» toute fa vie la plus grande tendreffe. Auffi
» eu égard au mérite de Périclès & à fon
» rang, on appelloit Afpafia, la nouvelle

» Omphale, Déjanire, Junon; c'est sous ces
» noms que les poètes comiques la désigne-
» rent : souvent même ils la traitoient encore
» plus mal... Hermippus, poète comique, ac-
» cusa Aspasia de ne point croire aux dieux,
» disant de plus qu'elle servoit de macque-
» relle à Périclès, recevant chez elle les
» femmes des citoyens dont Périclès vouloit
» jouir. Le crédit de Périclès, & ses solli-
» citations instantes, qui même étoient ac-
» compagnées de larmes, la sauverent & la
» firent absoudre : tandis qu'il abandonna
» son maître Anaxagoras, accusé d'impiété,
» désespérant sans doute d'obtenir tant de
» graces à-la-fois ».

Cette Aspasie, si célèbre à Athènes, étoit
née à Milet, ville de l'Asie mineure. Non-
seulement elle fut regardée comme très-
instruite dans l'art de l'éloquence, mais encore elle eut la gloire d'avoir formé des
éleves de la plus grande réputation, tels
que Périclès & Socrate, qui avouerent publiquement devoir tous leurs succès à ses ins-
tructions.

On peut voir ce qu'en dit Socrate, ou
plutôt Platon dans le Banquet & dans le
Phédre. Les satyriques de son tems pré-

tendent que la vogue qu'eut cette Afpafie, multiplia les courtifannes dans la Grèce, fur-tout à Athènes, où elle en forma plu-fieurs, uniquement deftinées aux plaifirs de cette ville voluptueufe.

J'ai parlé dans le difcours fur les cour-tifannes, de la caufe qu'Ariftophane donne à la guerre du Péloponnèfe, qu'il attribue principalement à Afpafie; il auroit pu lui joindre la folle paffion de Périclès pour la courtifanne Simèthe enlevée aux Méga-riens, & qu'il ne voulut pas leur rendre, parce qu'elle lui plaifoit; ainfi que le dit Cleitarque, dans fon livre des avantures amoureufes, cité par Athenée (*livre* 13.) Ces traits contredifent form ement l'affer-tion de Thaïs, qui avance dans cette lettre qu'elle & fes femblables n'ont jamais caufé aucun trouble dans la république.

Quant à Socrate, il dit lui-même dans le Phédre, que c'eft d'Afpafie qu'il a appris comment on peut s'élever par la vue de la beauté des corps à la contemplation de celle de l'ame: que c'eft elle qui l'a inf-truit dans la connoiffance des génies & de dieu même. Une telle fource d'inftruction étoit-elle bien pure? Il y a quelque lieu d'en douter. Outre ce qui eſt dit dans le Protagoras de Platon, des empreſſemens de Socrate pour Alcibiade, qui reſſembloit à une paſſion violente, Athenée (*livre 5*) rapporte des vers attribués à Aſpaſie, qui peignent avec de fortes couleurs cette inclination. « Je vois, lui dit-elle, que vous » êtes tout de feu pour le fils de Dinoma- » que & de Clinias. Ecoutez-moi, ſi vous » voulez que votre amour arrive à ſon but, » faites ce que je vais vous conſeiller... » *Socrate.* Vos paroles font naître en moi » la plus douce émotion ; je ſuis prêt à en » pleurer de joie... *Aſpaſie.* Allez donc, & » que les muſes vous inſpirent ; ce ſont elles » qui vous le gagneront : il aime les chants ; » la muſique vous l'attachera ; à ce pre- » mier moyen, joignez quelques préſens qui » lui plaiſent ». Mais rien ne réuſſiſſoit à Socrate ; Alcibiade paroiſſoit inſenſible : le philoſophe étoit pénétré de la plus vive douleur ; c'eſt dans cet état qu'Aſpaſie le rencontre & lui dit : « Quoi, vous pleurez, » ami Socrate ! l'amour renfermé dans votre » ſein, auſſi violent que la foudre, fait ſor- » tir de vos yeux cette abondance de lar- » mes. Ce jeune homme, que je m'étois en-

» gagée de rendre fi doux, fi complaifant,
» eft toujours inexorable à vos défirs ». On
jugera par ce trait de la liaifon intime des
courtifannes fameufes avec les philofophes
les plus célèbres, ainfi que des confeils
qu'elles favoient leur donner dans l'occafion. Il y a eu une autre courtifanne du
nom d'Afpafie; elle étoit de Phocée, &
portoit le nom de Milto, qu'elle changea
en celui d'Afpafie, lorfqu'elle devint maîtreffe de Cyrus le jeune, après la mort duquel elle paffa entre les mains d'Artaxerxe.
J'en ai déja dit quelque chofe.

LETTRE XIII.

SIMALION à PÉTALA.

SI c'eft pour vous divertir, ou pour en
tirer vanité auprès des perfonnes de votre
fociété, que vous m'accablez de vos dédains; lorfque je me préfente fans ceffe
à votre porte, fans pouvoir pénétrer jufqu'à vous; ou que j'en fais mes plaintes
à vos femmes lorfque je les rencontre allant

de

de votre part chez des amans plus heureux que moi; vous avez raison de me traiter aussi durement.

Sachez cependant, quoique je sois persuadé que c'est en vain que je vous parle de ma situation & de mes sentimens, qu'aucun de vos amans, méprisé comme je le suis, ne vous resteroit autant attaché que moi.

Je croyois trouver du soulagement à mes maux, en bûvant amplement avec Euphrone, ces trois derniers jours. J'espérois bannir par ce moyen les inquiétudes de la nuit qui m'étoient insupportables (1): tout le contraire est arrivé; le vin n'a fait qu'augmenter ma passion pour vous: elle me dévore; je pleure, je jette les hauts cris; quelques ames honnêtes & compatissantes ont pitié de mon état, les autres me rient au nez, & se moquent de ma folie.

Le souvenir d'une légere attention que vous avez eue pour moi, est le seul motif

de confolation qui fe préfente à mon chagrin. La derniere fois que je me fuis trouvé
à votre table, lorfque je me plaignois de
vos rigueurs, vous laifsâtes tomber de mon
côté quelques-uns de vos beaux cheveux
que vous me parûtes avoir arrachés exprès
pour que je les confervaffe (2). Votre deffein auroit-il été de me faire entendre par-
là que mon amour ne vous eft pas tout-
à-fait défagréable ?

Si mes plaintes vous amufent, je con-
fens que vous les prolongiez encore; que
vous en plaifantiez avec ceux que vous vous
plaifez à rendre heureux. Ils doivent s'attendre à être traités bientôt avec autant d'indifférence que moi. Mais prenez garde que
votre orgueil n'irrite Vénus contre vous;
appaifez-la par vos fupplications.

Tout autre que moi vous eût accablée
de reproches ; & je me crois heureux de
pouvoir vous adreffer mes vœux. Oui, charmante Pétala, je vous aime éperduement.
Quelque douloureufe que foit ma fituation,

je tremble qu'elle ne devienne encore plus affligeante, & que mon dépit n'attire fur moi tous les malheurs que j'ai vu naître de querelles amoureufes portées trop loin.

NOTES.

(1) Quoique les Grecs regardaffent le vin comme le don le plus précieux des dieux bienfaifans, ils en connoiffoient affez les effets pour favoir qu'il n'étoit rien moins que propre à calmer les paffions, & fur-tout les ardeurs de l'amour ; ainfi Pétalion s'y prenoit mal, de boire beaucoup pour éteindre fes feux. Callimaque avoit chanté que la force du vin eft égale à celle du feu : pris abondamment, il met toutes les humeurs du corps en mouvement avec autant de violence que le vent du midi ou Borée foulevent les flots de la mer. Il tire les fecrets de l'homme du plus profond de fon cœur ; il met le défordre dans fon efprit & fes idées. Ariftophanes s'exprime à ce fujet avec la plus grande énergie. « Le » vin eft, dit-il, agréable à boire, c'eft » le lait de Vénus & des amours, mais il

» précipite dans les excès de la débauche
» la plus honteuse & la plus criminelle
» ceux qui en prennent avec excès...».
C'est à l'effet du vin qu'Antiphane, autre
poëte comique, attribue le crime de Ma-
carée. « Epris de l'amour le plus violent
» pour sa sœur Canace, il sut contenir pen-
» dant quelque tems la passion qui le tour-
» mentoit; elle paroissoit avoir cédé à la
» sagesse de ses réflexions; mais enhardi
» par le vin, qui n'inspire que des résolu-
» tions violentes, il oublie tout ce que la
» raison & l'honneur pouvoient opposer à
» ses desirs incestueux; il se leve pendant
» la nuit, & va ravir cette fleur qu'il n'au-
» roit jamais dû flétrir ». *Voyez Athenée,*
liv. 2 & 10. Dans le livre 7 de l'Anthologie, on trouve cette jolie épigramme
sur l'activité que le vin donne à l'amour:
« Nouant une couronne, j'ai découvert
» l'amour caché entre des roses. Je l'ai saisi
» par l'aîle, j'ai plongé dans le vin le petit
» étourdi, & je l'ai avalé. Mais comme il
» s'en venge! il fait rage jusques dans la
» moëlle de mes os ».

(2) Il est question ici d'une faveur qui

a toujours enchanté les amans, de la récompenſe la plus chere que la beauté pût
accorder à l'amour, au moins parmi les
Grecs : c'eſt ainſi que s'exprime un poëte
de cette nation dans l'Anthologie, liv. 7 :
« Doris, avec un cheveu qu'elle a tiré
» de ſa belle chevelure, blonde m'a enchaî-
» né ; je me moquois de la foibleſſe de ce
» lien qui me ſembloit ſi léger ; je croyois
» m'en débarraſſer ſans peine. Mais j'en
» éprouve la force, je me ſens lié d'une
» chaîne de bronze contre laquelle tous
» mes efforts ſont inutiles. Malheureux que
» je ſuis ! je ne tiens qu'à un cheveu, & ma
» belle me conduit comme il lui plait »....
Tant il eſt vrai que, comme le dit une de
nos anciennes & joyeuſes chanſons,

> Un cheveu de ce qu'on aime,
> Tire plus que quatre bœufs.

L'eſpérance que laiſſoit au langoureux
Simalion cette faveur légere, ne tenoit qu'à
un cheveu ; il paroît par la ſuite de ſa lettre
qu'il y comptoit peu, puiſqu'il ſe dévoue aux
plaiſanteries, même aux inſultes de la courtiſanne pour autant de tems qu'il lui plairoit.
On verra dans la réponſe qui ſuit, qu'il ne
devoit pas s'attendre à un ſort plus heureux.

LETTRE XIV.

PÉTALA à SIMALION.

SI vos plaintes & vos pleurs pouvoient
entretenir une maison, je vivrois dans
l'opulence, car vous me les prodiguez.
Ce qu'il me faut à préfent, c'eft de l'or,
des habits, de la parure & des fervantes;
ai-je tort d'en demander, & puis-je me
foutenir autrement?

Mes parens ne m'ont point laiffé de
biens à Myrrhinonte (1); je n'ai intérêt
ni prétention fur les mines d'argent de
l'Attique (2) : j'attends tout de la générofité de mes amans. Je n'ai d'autres
fonds que leurs préfens fouvent fort mef-
quins & prefque toujours faits de mauvaife grace, quand ils ne gémiffent pas
tout haut fur la dépenfe (3).

Depuis un an que vous me fréquentez,
outre l'ennui dont vous m'excédez, vous
me laiffez manquer de tout. Voyez dans

quel état eſt ma chevelure faute de parfums : la malpropreté forcée de ma tête
m'eſt devenue inſupportable. Je n'oſe pas
ſortir & voir mes amies, avec cette vieille
robe de poil de chevre que je porte depuis
un ſiecle (4).

Et je dois être contente de cet équipage, paſſer les jours & les nuits à votre
côté, pendant qu'un autre aura ſans doute
la bonté de pourvoir à mes beſoins.

Vous pleurez ! oh, cela ne durera pas.
Il me faut de toute néceſſité un autre
amant qui m'entretienne mieux, car je ne
veux pas mourir de faim. J'en reviens
encore à vos larmes ; elles ſont d'un ridicule qui m'étonne.

J'en jure par Vénus ; vous êtes charmant ! Vous m'aimez, vous voulez que je
vous accorde toutes mes faveurs, vous ne
pouvez vivre ſans cela ; vous me le ré-
pétez ſans ceſſe. Eh quoi donc ! n'avez-vous
point de coupes d'argent chez vous ? ne
ſavez-vous pas où votre mere cache ſes

épargnes, où votre pere refferre le produit de fes revenus? mettez la main deffus, & venez (5).

Que Phylotis eft heureufe! elle vit fous l'afpect le plus favorable des graces. Quel amant que Ménéclide! tous les jours il la comble de nouveaux préfens. Cela vaut certainement mieux que des larmes. Quant à moi, pauvrette, j'ai pour mon lot, non un amant, mais un pleureur qui croit avoir tout fait en m'envoyant quelques fleurs; fans doute pour orner le tombeau où me conduira la mort prématurée qu'il me ménage. Il ne fauroit que dire, s'il n'avoit à m'apprendre qu'il a pleuré toute la nuit.

Si vous avez quelque chofe à m'apporter, venez, & ne parlez plus de vos pleurs (6) : autrement ne vous en prenez qu'à vous de vos chagrins.

NOTES.

(1) *Myrrhinonte*, village de l'Attique dont il eft probable que cette courtifanne

étoit fortie ; il étoit de la tribu Pandionide ,
près de Marathon ; il avoit pris fon nom
de la grande quantité de myrtes qui naiffoient dans fon territoire. *Voyez Paufanias,*
liv. 1 , ch. 31 , & *Meurfius , de populis &*
pagis Attica.

(2) *Mines d'argent de l'Attique.* Paufanias (*liv. 1 , ch. 1*) dit qu'en allant par
mer à Athènes , après avoir paffé le promontoire Sunnium , on voit la montagne
de Laurium , où les Athéniens avoient autrefois des mines d'argent , d'où on peut
conclure que les mines n'étoient plus exploi-
tées de fon tems. Les Athéniens en tiroient
autrefois de grands profits. Xénophon traitant de la meilleure maniere d'adminiftrer
les revenus de la république , infifte beaucoup fur ce qu'elle faffe valoir les mines
en fon nom & à fon profit , fans craindre
de faire tort aux particuliers qui y avoient
quelqu'intérêt , parce qu'elles pourroient
fournir de quoi enrichir les uns & les autres.
Hypponicus avoit fix cens efclaves qu'il
louoit pour y être employés ; & le fermier
des mines lui rendoit une obole par jour
pour chaque efclave ; ce qui montoit à une

somme de soixante livres de notre monnoie. Le mathématicien Possidonius, qui vivoit au commencement de notre ère, parle des mines d'or de l'Attique, & dit qu'y travailler, non-seulement ce n'étoit pas gagner, ou même retirer ses frais, mais faire de la dépense en pure perte. L'auteur d'Athènes ancienne & nouvelle (*liv. 1*) dit que ses compagnons de voyage se firent apporter de la terre de la montagne de Laurium, & qu'ils trouvoient dans sa couleur noirâtre, dans sa pesanteur, & dans sa dissolution, toutes les qualités des terres qui sont mêlées de quelques veines d'argent. Si par la suite des tems, les mines anciennement abandonnées à raison de leur épuisement, se régénerent ainsi que le prétendent quelques minéralogistes, il seroit possible d'exploiter de nouveau les mines de l'Attique, & d'en tirer les mêmes profits qu'elles donnoient autrefois.

(3) Il se trouvoit quelques courtisannes désintéressées, mais elles étoient rares. Leurs meres, ou celles qui tenoient la maison, veilloient à ce qu'elles n'accordassent leurs faveurs qu'à ceux qui étoient en état de les payer. *Voyez dans les Dialogues des courtisannes de Lucien*, celui de Musarium & sa mere, où celle-ci dit avec étonnement : « Quoi ! depuis deux mois qu'il a l'air de » t'entretenir, il ne te paye que de paroles... » si mon pere meurt ; .... si je suis jamais » le maître ; ... si je puis avoir du bien , » & autres propos semblables. Mais pour » de l'argent ou des présens , il n'en est pas » question. Tu n'en reçois pas même des » parfums. Croit-il nous entretenir toujours » d'excuses & de révérences ? c'est faire » l'amour à trop bon marché ».

(4) *Cette vieille robe de poil de chevre.* On lit dans le texte : *cette étoffe de Ta-rente.* On y fabriquoit autrefois, & dans plusieurs autres villes de la grande Grèce, des étoffes de laine fine & de poil de chevre, qui suivant qu'elles sont désignées, devoient ressembler à nos camelots ou à nos étamines, & qui étoient fort recherchées. Celles de Tarente étoient les plus belles, & un objet de luxe dans un tems où la soie étoit presqu'inconnue. *Voyez Pline, Hist. Nat. liv. 3, ch. 48.* Ces étoffes étoient rayées de diffé-rentes couleurs, & on les employoit aux

N vj

habits de théatre, ainſi que nous l'apprend
Athenée (*liv. 14.*).

(5) *Mettez la main deſſus, & venez.*
C'étoit l'uſage des courtiſannes de donner
de ſemblables conſeils aux fils de famille
qui s'attachoient à elles. Dans le dialogue
12 des courtiſannes par Lucien, Joeſſe ſe
plaignant de l'indifférence de Lyſias, ſon
amant, lui dit qu'elle ne lui a jamais de-
mandé de l'argent comme font les autres,
& qu'elle ne l'a pas obligé à dérober ſon
pere & ſa mere pour lui faire des préſens.

(6) C'eſt ainſi que s'exprime dans Térence un entremeteur, parlant à un amant
d'autant plus langoureux, qu'il n'avoit pas
de quoi payer. « Je vous ai ſouffert pen-
» dant pluſieurs mois contre mon inclina-
» tion & mon goût, pleurant, promettant
» & n'apportant jamais rien. J'ai enfin trou-
» vé ce qu'il me faut, un homme qui paye
» & ne pleure pas. Adieu, je vous ſouhaite
» meilleure chance, ſi vous pouvez la trou-
» ver ». *Dans le Phormion, act. 3, ſcèn. 2.*

LETTRE XV.

MYRRHINE (1) *à NICIPPE.*

DIPHILE n'a plus d'attentions pour moi : il paroît entiérement livré à l'infâme Theſſala. Il a conſtamment mangé & couché avec moi juſqu'aux dernières fêtes d'Adonis (2).

Je m'appercevois cependant qu'il commençoit à s'en dégoûter; il faiſoit le merveilleux, il me donnoit à entendre qu'il avoit une autre paſſion : quoiqu'il ne vînt ordinairement que déja ivre & ſoutenu par ſon ami Helice, qui bien qu'amoureux d'Herpyllis, paſſoit une partie de ſon tems chez moi.

A préſent, il dit tout haut qu'il n'y mettra plus le pied. Je le crains avec d'autant plus de raiſon, que depuis quatre jours entiers, il n'eſt pas ſorti des jardins de Lyſis où il fait la debauche avec Theſſala, & le

fcélérat Strongilion, qui pour me faire
piece, lui a donné cette nouvelle maîtreſſe.

Je lui ai écrit à différentes fois : je lui
ai envoyé meſſages ſur meſſages ; j'ai pris
tous les ſoins, toutes les précautions convenables en pareil cas, qui n'ont ſervi à
rien (3). Il paroît au contraire qu'il n'en
eſt que plus vain & plus diſpoſé à ſe moquer de moi.

Il ne me reſte donc d'autre parti à prendre que de dire que je l'ai renvoyé, &
même de lui fermer ma porte, s'il s'y
préſentoit : le moyen le plus ſûr de confondre l'orgueil eſt de le mépriſer (4).

Si toutes ces démarches ne me réuſſiſſent
pas, il faudra, comme dans les maladies
déſeſpérées, recourir aux remedes extrêmes.
Je ſens combien il me ſera fâcheux de
perdre tout ce que je tirois de Diphile, qui
s'eſt montré toujours très-généreux avec
moi ; mais il me feroit encore plus inſupportable de devenir le ſujet des railleries
de l'impudente Theſſala.

Vous m'avez dit avoir éprouvé dans votre jeuneſſe l'efficacité des philtres (5) ; c'eſt ce que je veux employer. Ainſi, je parviendrai à rabattre les faſtueux dédains, & la vanité dont notre homme paroît enivré. Je lui enverrai différentes entremetteuſes qui lui propoſeront de ſe raccommoder avec moi. Mes larmes ſauront appuyer à propos mes propoſitions : j'y joindrai les prieres les plus inſtantes ; je lui ferai enviſager ce qu'il doit redouter de la déeſſe de la vengeance, s'il continue à dédaigner une femme qui l'aime ſi tendrement ; je mettrai tout en œuvre pour le perſuader de ma bonne foi & le toucher.

Il ſe rendra à mes empreſſemens, ne fut-ce que par pitié pour une femme qu'il croira brûler d'amour pour lui. Le vaurien n'en ſera que plus orgueilleux. Se rappellant ce qui s'eſt paſſé entre nous, l'intimité dans laquelle nous avons vécu, il croira faire un acte de juſtice & d'honnêteté, en m'accordant cette légere ſatisfaction.

Je compte auſſi ſur les ſollicitations d'Hélice : Herpyllis, dont il eſt amoureux, ſe joindra à lui pour me ſervir, & tous nos efforts réunis feront donner l'inſolent Diphile dans le panneau.

Cependant l'uſage du philtre eſt très-haſardeux ; ſouvent même il eſt funeſte à celui qui le prend (6). Mais, qu'importe ; il faut que Diphile vive pour m'aimer, ou qu'il meure pour Theſſala.

N O T E S.

(1) LE poëte comique Timoclès, cité par Athénée (*liv. 13*), dans la piece intitulée *le Tautocléide dorien*, ou *le Paſſe-par-tout*, nomme Myrrhine comme une courtiſanne connue à Athènes. Il repréſente un homme ruiné par ſes débauches & rongé de chagrins, & dit : « A côté du malheureux, ſont » couchées & dorment ſes vieilles amies, » Nannio, Plangon, Lyca, Gnathène, » Phryné, Pythionice, *Myrrhine*, Chryſis, » Conalis, Hieroclée, Lopadium ». De tems en tems le théàtre donnoit au public les

noms de ces filles fameufes, & ce n'étoit
jamais pour en faire l'éloge. Il eft parlé de
Myrrhine dans la lettre neuviéme, où elle
difpute de la beauté avec Thryallis.

(2) *Les fêtes d'Adonis* étoient fameufes
dans tout l'Orient. Il paroît qu'elles furent
d'abord inftituées à Biblos en Phénicie, où
Cynirrhe, pere d'Adonis, avoit regné. On
fait que la beauté du jeune Adonis infpira
l'amour le plus vif à Vénus, & qu'elle fut
inconfolable de la mort de cet aimable
Prince, qui fut tué par un fanglier. Tous
les ans on célébroit la mémoire de cet événement funefte par un deuil général, dans
lequel les femmes s'arrachoient les cheveux,
fe déchiroient la poitrine, pouffoient des cris
lamentables, pour rendre les honneurs fu-
nébres à Adonis. Les femmes mêmes étoient
obligées de fe couper la chevelure. Celles
qui ne vouloient pas facrifier cet ornement
fi cher, fe proftituoient publiquement pendant un jour à prix d'argent, & ce qu'elles
avoient gagné étoit offert à Vénus. Le deuil
ne duroit qu'un jour, le lendemain étoit
confacré à la joie, à caufe de la réfurrec-
tion d'Adonis. Cette fête paffa de Phénicie
en Grèce, où elle fe célébroit avec les

mêmes rites. Théocrite, idyle 15 , a donné
une description très pompeuse des fêtes
d'Adonis : l'ancien scholiaste de Théocrite
dit sur cette idylle, qu'il étoit encore d'usage
dans la Grèce de préparer des terres que l'on
ensemençoit de froment aux fêtes d'Adonis,
& que l'on appelloit jardins d'Adonis. *Voffius de idid. liv. 2 , ch. 4.*

Ces fêtes n'étoient, aux yeux des gens
raisonnables , que le symbole de l'action du
soleil sur la terre qu'il féconde. Adonis représentoit le soleil , & Vénus, la terre. Le
premier jour de deuil rappelloit le tems de
l'année où le soleil échauffant un autre hé-
misphere , sembloit avoir abandonné celui
que les Grecs habitoient, laissant la nature
dans l'inaction , & comme morte de douleur à raison de son éloignement ; le second
jour de plaisir & de réjouissance étoit pour
célébrer le retour du soleil & celui de la
fécondité. On disoit qu'Adonis avoit été tué
par un sanglier ; & on indiquoit par cet
animal, qui se plaît dans la fange & les
marais , dont l'extérieur a quelque chose de
triste & d'horrible , les rigueurs de l'hiver.
C'est l'explication qu'en donne Macrobe
(*liv. 1 , ch. 21 des Saturnales*) : « L'hiver,

» dit-il , eſt en quelque maniere la plaie du
» ſoleil , en ce qu'il diminue ſa chaleur &
» ſa lumiere ; que les bruines épaiſſes &
» froides ſemblent l'anéantir pour nous , &
» réduire toute la nature à un état de mort ».
On ſuppoſoit qu'Adonis avoit été tué dans
la Syrie ſur le mont Liban : on y célébroit
ſes myſteres , lorſque les eaux d'une riviere
qui porte ſon nom , & qui coule de cette
montagne dans la plaine , changeoient de
couleur , & paroiſſoient teintes de ſang : ce
qui arrivoit tous les ans au printems , &
ce que l'on regardoit comme un miracle ,
parce qu'on croyoit que l'eau du fleuve ſe
changeoit en ſang chaque année pour renouveller le ſouvenir du meurtre d'Adonis.
Les eaux de cette riviere prenoient en effet
une couleur rougeâtre , mais qui étoit produite par les terres du Liban , qui ſe mê-
lant à l'eau dans la ſaiſon des pluies , la
teignoient. *Voyez Lucien, Diſcours de la
deeſſe de Syrie.*

Probablement la même merveille ſe re-
nouvelle encore tous les ans dans ce fleuve,
appellé aujourd'hui *Hahar-aſcalb*, ou le
fleuve du chien, qui coule entre les villes
de Biblos (*Giblet*) , & Beryte (*Barui*),

en Phénicie, & se jette dans la mer à six
milles au-deſſous de Barut ou Beryte.

Les courtiſannes, dans ces fêtes, ne cherchoient que les occaſions de ſe montrer
avec éclat, de faire parade de luxe, de
faſte & de volupté. C'étoit pour cela qu'elles
ſe raſſembloient, & qu'une d'entr'elles choi-
ſie unanimement, célébroit les myſteres en
qualité de prêtreſſe. Tout ce qui pouvoit
contribuer à leurs plaiſirs, étoit bien reçu
dans ces circonſtances. Auſſi le poëte Diphile fait-il placer un cuiſinier chez une
courtiſanne dans le tems des fêtes d'Adonis.
« L'endroit où je te mene, dit le courtier,
» eſt un lieu public; une courtiſanne ac-
» créditée y célébre les fêtes d'Adonis, avec
» une nombreuſe troupe de ſes compagnes;
» c'eſt-là où il faut que tu te préſentes, auſſi-
» tôt que tu te ſeras mis en état de pa-
» roître ». (*Athenée, liv. 7.*)

(3) Lucien, dans le dialogue *Toxaris*,
ou *de l'amitié*, rapporte les moyens que
les courtiſannes employoient pour s'attacher
leurs amans. Il parle des ruſes d'une des
plus célèbres d'entr'elles, pour engager dans
ſes filets le jeune Dinias, riche Athénien.

« D'abord on vit meſſagers de part & d'au-
» tre chargés de billets galans, & de toutes
» ces petites attentions qui tiennent lieu
» des faveurs les plus précieuſes à un jeune
» amant ». Il eſt queſtion enſuite de bou-
quets flétris que la courtiſanne avoit portés,
de fruits où elle avoit mordu, & d'autres
petites faveurs alors de mode à Athènes.
Puis, viennent les ſervantes qui font ac-
croire au galant que la maîtreſſe ne dort ni
jour ni nuit; qu'elle ne fait que ſonger à
lui & ſoupirer; ce qui gagne principalement
le cœur de ceux qui ont bonne opinion
d'eux-mêmes, ſi bien qu'à la fin ils ſe per-
ſuadent qu'ils ſont aimés. « Car elle cou-
» roit l'embraſſer quand il arrivoit, l'arrê-
» toit quand il vouloit partir; faiſoit ſem-
» blant de ne ſe parer que pour lui, &
» ſavoit mêler à propos les larmes, les dé-
» dains, les ſoupirs, parmi les attraits de
» ſa beauté, & les charmes de ſa voix &
» de ſa lyre ». C'eſt par ces artifices que
les courtiſannes grecques faiſoient des dupes
autrefois : ils ne ſont pas encore tellement
uſés qu'ils n'aient les mêmes ſuccès.

(4) *Le moyen le plus sûr de confondre*

l'orgueil, est de le mépriser. C'est ce que
conseilloit Ampélis, courtisanne déja sur le
retour de l'âge, à la jeune Chrysis. « Veux-tu
» que je te dise ce que je fis un jour à un
» galant dont la passion commençoit à se
» refroidir ? Je lui fermai la porte, & en
» fis entrer un autre. Alors il commença à
» faire l'enragé & le désespéré; mais tout
» cela n'aboutit qu'à me faire de nouveaux
» présens, & à ne me plus quitter: sa femme
» prétendoit que je lui avois donné un breu-
» vage pour se faire aimer; mais mon secret
» n'étoit qu'un peu de jalousie excitée bien
» à propos. Use de cette recette, & tu t'en
» trouveras bien ». *Lucien, Dialogue d'Am-*
pelis & de Chrysis, & dans celui de *Joesse,*
de Pithiades & de Lysias. « Tu l'as gâté
» en l'aimant trop, & en le lui faisant trop
» connoître. S'ils sentent leur empire sur
» nous, ils deviennent fiers & dédaigneux.
» Si tu m'en crois, ferme-lui ta porte pen-
» dant quelque tems; tu verras ses feux se
» ranimer, il t'aimera vraiment à la folie ».

(5) *L'efficacité des philtres*. La ressource
des vieilles courtisannes abandonnées de
leurs amans, étoit les sortiléges & les phil-

tres. On voit dans les Dialogues de Lucien, Mélisse demander à Bacchis de lui amener quelques-unes de ces vieilles magiciennes de Thessalie, qui savent rendre les femmes aimables, & ramener les galans refroidis. « Que pouvois-je faire, dit une amante » désespérée (*liv. 5 des Amours de Clito-phon & de Leucippe*), » croyant vous avoir » perdu pour toujours, que de recourir aux » philtres enchanteurs ? n'est-ce pas la res- » source de ceux qui sont malheureux en » amour » ?

(6) *L'usage des philtres*, &c. Les Grecs croyoient à l'action des philtres, & ils étoient en usage parmi eux. Ils en composoient de différentes espèces. Les vieilles femmes auxquelles on avoit recours pour cela, y employoient certaines cérémonies magiques, qui donnoient aux ingrédiens dont elles se servoient, toute leur vertu. Ils étoient plus capables de déranger le tempérament de ceux à qui on les donnoit, que de leur inspirer de l'amour. « Les femmes, » dit Plutarque, qui composent certains » breuvages d'amour, ou quelques autres » charmes & sorcelleries pour donner à leurs

» maris, & qui les attrayent ainſi par allé-
» chement de volupté, il eſt force qu'elles
» vivent, puis après avec eux, inſenſés,
» étourdis, & tranſportés hors de leur bon
» ſens ». *Traité des préceptes du mariage.*
La courtiſanne avoit donc raiſon de craindre les funeſtes effets du philtre. La compoſition en étoit ſecrette; je n'en ai trouvé
qu'un dans Athenée (*liv. 7*). « Le vin dans
» lequel on avoit fait étouffer un ſurmulet,
» étoit un philtre qui rendoit les hommes
» impuiſſans, & qui empêchoit les femmes
» de concevoir ». *Terpſiclos, liv. de Ve-
nereis.* Dioſcoride (*liv. 2*) dit très-ſérieu-
ſement que la racine du *ciclamen* ou *cha-
mécissos*, qui eſt une eſpece de thitymale,
pilée & miſe en paſtilles, eſt un préſervatif
contre les eſpeces de poiſons que les Grecs
appellent philtres. Pline en parle auſſi, *livre
25, ch. 9*. On verra dans l'idylle 2 de Théocrite, la préparation ſolemnelle d'un philtre,
& tous les enchantemens que la magicienne
Simette emploie pour faire revenir un
amant volage, ou pour le faire périr. Van-
helmont, qui a radoté ſur ce ſujet comme
ſur quantité d'autres, dit que les véritables philtres ſont ceux qui peuvent concilier

cilier une inclination mutuelle entre deux
perfonnes, par l'interpofition de quelque
moyen naturel & magnétique qui puiffe
tranfplanter l'affection. Il foutient ce gali-
mathias par la maniere obfcure & inintel-
ligible qu'il donne de compofer les philtres,
dans lefquels il fait entrer la mumie comme
ingrédient principal. Au refte, ces chimeres
ont perdu tout leur crédit ; & fi les philtres
ont quelqu'action, c'eft de caufer des révolutions nuifibles à ceux qui les boivent, &
non d'exciter en eux quelqu'inclination à
laquelle ils ne font pas portés. Il feroit même
à craindre qu'ils ne fe tournaffent en poifon,
comme il arrivoit quelquefois parmi les
Grecs. Ariftote, liv. 1, ch. 17, *Magnorum
moralium*, dit qu'une femme ayant fait
prendre un philtre à un homme qui mourut
de l'effet de ce breuvage, ayant été traduite
devant l'aréopage pour crime d'homicide,
fut abfoute par ce tribunal, parce qu'elle
n'avoit pas eu intention de faire mourir cet
homme, mais de ranimer fes feux languif-
fans. Je remarquerai, au fujet de ce jugement cité par Ariftote, que ce philofophe, qui avoit perdu tout fon crédit,
femble l'avoir repris en entier depuis vingt

Tome I. O

ou trente ans, & que fes préceptes moraux
& politiques influent peut-être plus qu'on
ne le penfe, fur certaines légiflations modernes que l'on regarde comme l'effort de
la raifon, & le triomphe de l'humanité.

LETTRE XVI.

PHILUMENE à CRITON.

POURQUOI vous tourmenter & perdre
votre tems à m'écrire? J'ai befoin de cinquante pieces d'or, & non de vos lettres.
Si vous m'aimez, donnez-les moi fans re-
tard. Si le demon de l'avarice ou de la
mefquinerie vous poffède, ne me fatiguez
plus inutilement. Adieu.

NOTE.

CETTE lettre peu intéreffante prouve
feulement que les mêmes mœurs ont toujours donné les mêmes goûts & les mêmes
fentimens, qui font exprimés par-tout dans
des termes équivalens. Je remarquerai que

le nom de *Philumene* défigne en grec une femme intéreffée qui aime le fien, & *Criton* un homme prudent, qui probablement ne donna rien.

LETTRE XVII.

ANICET à PHÉBIANNE.

VOUS me fuyez, ô Phébinane, vous me fuyez, après avoir abforbé prefque tout ce que je poffédois; tout ce que vous avez, vous l'avez reçu de moi. Vous avez oublié les paniers de figues, les fromages frais, les belles poules que je vous envoyois. Toute l'aifance dont vous jouiffiez, ne la teniez-vous pas de moi? il ne me refte que la honte & la mifere. Vous m'avez culbuté, dépouillé, réduit à rien (1) : vous ne tenez plus aucun compte de moi qui vous aime fi tendrement. Allez donc, à la bonne heure; jouiffez de vos avantages. Mon parti eft pris, je fupporterai, quoi qu'il m'en coûte, cette ignominie; & j'aurai le courage de la dévorer en filence (2).

NOTES.

(1) *Culbuté, dépouillé*. Les termes grecs préfentent l'idée d'un coq battu, becqueté & déplumé, même par les poules. Il paroît que le rhéteur fait ici allufion aux traits de la comédie d'Ariftophane, intitulée les Oifeaux, où il eft queftion d'un vieillard amoureux, auquel, de même qu'à un coq, fes femelles arrachent les plumes. L'art de dépouiller les amans, & fur-tout les vieillards qui s'avifoient de l'être, étoit pratiqué par toutes les courtifannes grecques. Les vieilles ne donnoient pas d'autres confeils aux jeunes filles qu'elles formoient pour les plaifirs du public : « Plumez tous ces galans » qui tombent fous vos pattes, mangez-les, » rongez-les jufqu'aux os », dit la vieille Syra à la jeune Philotis. Acte 1, fcène 1 de l'Hécyre de Térence.

(2) *J'aurai le courage de la dévorer en filence*. Le villageois qu'Alciphron fait parler dans cette lettre, étoit fans doute un homme dans l'aifance, qui fur le déclin de l'âge s'avifa de devenir amoureux d'une jeune fille d'Athènes, qui reçut fes préfens

& ne le paya d'aucun retour. La préfomption l'avoit engagé dans cette fauffe démarche, & il fe donne l'air d'en foutenir
les fuites fàcheufes avec fermeté ; c'eft ce
que femble indiquer le nom d'*Anicet*, qui
fignifie invincible. Mais la dénomination
n'eft qu'une ironie, & fon prétendu courage n'eft produit que par la perte de tout
efpoir. C'eft ce qu'Homère fait dire avec
tant de vérité à Amphinome par Ulyffe
(Odyffée, liv. 18) : « De tous les animaux
» qui refpirent ou qui rampent fur la terre,
» le plus foible & le plus miférable, c'eft
» l'homme. Pendant qu'il eft dans la force
» de l'âge, & que les dieux entretiennent
» le cours de fa profpérité, il eft plein de
» préfomption & d'infolence ; il croit qu'il
» ne fauroit lui arriver aucun mal. Et lorf-
» que ces mêmes dieux le précipitent de cet
» état heureux dans les malheurs qu'il a
» mérités par fes fauffes démarches, il fouf-
» fre ce revers avec un courage forcé, qui
» n'eft qu'un efprit caché de révolte : ce n'eft
» que petiteffe & baffeffe : car l'efprit de
» l'homme eft toujours tel que font les jours
» (les événemens) qu'il plaît au pere des
» dieux & des hommes de lui envoyer ».

LETTRE XVIII.

PHÉBIANNE à ANICET.

UNE de mes voifines, en travail d'enfant, venoit de me demander, & j'y allois en hâte, portant avec moi les chofes néceffaires à mon art (1), lorfque je vous ai rencontré tout d'un coup; & que me prenant par le col, vous vouliez que je m'arrêtaffe à recevoir vos baifers.

Ridicule vieillard, qui n'avez pas deux jours à vivre, pourquoi vous attaquer à nous autres filles dans la fleur de l'âge? Etes-vous affez infenfé pour compter fur le renouvellement de votre jeuneffe & de vos forces (2)? Déformais incapable de tout travail champêtre, ne fongez qu'à préparer la monnoie que vous devez au batelier de l'Achéron : votre décrépitude vous exempte même des moindres foins domeftiques, & vous faites encore le lan-

goureux; vous croyez foupirer amoureu-
fement, malheureux Cécrops (3); épar-
gnez-vous ces travers, & ne vous oc-
cupez que de votre trifte & impuiffante
vieilleffe.

N O T E S.

(1) *J'y allais en hâte.* Cette excufe fervoit à propos aux femmes grecques. Ariftophane la met dans la bouche d'une femme
à laquelle fon mari demandoit pourquoi elle
étoit fortie de nuit & clandeftinement.

(2) Sophocle le tragique, fur la fin de
fes jours étoit fort amoureux de la courtifanne Théoris, & pour en obtenir quelques faveurs conftantes, il adreffe cette
priere à Vénus, « Divinité protectrice de
» la jeuneffe, ne rejettez pas mes vœux;
» faites que ma Théoris méprife l'amour &
» les baifers des jeunes gens; qu'elle leur
» préfére les cheveux blancs de la vieilleffe
» Si les forces de mon corps font épuifées;
» ne font-elles pas bien compenfées par
» l'élévation & la vivacité de l'efprit » ? Il

crut fans doute fa priere exaucée, car il entretint publiquement jufqu'à la fin de fes jours la courtifanne Archippe, qu'il fit fon héritiere univerfelle. On demandoit à Smicrines, qui avoit entretenu cette fille, ce qu'elle pouvoit faire avec Sophocle : « C'eft, » dit-il, une chouette qui veille fur un tombeau ». Sophocle étoit alors âgé de près de cent ans : fes enfans avoient voulu le faire interdire quelques années auparavant fous prétexte d'incapacité de gérer fes affaires, & d'aliénation d'efprit, ce qu'ils prouvoient par le goût qu'il confervoit pour les courtifannes. Le poëte ne répondit à cette accufation fi déshonnête, qu'en lifant au public fa tragédie d'Œdipe à Colone, dont les juges furent charmés. Sophocle fut renvoyé de l'accufation, & peu s'en fallut que fes enfans ne fuffent taxés d'impiété.

(3) Cécrops, premier roi d'Athènes, paroiffoit être le fymbole de l'antiquité & de la vieilleffe à une jeune perfonne telle que Phébiane.

LETTRE XIX.

Gebellus à Salamine.

D'OÙ te vient donc ta fierté, Salamine? N'eſt-ce pas toi que j'ai tirée de la
boutique de ce frippier boiteux, à l'inſçu
de ta mere, que j'entretiens chez moi ſur
le ton d'une fille honnête & bien dotée
que j'aurois épouſée? Et toi, vile créature,
tu fais la revêche! tu ricanes à mes propoſitions! tu t'en moques, tu les mépriſes!
continueras-tu ſur ce ton d'impertinence?
Prens garde que ton amant ne ſe reſſou-
vienne qu'il eſt ton maître, & que je ne te
réduiſe à la campagne au pénible métier
de faire griller l'orge & de le moudre (1).
Tu ſauras alors par ton expérience, en
quel abîme de maux tu t'es précipitée.

N O T E.

(1) C'étoit une très-ancienne coutume
des femmes de la campagne, de faire griller

O v

& de moudre de l'orge avec lequel on faisoit une especte de gruau, ou des gâteaux
cuits sous la cendre. On la trouve indiquée
dans Hérodote (liv. 8), où rappellant les
anciens oracles qui avoient annoncé la dé-
route de la flotte de Xerxès, il dit que Musée
avoit prédit autrefois que les femmes du
promontoire Colias feroient griller de l'orge
au feu des rames ; ce qui put arriver lorfque les débris de la flotte persienne cou-
vrirent les rivages de l'Attique. Quant à la
menace que fait Gebellus à Salamine, elle
est imitée des *Adelphes* de Ménandre, piece
traduite par Térence. On y lit qu'un vieillard, amoureux d'une musicienne qui ne
l'écoutoit pas, dit, acte 4, scène 3 : « Je
» m'en irai à la campagne, j'y menerai,
» sous belles promesses, cette merveilleuse
» créature ; nous verrons si elle ne s'adou-
» cira pas, lorsqu'elle se verra couverte de
» fumée & de cendres, & qu'elle sera lasse
» de faire griller de l'orge ».

La réponse qui suit à la lettre de Gebellus, apprend que la menace ne réussissoit
pas toujours au gré des vieillards, & que
les jeunes courtisannes grecques savoient se
mettre au-dessus.

LETTRE XX.

SALAMINE à GEBELLUS.

Oui, mon maître, je fuis déterminée à tout fouffrir plutôt que de coucher avec vous. Je n'avois pas pris la fuite cette nuit comme vous le forpçonniez; je ne m'étois pas cachée dans les broffailles; j'étois fous la huche que j'avois renverfée fur moi. Je fuis réfolue à me pendre; je vous le déclare hautement. Ecoutez-moi, Gebellus; je vous hais; la maffe énorme de votre corps me fait horreur, je ne vous vois que comme une bête féroce qui veut me dévorer, & dont la puanteur m'infecte. Allez donc à la malheure, ô le plus déteftable des hommes; allez, & cherchez à contenter vos defirs avec quelque vieille faile & édentée, qui fe fera parfumée avec un refte d'huile rance de térébenthine.

AVERTISSEMENT.

LES Lettres qui suivent jusqu'à la fin de ce Livre, ne sont pas écrites sous le nom des Courtisannes ; mais comme plusieurs y ont rapport, & qu'elles sont dans le genre érotique, il m'a paru que je ne devois pas les placer ailleurs, dans le nouvel ordre que je donne aux Lettres d'Alciphron.

LETTRE XXI.

PANOPE à EUTHIBULE.

EUTHIBULE, lorsque vous m'avez épousée, ma condition étoit honnête ; je tenois un rang distingué parmi les filles de mon état. Mon pere Softhène le Tyrien, & ma mere Damophile jouissoient d'une considération assurée : ils me fiancerent à vous, m'instituerent leur héritiere universelle, & me marierent avec vous pour avoir des enfans légitimes.

Mais votre légéreté, votre inconstance, votre goût pour la volupté vous portent à me négliger ainsi que nos enfans, pour vous livrer entiérement à la passion que vous inspire cette Galene, fille de Thalaffion (1), qui est venue ici d'Hermione (2), prendre une maison à louage, & étaler ses charmes dans le Pyrée (3), où elle en fait commerce, au grand détriment de

toute la jeuneſſe amoureuſe. Nos jeunes
pêcheurs vont faire la débauche chez elle ;
ils la comblent de préſens ; elle n'en refuſe
aucun ; c'eſt un gouffre qui abſorbe tout.

Vous ne vous contentez pas de lui envoyer des anchois des mulets, ou d'autres
poiſſons (4), tels que le commun des pêcheurs peut lui en apporter. Pareils préſens ſeroient mal reçus de la part d'un
homme marié, déja d'un âge aſſez avancé
& pere de grands enfans Voulant vous y
prendre de maniere à exclure vos rivaux,
vous donnez à la belle des réſeaux (ou
dentelles de Milet, & des robes de Sicile.
Vous lui prodiguez l'or.

Ceſſez de vous conduire ainſi, Euthibule, renoncez à votre penchant pour la
débauche & les courtiſannes, ou ſachez
que je me retirerai chez mon pere, qui ne
m'abandonnera pas, & qui vous in entera
une action criminelle pardevant les ma-
giſtrats, pour avoir raiſon des mauvais
traitemens que vous me faites (5).

NOTES.

(1) *Thalaffion* fignifie porteur d'eau, ou homme qui tire fon profit de l'eau; ce pouvoit auffi être un pêcheur, mais d'un rang fort au-deffous d'Euthibule, puifque Panope, quoique femme de pêcheur, le traite avec une forte de mépris.

(2) Hermione, ville fort ancienne du Péloponnèfe, fondée par Hermion, fils d'Europs (*Paufanias*, *liv. 2*, *ch. 34*). On connoît encore fes ruines fur les bords du golfe de Napoli de Romanie. Quantité de filles de cette ville ou de fes environs venoient à Athènes, faire reffource de leurs charmes, & le nom d'Hermionienne étoit fynonyme avec celui de courtifanne. C'eft ainfi que la ville de Vénufe, dans la Campanie, fourniffoit autrefois à Rome quantité de ces créatures, toujours au goût de ceux qui aiment les plaifirs faciles. Je préfere, difoit Juvénal (*Sat. 6*), une vénufienne à Cornélie, mere des Gracques.

Malo Venufinam quàm, te Cornelia mater Gracchorum,

On prétend que Nettuno, dans la campagne de Rome, a fuccédé aux droits de Vénufe.

(3) *Dans le Pyrée.* Voyez fur le Pyrée la note 3 de la lettre IV. C'eft là que les courtifannes fe montroient en foule aux amateurs des plaifirs qu'elles promettoient. Et ce n'étoient pas les femmes feules que les Grecs y cherchoient. Efchines, dans un de fes difcours contre Timarque, lui reproche qu'il avoit paffé fa jeuneffe au Pyrée, dans la boutique d'un barbier, pour y tirer profit de fon corps, fous prétexte d'apprendre à rafer.

(4) *Des anchois, des mulets ou d'autres poiffons.* Panope dit que fon mari n'envoyoit pas indifféremment toutes fortes de poiffons à fa maîtreffe. Il auroit craint que pareils préfens ne lui rappellaffent ce que ce métier avoit de vil. Il faifoit l'homme d'importance, & ne vouloit pas être regardé comme un pêcheur. Peut-être auffi que l'anchois & le mulet étant des poiffons confacrés à la chafte Diane, ne devoient pas être envoyés à une courtifanne qui les auroit pris à mauvais augure, fur tout de la part d'un amant déjà âgé qui devoit bien fe garder de donner de

lui quelqu'idée contraire à fes prétentions.
(Voyez *Athenée, liv. 7*); mais il lui envoyoit des réfeaux ou dentelles de Milet,
& des robes de Sicile. Cette ifle fourniffoit
au luxe d'Athènes des chofes recherchées,
telles que d'excellens fromages, des pigeons
qui fe fervoient fur les meilleures tables, &
des robes de laine très-fine, de différentes
couleurs, qui portoient le nom du pays où
on les fabriquoit. (*Ath. l. 14.*)

(5) *Les mauvais traitemens que vous
me faites.* Plutarque parlant des maris qui
vont porter leurs galanteries hors de chez
eux, dit : « Quand ils font couchés auprès
» de leurs époufes, qui feront belles bien
» fouvent, & qui leur porteront grande ami-
» tié, ils ne bougeront. Mais s'ils fe trouvent
» avec telle courtifanne, comme étoient
» Phryné ou Laïs, auxquelles ils auront
» payé de bon argent pour coucher avec
» elles, encore qu'ils ne foient pas bien dif-
» pofés de leur perfonne, ou autrement
» lâches à tel métier, ils feront néanmoins
» tout ce qu'ils pourront pour exciter leur
» luxure à cette volupté par une vaine
» gloire ; tellement que Phryné étant déja

» vieille & passée, disoit qu'elle vendoit
» plus chérement sa lie, pour la réputa-
» tion ». *Plutarque, Regles & préceptes de
la santé*, art. 14. Et c'est-là ce qui exci-
toit, avec raison, les plaintes des femmes
honnêtes, telles que Panope.

LETTRE XXII.

Auchénius à Arménion.

SI vous êtes en état de m'aider, dites-
le moi ; mais ne découvrez mon secret à
qui que ce soit (1). Je vais vous raconter
du mieux que je pourrai la situation où
je me trouve. L'amour s'est emparé de moi,
& n'écoute plus ce que la raison m'inspire : mon bon sens est comme submergé
par l'impétuosité de la passion.

Comment l'amour a-t-il pu se rendre
maître d'un misérable pêcheur, qui a
tant de peine à se procurer sa subsistance,
au point de ne pas lui laisser un moment
de relâche ! Oui, les feux dont je brûle

font auffi vifs que ceux de nos jeunes
Athéniens les plus riches & les plus élé-
gans ! Moi, qui me fuis moqué fi long-
tems de ceux que la molleffe rendoit efclaves de leurs paffions, je fuis devenu la
proie des miennes : je ne penfe plus qu'à
me marier ; je n'invoque d'autre dieu que
l'Hymenée (2).

La beauté dont je rafole eft fille d'un
de ces nouveaux venus, qui ont paffé,
on ne fait pourquoi, d'Hermione (3) dans
le Pyrée. Je n'ai point de dot à lui affurer,
je n'ai que ma perfonne & mon état de
pêcheur; & cependant je me crois l'époux
qui lui convient le mieux, fi fon pere n'eft
pas affez déraifonnable pour s'oppofer à
notre union.

N O T E S.

(1) *N e découvrez mon fecret à qui que*
ce foit. Il y a dans le grec : foyez plus taci-
turne qu'un aréopagite ; Ἀρειοπαγίτȣ σεγα-
τώτεροϛ. C'étoit un proverbe parmi les grecs,

qu'Erafme cite comme tiré d'une des lettres d'Alciphron. (*Chil. 4, cent. 10, adag. 6.*) A Athènes, on faifoit le rapport des caufes capitales à l'aréopage pendant la nuit, afin que l'attention ne fût point troublée, & ç'eût été un crime aux magiftrats de ce tribunal d'en révéler quelque chofe. Le confeil des Dix à Venife, dont la févérité eft fi formidable, peut être comparé à ce tribunal : les caufes qui y font portées, font traitées avec le plus grand fecret, & la difcrétion des magiftrats eft impénétrable.

(2) *L'Hymenée.* Selon les poëtes, ce dieu eft fils de Bacchus & de Vénus : les peintres le repréfentent fous la figure d'un jeune homme à chevelure blonde, couronné de rofes, tenant un flambeau à la main, & d'une phyfionomie douce & très-bénigne. Proclus le lycien nous apprend que dans la folemnité des nôces, on invoquoit Hymenée, & que les chants que l'on faifoit en fon honneur, n'étoient dans leur inftitution que l'expreffion des regrets qu'avoit laiffés Hymenée, fils de Terpfichore, qui difparut au moment qu'il venoit de fe marier. D'autres difent que ces chants de joie fe renouvelloient en mémoire

d'Hymenée, jeune guerrier de l'Attique, qui poursuivit les pirates qui avoient enlevé plusieurs filles de son pays, & les tira de leurs mains. Quant à moi, dit Proclus, je pense que ces chants ne font que les vœux que l'on fait pour demander une vie heureuse, & une société tranquille dans le mariage, entretenue par un amour mutuel. Dans la dialecte éolique, ὑμεναιειν & ἱμεναῖν expriment le vœu que ceux qui doivent vivre ensemble, forment pour trouver dans leur union, un accord constant de goûts & de sentimens. *Biblioth. grecque de Photius*, n°. 239.

(3) *Hermione.* Voyez sur cette ville, & les filles qui en fortoient, la note 2 de la lettre précédente.

LETTRE XXIII.

EUPLOUS à THALASSÉROS.

L'ABONDANCE vous plonge dans la volupté ; vous devenez fou. J'apprends que vous aimez une chanteuse, que vous ne cessez d'aller chez elle ; que tous les jours vous lui envoyez votre pêche (1). C'est l'honnête Sofias, le meilleur de nos voisins , qui m'apprend cette nouvelle. Il est de ceux qui s'informent exactement de la vérité, dans la crainte d'accréditer un faux bruit. C'est ce même Sofias qui fait tirer un excellent coulis des petits poissons qu'il prend dans ses vervaux (2).

Dites-moi donc où vous avez pris ce goût pour la mélodie, la chromatique, le rapport harmonique des sons ? C'est ce qui étonnoit notre voisin, lorsqu'il m'apprenoit vos amours. Car ce ne sera pas seulement la beauté de la jeune fille , mais encore ses talens qui vous auront charmé.

Si vous m'en croyez, vous cefferez de faire tant de dépenfes pour elle ; autrement le naufrage dont vous êtes menacé fur la terre, fera plus ruineux pour vous, que ceux que vous auriez à craindre fur la mer ; & le logement de la muficienne vous deviendra plus périlleux que le golfe Calidonien (3), ou la mer Thyrrénienne (4); car vous invoquerez inutilement Cratée (5), fi vous vous expofez volontairement au danger de faire naufrage.

N O T E S.

(1) *V o u s lui envoyez votre pêche.* Les auteurs contemporains nous repréfentent les pêcheurs de l'Attique comme une efpece d'hommes groffiers, de mauvaife foi, livrés à toutes fortes de débauches. Les poëtes comiques les traitent mal. Diphile, dans le Cafion, dit : « Je penfois qu'il n'y avoit » qu'à Athènes où les pêcheurs fuffent in- » folens & trompeurs ; mais c'eft une race » féroce dont la méchanceté eft par - tout » la même, & dont il faut fans ceffe fe

» défier ». Antiphanes, dans le Misoponé-
ron ou l'Ennemi des méchans, dit qu'après
les usuriers qui sont les plus exécrables des
hommes, il n'y avoit rien de pis que les
pêcheurs. Si l'on marchandoit quelques poissons auprès d'eux, à peine répondoient-ils;
pour se donner un air plus décidé & plus
dur, ils n'articuloient que la moitié des syl-
labes dont le mot étoit composé, pour *tes-*
tares, quatre, ils disoient *tesir'*; *octo*, huit,
oct'. Ils rendoient par leur prononciation
grossiere une langue douce & sonore aussi dé-
sagréable que les jargons barbares des peuples du nord. (Athén. liv. 6.) Les gens de
mer & les pêcheurs napolitains peuvent
donner une idée des grecs de leur profession. Ils ont changé les agrémens de la langue italienne en un jargon dur & grossier
que tout le peuple a adopté, & que les
révolutions fréquentes où la populace tenoit souvent le premier rang, a rendu le
langage commun, même des personnes de
l'état le plus distingué. Les Siciliens sur-
tout sont remarquables par la dureté avec
laquelle ils prononcent l'espece d'italien
dont ils se servent.

(2)

(2) *Coulis de petits poissons.* Les Grecs appelloient ce coulis ou sauce, *garos* ou *garus* ; il entroit dans la plupart de leurs ragoûts. Il paroît qu'il étoit relevé avec le sel & le vinaigre ; on le comparoit à la moutarde, qui, je crois, en faisoit partie. Les anciens poëtes comiques en parlent. Cratinus donne à entendre qu'on le portoit dans des petits paniers, tels que ceux où l'on mettoit les fromages : d'autres le repréfentent comme liquide. (Voyez *Athén.* *liv. 2 & 9.*) C'étoit un objet de commerce pour les pêcheurs intelligens. Cette efpece de fauce eft encore d'ufage dans les Indes orientales ; elle entre dans l'affaifonnement de la plupart des mets. Voyez *l'Hiftoire natur. civile & politique du Tonquin, partie I, chap. 6.*

(3) *Le golfe Calydonien.* C'eft la partie de la mer de Grèce qui eft refferrée entre les deux caps qui terminent l'Etolie & l'Achaïe au midi ; on l'appelle aujourd'hui le golfe de Corinthe ou d'*Engia.* Voyez *Strabon, liv. 8.* Cette mer eft très orageufe, & les vents contraires ou de réflexion qui fe brifant fur les côtes élevées, réagiffent

Tome I. P

fur la mer, y caufent des tempêtes prefque
continuelles. La quantité de petites ifles
dont ces parages font femés, le confluent
de la mer du Péloponèfe ou de la Morée,
avec les eaux de la mer fupérieure, tiennent
les flots dans une agitation continuelle, &
leur donnent une forte de flux & reflux in-
certain, qui ne permettent pas aux navires
de jouir jamais fur cette mer d'une navigation tranquille. Voyez *Héliodore*, *liv.* 5.

(4) *La mer Thyrrénienne*, aujourd'hui la
mer de Tofcane, qui s'étend le long d'une
partie confidérable de l'Italie, entre la Sicile, la Sardaigne & la Corfe; elle baigne
les côtes de Tofcane, de l'Etat de l'Eglife
& du royaume de Naples; de forte que
l'écueil fameux de Scylla, dans le détroit
appellé le fare de Meffine, fur la côte de
Calabre, fe trouvoit dans cette mer. Le rhéteur y fait allufion lorfqu'il parle de Cratée.

(5) *Cratée.* On prétend que cette déeffe
eft la même qu'Hécate, qui préfidoit aux
enchantemens & aux fortiléges. Homere,
(*Odyff. liv.* 12) fait confeiller à Ulyffe par
Circé, lorfqu'il fe trouvera entre Carybde
& Scylla, de paffer vîte, & d'appeller à

son secours la déesse Cratée, qui a mis au monde ce monstre horrible (Scylla). Elle devoit arrêter sa violence, & l'empêcher de se jetter sur lui. L'auteur des lettres fait allusion aux conseils que Circé donnoit à Ulysse, pour se soustraire aux chants des syrènes & à la cruelle avidité de Caribde & de Scylla, qui étoient représentés comme deux monstres qui engloutissoient tous les navires qui les approchoient. Comparaison propre à caractériser ce que le pêcheur amoureux avoit à redouter de la courtisanne dont les charmes l'avoient séduit.

LETTRE XXIV.

THALASSEROS à EUPLOUS.

Vos remontrances sont inutiles, mon cher Euplous, l'amour m'a subjugué (1). Je me sens blessé de ses traits, embrâsé de ses feux. Je ne me séparerai pas de la beauté qui m'enchante. Ne sommes-nous donc pas faits pour aimer ? N'est-ce pas d'une déesse de la mer qu'est né le petit dieu auquel

j'obéis? Cupidon n'exiſte que pour notre
bonheur; il s'eſt rendu maître de mon cœur.
Lorſque j'embraſſe ma maitreſſe ſur le bord
de la mer (2), je ſuis heureux; je crois
tenir entre mes bras Panope ou Galathée,
les plus belles des Néréides (3).

N O T E S.

(1) *L'Amour m'a ſubjugué.* Le poëte
Alexis, cité par Stobée (Diſ. 61), dit:
« L'Amour eſt le plus grand des dieux, &
» le plus puiſſant. Parmi les hommes, on
» n'en rencontre point, quelqu'exactes que
» ſoient leurs mœurs, quelque circonſpec-
» tion qu'ils apportent à toutes leurs dé-
» marches, qui ne cédent quelquefois à ſon
» empire ».

(2) *Sur le bord de la mer.* Mélitte, dans
les Amours de Clitophon & de Leucippe,
liv.   , dit à peu-près la même choſe:
« Les amans trouvent par-tout le lit nuptial:
» aucun lieu n'eſt inacceſſible à Cupidon.
» La mer même ſemble l'endroit le plus
» favorable aux ſecrets myſteres de Vénus

» & de l'Amour. Vénus eſt fille de la mer :
» rendons graces à la mere des Amours;
» uniſſons-nous, c'eſt le moyen de lui plaire
» & de nous rendre dignes de ſes faveurs ».

(3) *Les plus belles des Néréides.* Panope, Néréide, une des divinités littorales
que l'on diſoit fille de Nérée & de Doris;
celle que les gens de mer invoquoient le plus
ſouvent, & dont ils eſpéroient le plus de
ſecours, ainſi que l'indique ſon nom. Galathée étoit une autre Néréide, ſœur de
Panope, célèbre par ſa beauté, ſur-tout par
la fraîcheur de ſon teint & la blancheur
de ſa peau. On voit que le pêcheur, touché
des charmes de ſa belle, la comparoit à
tout ce qu'il pouvoit imaginer de plus aimable & de plus ſéduiſant. « Tout amou-
» reux, dit Euripide dans Stobée (*ub. ſup.*),
» s'il trouve une amante ſenſible à ſes vœux,
» ne deſire plus rien, il ſe croit au comble
» du bonheur ».

LETTRE XXV.

GLAUCIPPE à CHAROPE.

O MA mere ! je ne suis plus à moi-
même. Non, je ne soutiens pas l'idée
d'épouser Méthymnée, fils du gouverneur,
auquel mon pere dit qu'il m'a fiancée der-
niérement, depuis que j'ai vu ce jeune citoyen qui faisoit les fonctions d'oscophore (1), lorsque vous m'ordonnâtes d'aller
à la ville pendant les dernieres fêtes de
Bacchus.

Qu'il est beau, ma mere ! qu'il est charmant ! qu'il me plaît ! ses cheveux, naturellement frisés, retombent en boucles sur
ses épaules : son souris est plus agréable
que le frémissement de la mer tranquille (2),
la douceur de ses regards, la beauté de ses
yeux ne peuvent être comparées qu'à l'onde
éclairée par les premiers rayons du soleil
levant. L'agrément de toute sa physiono-

mie eſt tel que les Graces au ſortir de la
fontaine de Gargaphe (3), ſemblent avoir
abandonné Orchomène (4) pour venir fo-
lâtrer ſur ſes joues : ſes levres ont l'éclat
& la fraîcheur des roſes que Vénus auroit
détachées de ſon ſein pour les former. Oui,
je l'aurai pour époux; ou à l'exemple de
Sapho la Leſbienne, je n'irai pas chercher
le rocher de Leucade (5); mais je me pré-
cipiterai dans la mer du haut des écueils
qui bordent le Pyrée.

N O T E S.

(1) *Oscophore.* On donnoit ce nom
aux jeunes gens qui dans les fêtes de Bacchus que l'on célébroit au mois d'octobre,
portoient des thyrſes environnés de pam-
pres, & ſurmontés d'une couronne de fleurs.
Ceux qui étoient choiſis pour cet exercice,
devoient avoir leurs pere & mere encore
vivans. Ils couroient du temple de Bacchus à celui de Minerve. Le premier arrivant remportoit le prix de la courſe ; &
pour récompenſe, il avoit l'honneur de

faire le facrifice, en répandant d'un vafe un mélange de vin, de farine, de miel & d'huile. Les auteurs grecs font d'accord fur l'établiffement de cette fête qu'ils attribuent à Théfée; mais ils lui affignent différentes caufes. Les uns prétendent qu'elle fut inftituée au retour du voyage que fit Théfée à l'ifle de Crète, dans lequel il fut affez heureux pour tuer le minotaure, & délivrer la ville d'Athènes du tribut annuel de fept jeunes hommes qu'elle devoit envoyer tous les ans pour être dévorés par le monftre; & c'eft pour cela, difent-ils, qu'il n'y en a que fept employés dans la courfe des ofcophories. Les autres difent que cette fête fut établie en l'honneur d'Ariadne, dont la tendreffe ingénieufe avoit tiré Théfée des détours du labyrinthe. Comme le héros retourna dans la faifon de la vendange, le culte de Bacchus s'eft trouvé mêlé à cette cérémonie. Minerve y eut auffi quelque part, comme inventrice de l'art de filer. Les jeunes gens n'étoient pas couronnés de fleurs dans cette cérémonie comme dans les autres, parce que Théfée ayant oublié de changer les voiles noires de fon vaiffeau, ainfi qu'il en étoit convenu avec fon pere Egée, s'il

étoit vainqueur du minotaure, celui-ci appercevant de loin le vaisseau avec ses voiles
noires, crut que son fils avoit péri dans
l'expédition, & se précipita dans la mer.
Cet accident funeste empêcha que Thésée
& les jeunes gens qu'il ramenoit ne se cou-
ronnassent de fleurs dans les fêtes & les
sacrifices qu'occasionna leur heureux retour.
Voyez Plutarque, vie de Thésée, & le Traité
des fêtes de la Grèce par Meursius.

(2) *Le frémissement de la mer tranquille.*
Dans le grec il est dit qu'il sourit aussi agréablement que la mer tranquille. Cette idée
riante a été souvent employée par les meilleurs poëtes : l'Océan, dit Lucrece, liv. 1,
prend une face riante ; *tibi rident æquora
ponti :* mais il ne faut pas se fier, dit ailleurs le même poëte, à ces apparences gra-
cieuses qui souvent sont si voisines de la tempête & du naufrage ; *subdola cum ridet pla-
cidi pellacia ponti* (l. 2). Il faut fuir les
trahisons de l'élément perfide, & se défier
de son attrait au milieu du calme. Aussi
lit-on dans l'Anthologie (*liv. 3, ep.* 22):
« Vous ne me verrez pas m'embarquer,
» quand même la mer riante me présente-

» roit toutes les apparences de la tranquil-
» lité , ou que le doux zéphir ne feroit
» qu'agiter mollement les ondes ». Cet afpect de la mer au foleil levant ou à fon
couchant, donne le fpectacle le plus noble
& le plus gracieux , par les couleurs variées que produifent les différentes réfrac-
tions de la lumiere fur la furface de l'onde,
lorfque , comme le difent les Vénitiens,
la mer fait huile , *mare fa oglio*.

(3) *La fontaine de Gargaphe. Pline ,*
. *l. 4, chap. 7 ,* place la fontaine de Gargaphe en Béotie. *Paufanias , l. 9, ch. 4 ,*
dit qu'elle étoit auprès de la ville de Platée ; que le fatrape Mardonius en infecta
l'eau, parce que les Grecs, qui étoient cam-
pés dans le voifinage, n'en avoient point
d'autre à boire ; mais qu'elle fut enfuite
nettoyée & purifiée par les Platéens ; fans
doute après que les Grecs eurent vaincu
Mardonius qui périt à la bataille de Platée.

(4) *Orchomène.* Etéocle, roi de Thèbes,
érigea le premier un temple aux trois Graces à Orchomène, ville de la Béotie , qui
n'eft plus qu'un petit bourg de la Livadie,
qui a confervé le nom d'*Orcomeno*. Les

anciens n'ont d'abord reconnu que deux
Graces fous le nom d'*Auxo* & d'*Egémone*,
deux termes grecs dont le premier fignifie
j'augmente, & le fecond *je conduis*. Hé-
fiode, dans fa Théogonie, eft, à ce qu'on
prétend, le premier qui en ait reconnu
trois, fous les noms d'Euphrofine, Aglaé
& Thalie. Les premiers artiftes grecs ont
repréfenté les Graces habillées. C'eft ainfi
qu'on les voyoit dans les monumens antiques, & même dans leurs ftatues placées
à l'entrée de la citadelle d'Athènes, que
l'on difoit avoir été fculptées par Socrate.
Leur culte étoit accompagné de cérémonies
que l'on cachoit au vulgaire. Par la fuite,
les peintres & les fculpteurs crurent donner
plus d'expreffion aux Graces en les repréfen-
tant nues. Cet ufage, déja ancien du tems
de Paufanias, n'a pas changé. Voyez *Pau-*
fanias, *l. 9*, *ch. 35*; & *Strabon*, *l. 9*.

(5) *Sapho la Lefbienne*, née à Mity-
lène dans l'ifle de Lefbos, célèbre par fon
talent pour la poéfie, & décriée par la
fingularité de fes amours, devint, fur le
retour de l'âge, éperduement amoureufe du
jeune Phaon fon concitoyen, dont la beauté

P vj

faifoit tourner la tête à toutes les femmes
& filles de fon pays. Les beaux vers de
Sapho & fa réputation ne le toucherent
point ; il refta infenfible, & contraignit
par fes froideurs fa malheureufe amante à
fe jetter du haut du promontoire de Leucade dans la mer. C'étoit alors le remede
à la mode contre les rigueurs de l'amour,
& on appelloit le rocher de Leucade, le
fiut des amoureux. On le connoît encore,
il eft dans l'ifle de Sainte-Maure, autrefois
Leucas ou *Leucate.* Il s'avance dans la
mer, & n'eft féparé du continent que par
un canal d'environ cinquante pas, que l'on
croit être artificiel. Ovide fait remonter
l'ufage de fe jetter dans la mer du haut du
rocher de Leucade, jufqu'au tems de Deu-
calion & de Pirrha. Voyez la *Bibliothéque
grecque de Photius*, à l'article de Ptolemée, fils d'Hépheftion, auteur d'une compilation fous le titre de *nouvelles Hiftoires
inftruĉtives*, n°. 190.

LETTRE XXVI.

CHAROPPE à GLAUCIPPE.

LA tête te tourne, ma fille, tu as raison
de le dire; tu n'es plus à toi-même. C'eſt
de l'ellébore (1 qu'il te faut , & du plus
actif , de celui d'Anticyre dans la Phocide.
Comme tu as perdu tout d'un coup la pudeur de ton âge & de ton ſexe ! Calme-
toi; rentre en toi-même; bannis de ton
cœur & de ton eſprit le ſujet qui te tourmente. Si ton pere en ſavoit le moindre
mot, s'il s'en doutoit, à l'inſtant il te pré-
cipiteroit dans les flots, & tu deviendrois
la proie des monſtres de la mer.

N O T E S.

(1) DE l'ellébore. Il y a deux ſortes
d'ellébore, le blanc, *veratrum*, plante dont
les racines ſont très-purgatives, qui croiſ-
ſoit dans l'iſle d'Anticyre , voiſine de la

Phocide, & que les anciens employoient avec fuccès dans quelques maladies violentes, telles que la rage ou la folie. On ufoit plus fouvent de l'ellébore noir, ou *melanpodium*, ainfi nommé parce que le berger Mélampus s'en fervit le premier pour purger & guérir les filles de Prétus, qui faifies d'une efpece de rage pour avoir ofé penfer & dire qu'elles étoient plus belles que Junon, couroient fur lui pour le dévorer. Pline (*liv. 25, ch. 15*) dit que ce fut avec le lait de fes chevres, nourries d'ellébore, que Mélampus guérit les filles de Prétus. Il donne dans ce même chapitre la maniere de préparer l'ellébore & de l'adminiftrer. Il affure qu'il purgeoit toute forte de bile & de mélancolie. Paufanias (*liv. 12, ch. 36*) Voyage de la Phocide, dit que les montagnes qui environnent la ville d'Anticyre font pleines de roches parmi lefquelles il croît une grande quantité d'ellébore. « C'eft une plante médicinale; il y » en a de deux efpeces, l'une noire qui » purge le ventre, l'autre blanche qui eft » un vomitif. C'eft de la racine de l'une » & de l'autre que l'on fe fert ». On en ufoit conftamment pour guérir la folie; d'où le proverbe cité par Horace (*Sat.* 3, *liv.* 2), *Naviget Anticyram*, qu'il faffe un voyage à Anticyre. *Tribus Anticyris infanabile caput*, une tête fur laquelle les productions de trois Anticyres ne feroient rien ; pour défigner une folie incurable. Ariftophane, dans la comédie des Guêpes, avoit dit *Bibe elleborum*, búvez de l'ellébore, par où il défignoit quelqu'un qu'il falloit guérir de fa folie. Cette comparaifon, fi familiere aux anciens, ne nous laiffe aucun doute fur l'ufage de l'ellébore.

LETTRE XXVII.

DRYANTIDES à CHRONION.

LE plaifir d'habiter avec moi, le foin de nos enfans, le féjour de la campagne, tout cela t'eft indifférent. Le luxe, les délices de la ville t'ont féduite. Pan & les nymphes champêtres font devenus les objets de ton averfion. Où font les tems heureux où les noms des épimélides (1), des

driades, des nayades té paroiffent fi flatteurs?

De nouvelles divinités ont attiré tous
tes regards, tous tes empreffemens. Les
anciennes, celles auxquelles tu adreffois
d'abord tes vœux, ont été forcées de faire
place aux koliades, aux ghénétyllides (2).
Mes toîts ruftiques font-ils dignes de loger
des déeffes auffi diftinguées?

Bien d'autres encore font devenues les
objets de ton culte. Je ne t'en rappellerai
pas les noms que j'ai oubliés, tant ils m'ont
paru nouveaux & extraordinaires.

O ma femme! tu ne fais où tu en es.
Que font devenues ton honnêteté & ta raifon! Prétendrois-tu te mettre au niveau de
ces femmes d'Athènes qui vivent dans le
luxe le plus voluptueux? dont le vifage
peint annonce les mœurs les plus dépravées? Le fard, le blanc & le rouge entre
leurs mains, le difputent à l'art des plus
excellens peintres; tant elles font exer-
cées à fe donner le teint qu'elles croient

le plus convenable à leurs desseins (3).

Si tu peux donc revenir à ton bon sens, à ces mœurs simples & honnêtes qui faisoient ma satisfaction & ton bonheur, tu ne connoîtras d'autre fard que l'eau , & quelquefois le savon.

NOTES.

(1) *Epimélides*, *Driades*. Pausanias, *l*. 8 , *ch*. 4 , parle de ces divinités champêtres qu'il joint ensemble. Il paroît qu'anciennement dans l'Attique , les bonnes gens de la campagne donnoient ces noms aux femmes qu'ils aimoient. Epimélis ou Epimélide désignoit un caractere de douceur & de bonté , une femme soigneuse. Les driades étoient les nymphes des bois ; leur nom venoit du mot grec *drus* , chêne. Les naïades étoient les nymphes des fontaines , de *naïo* , fluo.

(2) *Aux koliades , aux ghénétyllides.* Il paroît que ces noms convenoient à Vénus , & à quelques attributs particuliers sous lesquels elle étoit honorée. Vénus *kolias*

ou au pied léger, ainsi nommée parce qu'un
jeune homme de l'Attique lui fit élever un
temple sous cette dénomination, en recon-
noissance de ce qu'il avoit été tiré des fers
par le secours d'une jeune thyrrénienne, &
avoit eu la liberté de s'enfuir de la captivité
où il étoit détenu ; ou parce qu'elle avoit un
temple sur le promontoire Kolias, ou Sunnium, dont parle Strabon (*liv. 9*) disant
que c'est sur cette côte que le flot apporta
les débris de la derniere flotte des Perses
après sa défaite. Quant aux *ghénétylliades*,
Pausanias écrit que leur culte étoit établi
à Kolias, canton de l'Attique, & il pense
que ces déesses étoient les mêmes que celles
que les Phocéens de l'Ionie appelloient
ghénaïdes, ou protectrices de la généra-
tion. Les gens de la campagne qui n'en-
tendoient rien à tout ce rafinement de dévotion dans leurs femmes, les soupçon-
noient plutôt d'un goût secret pour le li-
bertinage & le désœuvrement des femmes
de la ville, que de tout autre projet plus
raisonnable.

(3) *Le plus convenable à leurs desseins.*
Lucien, dans le Dialogue des amours, ne

parle pas plus favorablement des fantaisies
des femmes grecques. Après avoir décrit
au long l'appareil de leurs toilettes, la dépense énorme qu'elles faisoient en habits,
en parfums, en bijoux : « C'est, dit-il, dans
» cet appareil qu'elles se montrent ; mais
» quelle est leur conduite ? Lorsqu'elles sor-
» tent ainsi parées, c'est pour assister à des
» cérémonies, à des mystères, pour hono-
» rer des divinités dont les noms mêmes
» sont inconnus aux maris, & qui leur sont
» légitimement suspects. Quoique l'on dise
» que l'on n'y admet point d'hommes, pour-
» quoi donc au retour sont-elles obligées
» de rester si long-tems dans le bain » ? Il
est question dans ce passage des *koliades*
& des *ghénétylliades*. Les premieres grecques, ainsi que toutes les femmes, vivant
dans l'état de la nature, ignoroient le pouvoir de leurs charmes ; elles étoient aussi
indifférentes sur un intérêt si cher, que leurs
tristes & sombres époux. Mais avec le tems,
elles goûterent le prix de la louange, elles
surent faire valoir leurs attraits, en les ac-
compagnant d'une parure qui les rendit
plus piquans. Ainsi elles s'attirerent les regards & les empressemens des hommes,

dont elles chercherent à se conserver l'attachement, en développant les qualités aimables du caractere, & en assurant à leur société des agrémens toujours nouveaux. Ce n'est qu'à la longue que les maris s'habituerent à cette façon de vivre de leurs épouses.

LETTRE XXVIII.

CHERESTRASTE à LÉRION.

QUE les dieux te punissent, perfide Lérion ! tes caresses, ton vin, ton concert de flûtes m'ont amusé au point que j'ai oublié les ordres de mes maîtres, qui m'avoient envoyé à la ville. Ils m'attendoient dès le matin avec les cruches que je devois leur rapporter; & moi qui ai voulu faire l'agréable mal-à-propos, j'ai passé une partie de la nuit à prendre part aux plaisirs dont tu es si libérale, j'ai dormi jusqu'au jour. Va, malheureuse ! ce n'est pas avec les gens de mon état que tu dois faire étalage de tes charmes;

tu en tireras meilleur parti avec les jeunes
citoyens d'Athènes (1); car fi tu m'y re-
prends jamais, ce ne fera pas à ton avantage.

N O T E.

(1) *Les jeunes citoyens d'Athènes.* Sans
doute ils reffembloient aux jeunes gens de
la cour d'Alcinoüs, qui, fuivant ce qu'en
racontoit le bon roi des Phéaques à Ulyffe,
n'étoient occupés que des feftins, de la
mufique, de la danfe, des habits, des bains
chauds, du fommeil, & d'une molle oifi-
veté; *Odyffée, liv.* 8, inclinations qu'Horace peint dans la feconde épitre du livre
1, vers 29,

> *In cute curanda plus æquo operata juventus,*
> *Cui pulchrum fuit in medios dormire dies, &*
> *Ad ftrepitum citharæ ceffatum ducere curam.*

Toujours appliquée à faire bonne chere, à
vivre dans les plaifirs, qui ne trouvoit rien
de plus beau que de dormir jufqu'à midi,
& d'aller enfuite calmer fes ennuis par la
danfe & la mufique.

※

LETTRE XXIX.

EPIPHYLLIS à AMARACINE.

J'AVOIS fait une guirlande de fleurs choifies ; je la portois au temple de l'Hermaphrodite (1), pour l'y fufpendre à la mémoire de cet homme qui avoit fi bien fû me plaire, & que je regrette encore (2).

Je me fuis apperçue qu'une troupe de jeunes libertins obfervoient mes démarches, & j'ai foupçonné qu'ils étoient apoftés par Mofchion. Car depuis que j'ai perdu l'excellent Phédria, il n'a ceffé de me perfécuter, voulant, dit-il, m'avoir pour femme. Mais la tendreffe que je conferve pour mes jeunes enfans, & plus encore le fouvenir de mon cher Phédria, m'ont empêchée de l'écouter.

Mon imprudence m'a conduite, fans le prévoir, à l'hymen le plus honteux. Une forêt a été mon lit nuptial. Le cruel Mofchion m'a fait entraîner dans le plus épais du bois ; là, dans l'obfcurité . . . .

. . . .

Une entreprife criminelle m'a donné un fecond mari : c'eft contre ma volonté qu'il a acquis des droits fur ma perfonne ; mais il n'en eft pas moins mon mari.

Qu'il eft heureux de n'avoir jamais été expofée à de pareils malheurs ; mais quand on les a foufferts, il faut les dévorer en filence.

N O T E S.

(1) *Au temple de l'Hermaphrodite.* Cette lettre finguliere me paroît être l'allégorie de quelqu'aventure connue du tems d'Alciphron. Je ne devine pas quelle étoit la dévotion d'Epiphyllis, d'aller offrir une guirlande au temple de l'hermaphrodite, ni quel rapport cet être indécis dont on fait ici une divinité, pouvoit avoir avec un mari tendrement aimé, & qui laiffoit des enfans chéris à fa veuve.

Je trouve dans Paufanias (*liv. 7, ch. 17*) que l'on voyoit à Dime, ville de l'Achaïe, un temple confacré à Dindymène & Atys. Ce qu'étoit cet Atys, dit Paufanias ; c'eft un myftere que l'on tient fi fecret, que je n'en ai rien pu apprendre Il cite enfuite Hermefianax, poëte élégiaque, qui a dit qu'Atys étoit fils d'un phrygien nommé Calaus, & qu'il étoit né impuiffant. Quand il fut grand, il alla en Lydie, où il enfeigna le culte de la mere des dieux ; ce qui le rendit fi cher à cette déeffe que Jupiter en fut indigné, & qu'il fufcita un fanglier qui ravagea les champs des Lydiens, tua une infinité de perfonnes, & Atys lui-même. Or cet Atys paffe conftamment pour être le même que l'hermaphrodite. Les mythologiftes difent que le jeune Atys fut cher à la mere des dieux, mais qu'étant devenu amoureux de la nymphe Sagaris, il fut faifi d'une efpece de folie qui le porta à fe mutiler lui-même ; après fa mort, la déeffe le changea en pin.

. . . . *Pinus*
Grata deum matri: fiquidem Cibelaïus Atys
Exuit hac hominem, truncoque induruit illo.

Ovid. Mét. L. X, Fab. 2.

. . . *Pinus*

(2) *Que je regrette encore.* Il eſt déſigné ici ſous le nom d'Alopécien ; ſans doute que Phédria, mari d'Epiphyllis, étoit de la bourgade d'Alopèce, vignoble de l'Attique dont parle Meurſius.

LETTRE XXX.

Aɴᴛʜʏʟʟᴇ à Cᴏʀɪsǫᴜᴇ.

JE m'attends à tout, même à voir re-monter les fleuves à leur ſource (1), puiſqu'à votre âge, ô Coriſque, ayant des enfans & des petits-enfans, la tête vous tourne pour une joueuſe de guitare que vous aimez.

De quels traits cruels vous me percez! oui, j'en ai le cœur briſé. Quelle douleur pour moi! quelle ignominie! Après trente ans de mariage, vous m'abandonnez pour une créature infâme, une courtiſanne aban-donnée, qui par ſes artifices & ſon liber-tinage ſemblera vous donner des plaiſirs toujours nouveaux (2), juſqu'à ce qu'elle

Tome I.   Q

ait ruiné votre fanté & abforbé tout votre bien. Vous êtes le jouet des jeunes gens & d'une courtifanne, qui ne ceffent de vous tourner en ridicule (3). Malheureux vieillard, vous ne voulez pas vous en appercevoir !

N O T E S.

(1) REMONTER *les fleuves à leur four-ce.* Ovide emploie la même idée, qu'à fon ordinaire il préfente fous toutes fes faces. *Trift.* 1 , *Elég.* 7.

> *In caput alta fuum labentur ab æquore retro*
>   *Flumina ....*
> *Omnia jam fient, fieri quæ poffe negabam,*
>   *Et nihil eft de quo non fit habenda fides :*
> *Hæc ego vaticinor, quia fum deceptus ab illo,*
>   *Laturum mifero quem mihi rebar opem ...*

Les fleuves les plus profonds remonteront de la mer à leur fource ; ce qui paroiffoit le plus impoffible arrivera ; il n'y aura déformais rien d'incroyable : je le prédis : j'ai été trompé par celui dont les fecours faifoient toute mon efpérance...

(2) *Des plaifirs toujours nouveaux.* Il

eſt à remarquer que le texte grec porte
expreſſément que la courtiſanne dont il eſt
queſtion avoit le ſecret dont le ſatyrique
françois dit que la Neveu fit uſage ſi long-
tems . . . .

Et combien la **Neveu** avant ſon mariage,
A de fois au public vendu, &c.

Boil. Sat. **4.**

(3) *Vous tourner en ridicule.* Les poëtes
comiques invectivoient ſans ceſſe les amans
ſurannés des courtiſannes. « Tenez - vous
» donc, dit Phileterre, dans *la Chaſſereſſe,*
» prenez les mœurs de votre âge. Ne voyez-
» vous pas combien il eſt fâcheux de vivre
» & mourir en même-tems ? Voudriez-vous
» terminer votre carriere, comme on dit
» que Phormeſius a fini la ſienne, *in coitu* »?
Timoclès, dans *les Marathoniens,* s'adreſſant à un vieillard débauché: « Je vous le
» demande, vous eſt-il donc ſi gracieux,
» à vous qui voyez de ſi près la fin de
» votre vie, de paſſer les nuits tantôt avec
» Coriſque, tantôt avec Chamétippe, tan-
» tôt avec d'autres créatures auſſi aban-
» données »? Le vieux fou répond : « Eh!
» qu'y a-t-il donc de plus agréable que ce

» bel embonpoint » ? &c. Ce vieillard, toujours ivre de la crapule de la volupté, vivoit avec les plus viles des courtifannes; les noms que leur donne le poëte l'indiquent : *Corifque* fignifie jeune vache, & *Chamétippe*, proftituée à tout venant. Voyez *Athenée*, *l. 13.*

LETTRE XXXI.

DIPSAPAUSILIPPE à PLACENTAMION.

J'AI apperçu la belle Névris, cette fille charmante qui porte les corbeilles (1) à nos folemnités; la forme réguliere de fes bras & de fes mains, le feu de fes yeux, l'élégance de fa taille, l'éclat de fon teint m'ont infpiré tout d'un coup l'amour le plus vif. J'ai oublié qui j'étois (2), je fuis accouru pour l'embraffer. Mais réfléchiffant auffitôt fur la folie de ma démarche, j'ai reconnu que je ne pouvois tout au plus prétendre qu'à baifer la trace de fes pieds divins. O témérité inouie ! moi dont toute l'ambition devroit se borner à me nourrir de légumes ou de gruaux ; enivré, étourdi des fumées d'un repas trop succulent, je porte mes vœux sur un objet sur lequel je ne devrois pas même lever les yeux ! O mes amis ! réunissez-vous, accablez-moi de pierres ; que la quantité dont vous m'en couvrirez devienne le tombeau de mes amours, avant que mes feux insensés ne me fassent sécher de langueur.

NOTES.

(1) *Qui porte les corbeilles.* La belle Névris est désignée dans le texte par la qualité de *canéphore.* C'est le nom que l'on donnoit à des jeunes filles qui dans les cérémonies religieuses portoient sur la tête des corbeilles couronnées de fleurs, qui contenoient ce qui étoit nécessaire aux sacrifices. Dans ces sortes de cérémonies, la canéphore marchoit la premiere ; ensuite venoit le phallophore, ou celui qui portoit le thyrse couronné ; le corps de la musique

les fuivoit. Il y avoit d'autres canéphores ou porteufes de corbeilles pour des cérémonies particulieres ; ainfi une jeune athénienne, la veille de fon mariage, accompagnée de fon pere & de fa mere, portoit au temple de Minerve une corbeille pleine d'offrandes, pour rendre fon mariage heureux, & fe concilier les bontés de la déeffe protectrice de la virginité, qu'elle craignoit d'offenfer en quittant fon parti pour fe marier. Voyez *le Scoliafte d'Ariftophane* fur la comédie des Oifeaux, & *Meurfius, l. 6*, fur les fêtes de la Grèce.

(2) *J'ai oublié qui j'étois.* C'eft un parafite qui parle. Le nom que lui donne l'auteur, le qualifie. *Dipfapaufilippe*, fignifie qui fouffre la foif ou qui eft altéré ; & *Placentamion*, auquel il écrit, eft la même chofe que l'avaleur de gâteaux. Cette efpece d'hommes fi multipliée à Athènes, fe fera connoître dans la feconde Partie de ces Lettres.

Fin du Tome premier.

CATALOGUE de quelques Ouvrages relatifs à l'Histoire Ancienne, qui se trouvent chez le même Libraire.

Lettres sur la Mythologie, par *Blackeval*, traduites de l'Anglois. *Paris*, 1771, *in-12*. 3 l.

Dictionnaire abrégé de la Fable, par *Chompré*. *Paris*, 1774, *in-12*. 2 l. 10 f.

Voyages de Cyrus, avec un Discours sur la Mythologie, par *Ramsay*. *Paris*, 1753, 2 *vol. in-12*. 4 l.

Mémoires pour servir à l'Histoire de la Religion secrete des anciens peuples, *ou* Recherches historiques & critiques sur les Mysteres du Paganisme, par M. le Baron de *Sainte-Croix*. *Paris*, 1784, *in-8*. 6 l.

Dialogues des Morts, avec un Recueil de Fables & morceaux d'Histoire, fait pour l'éducation, par M. *de Fénélon. Paris*, 1784, *in-12*. 2 l. 10 f.

Nouveaux Dialogues des Morts, recueillis de divers Journaux, & choisis avec soin. *Bouillon*, 1775, *in-12*. 3 l.

Dialogues des Morts, & Pluralité des Mondes, par *Fontenelle. Paris*, 1766, *in-12*. 3 l.

Dialogues des Morts, traduits de l'anglois de Lyttelton. *Amsterdam*, 1767, *in-8*. 4 l. 10 f.

Lettres de *Pline le jeune*, & Panégyrique de Trajan, traduits par *de Sacy. Paris*, 1721, 4 *vol. in-12. gros car.* 10 l.

—— Les mêmes, 3 *vol. in-12. pet. pap.* 6 l.

Extrait des Epîtres de *Sénéque*, par M. *Sablier. Paris*, 1770, *in-12*. 2 l. 10 f.

Dictionnaire Classique, portatif de la Géographie ancienne. *Paris*, 1768, *in-8.* 6 l.

Dictionnaire Géographique, Historique & Critique de *la Martiniere. Paris*, 1768, *6 vol. in-folio.* 120 l.

Géographie ancienne abrégée, par M. *d'Anville. Paris*, 1769, *in-fol. gr. pap. en feuilles.* 24 l.

— La même. *Paris*, 1769, *3 vol. in-12. fig.* 10 l. 10 f.

Chronologiste manuel, par M. *Chaudon. Paris*, 1770, *in-24.* 2 l. 10 f.

Histoire universelle de *Bossuet. Paris*, 1771, *2 vol. in-12.* 5 l.

Extraits de l'Histoire universelle de *Bossuet. Paris*, 1777, *in-12.* 1 l. 15 f.

Principes d'Histoire pour l'éducation de la jeunesse, par l'Abbé *Lenglet du Frenoy. Paris*, 1752, *6 vol. in-12.* 18 l.

Révolutions des Empires, Royaumes, Républiques & autres Etats considérables du monde, depuis la création jusqu'à nos jours, par *Renaudot. Paris*, 1769, *2 vol. in-12.* 7 l.

Epoques élémentaires de l'Histoire universelle, par M. *Mahaux, en 10 grandes feuilles in-fol. en feuilles.* 1 l. 4 f.

Analyse chronologique de l'Histoire universelle, par M. *Philippe de Prétot. Paris*, 1756, *in-8.* 2 l.

Abrégé de l'Histoire Ancienne. *Paris*, 1783, *in-12.* 2 l.

Histoire du Commerce & de la Navigation des Egyptiens, sous le regne de Ptolomée, par M. *Ameillon. Paris*, 1766, *in-8.* 2 l. 10 f.

2443.

Imprimé en France
FROC030908191020
25456FR00013B/311